I0556300

# VERLIEBT IN NEW MEXICO

Aus der Serie: Wings of the West (Buch 2)

KRISTY MCCAFFREY

Übersetzt von
ANJA KWIATKOWSKI

# Bücher von Kristy McCaffrey in englischer Sprache

### *Wings-Of-The-West-Serie*

The Wren

The Dove

The Sparrow

The Blackbird

The Bluebird

The Songbird (Novella)

Echo of the Plains (Short Story)

The Starling

The Canary

The Nighthawk

The Swan

The Falcon

### *Weitere Romane*

Into the Land Of Shadows

Deep Blue

Cold Horizon

Ancient Winds

Sapphire Waves

### *Kurzromane*

The Crow Brothers Collection

The West: A Romance Collection

### *Novellas*

Alice: Bride of Rhode Island

Rosemary

Blue Sage

The Peppermint Tree

A Mirthful Wish

## Bücher von Kristy McCaffrey auf Deutsch

Die englische Originalausgabe erschien bei Whiskey Creek Press, 2005.

Die englische Neuauflage erschien unter dem Titel „The Dove“.
Copyright © 2014 bei Kristy McCaffrey
*Alle Rechte vorbehalten*

Cover Design: earthlycharms.com

Deutsche Erstveröffentlichung 2020

Deutschsprachige Übersetzung: Anja Kwiatkowski
Lektorat der deutschsprachigen Übersetzung: Julia Schwenke, Corinna Wieja
Korrektorat der deutschsprachigen Übersetzung: Julia Funcke
Für Indie Translations, www.indie-translations.com

Verlag: K. McCaffrey LLC, Scottsdale, 85266 Arizona, USA

Printed by Amazon

Dies ist ein belletristisches Werk. Namen, Charaktere und Ereignisse in diesem Buch
sind fiktiv. Jegliche Ähnlichkeit mit lebenden oder toten Personen, Unternehmen,
Ereignissen oder Örtlichkeiten ist rein zufällig.

Diese Publikation ist urheberrechtlich geschützt. Eine Vervielfältigung des Werks im
Ganzen oder in Auszügen, seine Speicherung oder Verarbeitung in elektronischen
oder mechanischen Systemen, einschließlich Kopieren, Weitergeben oder
Tonaufnahmen, ist verboten bzw. nur mit vorheriger ausdrücklicher schriftlicher
Genehmigung der Autorin erlaubt.

German Edition Ebook ISBN-13: 978-1-952801-10-5
German Edition Print ISBN-13: 978-1-733142-08-3

kmccaffrey.com
kristy@kmccaffrey.com

**Verliebt in Texas**

„… McCaffreys Westernromane zeichnen sich durch ein realistisches Setting und die detailgetreue Darstellung historischer Ereignisse aus." ~ Romantic Times BOOKclub

„Ich bin ein großer Fan von Western-Liebesromanen, und dieses Buch ist wirklich außergewöhnlich. Ein schöner Auftakt zu einer tollen Serie." ~ The Romance Studio

„Attraktive, verwegene Helden, starke Heldinnen und eine ausgezeichnete Story machen diesen Roman zum bleibenden Lesegenuss." ~ The Best Reviews

**Verliebt in New Mexico**

„… eine wundervolle Beschreibung des Sangre-de-Cristo-Gebirges, von Las Vegas im späten 19. Jahrhundert und der Ranch der Ryans. Die Rezensentin fühlte sich beim Lesen in diese Zeit und an die beschriebenen Orte versetzt." ~ Love Romances

„Ms McCaffrey schreibt aus dem Herzen … definitiv eine Leseempfehlung." ~ The Romance Studio

„Wenn Sie Liebesromane, die im Wilden Westen spielen, mögen, dann sollten Sie dieses Buch lesen." ~ Romance Junkies

### Verliebt am Grand Canyon
„Die Leser werden die Geschichte lieben …" ~ RT BookReviews

„McCaffreys Geschichten sind historisch akkurat … ein phänomenaler Lesegenuss, ich lege das Buch allen ans Herz, die historische Liebesromane mit dem gewissen Extra mögen." ~ Jonel Boyko, Reviewer

„Die Legenden der Hopi und Havasupai haben in McCaffrey eine neue Stimme gefunden. Ihr mitreißender Stil machte die mystische Reise ihrer Protagonistin in ein anderes Reich glaubhaft. Ich konnte das Buch nicht mehr aus der Hand legen und habe es an einem Abend gelesen." ~ City Sun Times

### Verliebt in Arizona
„Fiese Bösewichte, jede Menge Action, eine starke Heldin, überraschende Wendungen, ein sexy Cowboy und eine sinnliche Liebesgeschichte – dieser historische Western-Liebesroman bietet von allem und für alle etwas." ~ Janna Shay, InD'tale Magazine

„… ergreifend und fesselnd … kaum aus der Hand zu legen." ~ Chanticleer Book Reviews

*Für meine Eltern, weil sie mir in meiner Kindheit erlaubt haben, nächtelang zu schreiben.*

*Und für die Lektorin der Originalausgabe, Karyn Cheatham, dank der die Geschichte besser wurde.*

# Kapitel Eins

New-Mexico-Territorium
Juli 1877

„Die Huren da drüben sind aber hübscher." Der zahnlose Mexikaner deutete mit einem breiten Grinsen die Pacific Street hinauf.

Irritiert band Logan Ryan sein Pferd an dem Balken vor dem zweistöckigen Gebäude fest, über dessen Eingang jemand in schwungvollen weißen Lettern „WHITE DOVE SALOON" auf den roten Untergrund gemalt hatte. Er setzte einen Fuß auf die unterste Stufe der ausgetretenen Treppe und stemmte lässig die Hände in die Hüften.

Claire Waters konnte sich unmöglich an einem solchen Ort aufhalten.

Vielleicht hatte der nach Whiskey stinkende Mexikaner ihn missverstanden. *Du suchst nach einer Waters? Sí, die findest du da.* Logan war sich jedoch sicher, dass der Mann auf den „White Dove Saloon" gezeigt hatte.

Erschöpft schob er sich den Hut in den Nacken. Das geschäftige Treiben auf der staubigen Straße nahm in der hereinbrechenden Dämmerung deutlich zu. Zigarrenqualm und lautes Stimmengewirr drangen aus dem Saloon nach draußen.

Las Vegas war eine lebhafte Stadt, die letzte auf dem Santa Fe Trail, bevor man Santa Fe erreichte. Hier kamen die unterschiedlichsten Menschen zusammen – Viehhändler, Kaufleute, Rancher und Soldaten aus Fort Union –, weswegen sich auch zahlreiche Saloons und Tanzbars angesiedelt hatten. Vielleicht hatte der Mexikaner einfach angenommen, dass Logan auf der Suche nach ein wenig Spaß und Unterhaltung war.

Die recht unwahrscheinliche Aussicht, Claire Waters hier wiederzusehen, hielt seine Müdigkeit in Schach, und er stieg die Treppe hinauf. Er war so schnell wie möglich hergekommen und hatte nur einen kurzen Zwischenstopp in Fort Sumner eingelegt, um sich nach Lester Williams zu erkundigen. Dieser hatte Claire ursprünglich nach Hause begleiten sollen, nachdem sie für kurze Zeit bei Logans Familie auf der SR-Ranch gewohnt hatte.

Als Lester in einem Telegramm seine schwere Erkrankung mitgeteilt hatte, war Logan umgehend aufgebrochen. Der alte Mann hatte so viele Jahre für die Ryans gearbeitet und gehörte quasi zur Familie. Zu Logans Erleichterung war Lester bereits auf dem Wege der Besserung und würde schon bald wieder so weit genesen sein, dass er nach Texas zurückkehren konnte. Über zwei Wochen hatte das Fieber Lester ans Bett gefesselt, und Logan befürchtete, dass Claire ebenfalls krank sein könnte. Möglicherweise siechte sie in genau diesem Augenblick an einer mysteriösen Krankheit dahin.

Die Schwingtüren des Saloons flogen laut knarrend auf. Logan konnte nur einen flüchtigen Blick auf schwarze Seide und nackte Haut werfen, bevor die Frau mit ihm zusammenstieß. Ein Hauch ihres süßlichen Parfüms wehte ihm entgegen, doch noch ehe er sie festhalten konnte, plumpste sie auf den Boden.

Logan musterte sie. Mit ihren üppigen Kurven und dem verführerischen Dekolleté verdrehte sie den Männern sicher reihenweise den Kopf. Auch wenn er sich eigentlich nicht mit

Barfrauen einließ, erschien ihm der Gedanke plötzlich durchaus reizvoll. Erstaunlich reizvoll, wie er feststellen musste. Er beugte sich zu der jungen Frau hinunter, um ihr aufzuhelfen. Offensichtlich war sie eine der hübschen Huren, die der Mexikaner erwähnt hatte.

„Tut mir leid, Miss. Ist alles in Ordnung?" Er warf einen Blick Richtung Eingang, um sicherzugehen, dass ihr kein lüsterner Gast dicht auf den Fersen war.

Als die Frau den Kopf hob und er in ihre grünen Augen sah, traf ihn der Blitz der Erkenntnis. Erschrocken schnappte er nach Luft.

„Claire?", fragte er fassungslos. Die schwarzen Haare waren schuld, dass er sie nicht gleich erkannt hatte. Claire Waters' langes Haar war weizenblond gewesen.

Ihre Augen weiteten sich. „Logan? Was machst du denn hier?" Panik stand ihr ins Gesicht geschrieben.

„Ich suche nach dir." Er unterdrückte das bittere Gefühl von Enttäuschung, das in ihm aufstieg. Ihre freizügige Kleidung und das veränderte Aussehen waren ein deutlicher Hinweis darauf, dass sie nicht die stille und zurückhaltende Frau war, die er auf der Ranch seiner Eltern kennengelernt hatte. Streng genommen wusste er nicht viel über sie. Dennoch hatte er sie wiedersehen wollen und sich voller Sorge und mit großen Erwartungen auf die Suche nach ihr gemacht.

„Warum? Was ist passiert? Geht es Molly gut?" Sie ignorierte seine Hand und stand ohne seine Hilfe auf. Logan beobachtete, wie sie eilig ihr enges Mieder zurechtrückte, das ihr Dekolleté für seinen Geschmack viel zu sehr betonte. Eben noch waren ihm ihre Kurven unwiderstehlich erschienen, doch nun passte es ihm plötzlich ganz und gar nicht mehr, dass sie ihre Vorzüge für jeden gut sichtbar zur Schau stellte.

Logan streckte die Hand aus, um ihr die schwarzen Haarsträhnen aus dem Gesicht zu streichen, doch sie rückte die

Perücke bereits selbst zurecht. Zögernd ließ er die Hand wieder sinken.

„Nein, es ist alles in Ordnung", sagte er. „Und Molly geht es gut. Allerdings haben wir Nachricht bekommen, dass Lester erkrankt ist. Daher wollte ich mich vergewissern, dass *du* wohlauf bist."

„Lester ist krank? Das wusste ich nicht. Er war gesund, als er … mich hier abgesetzt hat. Braucht er einen Arzt?"

Logan runzelte die Stirn. Lester hatte behauptet, dass er nicht genau wisse, wo Claire sich aufhalten würde. Vor drei Wochen hätte er sie auf ihren Wunsch vor der Stadt abgesetzt und wäre nach Fort Sumner geritten. Claire hätte ihm glaubhaft versichert, dass ihr Zuhause nicht weit entfernt war und sie die restliche Strecke allein bewältigen könnte. Daher hatte er sie gehen lassen, wenn auch nur widerwillig. Kurz darauf hatte ihn das Fieber befallen, und er hatte es nur mit Mühe und Not nach Fort Sumner geschafft.

Ursprünglich hatte Logan Claire selbst nach Las Vegas bringen wollen, aber der Zeitpunkt für ihren Aufbruch war denkbar schlecht gewesen. Der Frühjahrs-Vieh-Treck hatte bevorgestanden, und er hatte seine Pflicht erfüllen und seinen Vater dabei unterstützen müssen.

„Nein, es geht ihm schon besser." Es war ihm ein Rätsel, warum er einerseits froh war, dass sie sich um Lester sorgte, es ihn aber andererseits auch störte. Die plötzlich in ihm aufkeimende Eifersucht überraschte ihn.

Claire musterte ihn zwischen den Strähnen der grauenvollen Perücke hindurch. Ihr Kleid lag so eng an, dass sie es sich zum Ausziehen wohl vom Leib schälen musste. Eine Aufgabe, bei der er ihr gern behilflich wäre.

Er fluchte leise und überlegte fieberhaft, wie es nun weitergehen sollte. Die Fakten waren offensichtlich – Claire war eine Dirne. Warum störte ihn das so? Viele Frauen waren gezwungen, sich zu verkaufen, um zu überleben. Aber allein der

4

Gedanke, dass andere Männer sie angefasst hatten, versetzte ihm einen Stich.

„Bist du allein hergekommen?", fragte sie.

„Ja. Cale hat mich bis Fort Sumner begleitet, ist aber dann weiter Richtung Arizona-Territorium geritten." Cale Walker und er waren zusammen in Texas aufgewachsen, doch seit ihrer Kindheit hatten sie sich kaum noch gesehen. Cale war etwa zur selben Zeit wie Logans Bruder Matt zur Armee gegangen. Vor mehr als einem Jahr hatte Logan seinen Posten als Deputy in Virginia City aufgegeben und war nach Hause zurückgekehrt. Cale, der zu dem Zeitpunkt das Soldatenleben bereits an den Nagel gehängt hatte, war in den Territorien geblieben, um sich als Kopfgeldjäger zu verdingen. Erst als sie vor zwei Monaten erfahren hatten, dass Cale der Halbbruder von Logans Schwägerin Molly war, hatten sich ihre Wege wieder gekreuzt.

„Ich hoffe, es geht ihm gut."

Logan nickte.

„Du bist den ganzen Weg hierhergekommen, nur um nach mir zu suchen?"

„Ich habe mir Sorgen um Lester gemacht." Er blickte in ihre wachsamen Augen, die trotz ihrer blonden Haare von erstaunlich dunklen Wimpern umrahmt waren. Er hatte beinahe vergessen, wie liebreizend sie war, wie sehr er die Mahlzeiten auf der Ranch allein wegen ihrer Anwesenheit genossen hatte. „Und um dich habe ich mir auch Sorgen gemacht."

Sie musterte ihn, und ihr perfekt geformter Mund öffnete sich, als wollte sie dazu etwas sagen, ohne genau zu wissen, was.

Das laute Gebrüll mehrerer Männer, die sich offenbar beim Kartenspiel stritten, ließ Claire zusammenzucken.

„Stimmt etwas nicht?", fragte Logan.

Sie hatte sich eine Hand auf die Brust gelegt und warf ihm einen verwirrten Blick zu. „Nein, wie kommst du darauf? Ich habe es nur wirklich eilig. Es war schön, dich wiederzusehen. Richte

Molly bitte liebe Grüße von mir aus." Sie rannte an ihm vorbei und verschwand um die nächste Ecke.

Logan starrte ihr fassungslos nach.

Damit brauchte er gar nicht erst nach Hause zu kommen, Molly würde ihm die Hölle heißmachen, wenn er ihr nur so wenige Informationen lieferte. Allerdings hatte er auch absolut keine Ahnung, wie er ihr Claires derzeitige Situation erklären sollte.

Rasch folgte er Claire, blieb jedoch im nächsten Moment wie angewurzelt stehen, als sie zu Pferd hinter dem Saloon wieder auftauchte.

„Was treibst du denn da?", fragte er. „Molly will sicher mehr als nur schöne Grüße von dir hören."

„Ich will nicht unhöflich sein", sagte sie und bemühte sich, ihren Wallach zu zügeln. Das alte Pferd tänzelte ungeduldig. „Aber eine der Frauen im Saloon ist in Schwierigkeiten, und ich muss Hilfe holen."

„Was für Schwierigkeiten?" Es wäre nicht das erste Mal, dass er in etwas hineingezogen wurde, aus dem er sich besser herausgehalten hätte.

„Sie ist krank. Sie blutet." Claires Blick huschte von der Straße zum Saloon. Logan fragte sich, warum sie so besorgt wirkte, dass jemand sie sehen könnte. Und dann war da noch diese abscheuliche Perücke. Sein Instinkt sagte ihm, dass die Frau im Saloon nicht die Einzige war, die sich in einer Notlage befand.

„Meine Fähigkeiten reichen nicht aus, um ihr zu helfen", sagte Claire. „Ich muss jemanden holen."

„Den Arzt?" Das konnte er gerne für sie erledigen.

Claire schüttelte den Kopf. „Der kommt nicht zu uns. Die sind sich alle zu fein. In den Bergen lebt eine Indianerin. Sie wird mir helfen."

„Ich begleite dich." Er band Storm los. Die braune Stute wurde trotz des anstrengenden Tagesritts sofort wieder munter.

„Musst du nicht", erwiderte Claire. „Ich war schon oft da."

„So wie du angezogen bist, würde es mich nicht wundern,

wenn du Ärger bekommst und wieder auf deinem hübschen Hintern landest. Einmal am Tag reicht, finde ich." Er schwang sich auf sein Pferd. „Ich komme mit."

Ganz sicher war Logan sich nicht, aber er glaubte, eine Spur von Dankbarkeit in ihrer Miene zu erkennen, als er sich nicht wegschicken ließ. Sie nickte und gab ihrem Pferd die Sporen. Gemeinsam ritten sie durch die dunklen Gassen jenseits der Pacific Street und dann hinaus in die mondbeschienene Wildnis des Sangre-de-Cristo-Gebirges.

---

Ihr Ziel lag ganz offensichtlich nicht in der Nähe. Schroffe Felsen, hier und da ein Kaktus und jede Menge Kiefern und Kriechwacholder säumten ihren Weg. Logan fiel es schwer, sich im Dunkeln in der gleichförmigen Landschaft zu orientieren und sich markante Wegstellen zu merken. Zweige schlugen ihm gegen Arme und Beine. Ihn selbst störte das wenig, aber er konnte sich vorstellen, wie zerkratzt Claire am Ende ihres hastigen Ritts in die Berge aussehen würde. Ihre spärliche Bekleidung lenkte ihn ab. Ihr offenherziges Kleid war hochgerutscht und gab den Blick auf ihre wohlgeformten Beine frei, die in verführerischen, dunkelroten Strümpfen steckten. Doch sie schien fest entschlossen, sich durch nichts aufhalten zu lassen, und ritt unbeirrt weiter.

Logan dachte an seine erste Begegnung mit Claire zurück. Sie war mit Molly Hart zur SR-Ranch gekommen. Mollys Familie war mit seiner befreundet gewesen. Zehn Jahre zuvor hatte es einen Überfall auf die Hart-Ranch gegeben, bei dem Robert und Rosemary Hart ermordet worden waren. Damals hatten alle geglaubt, dass auch Molly getötet worden war. Man hatte den verstümmelten und verbrannten Leichnam eines jungen Mädchens gefunden, daher hatte für Logan und seine Familie kein Zweifel bestanden. Doch das Schicksal hatte Molly verschont. Allerdings war sie den Comanche in die Hände gefallen und hatte viele Jahre bei ihnen gelebt. Als sie nach zehn Jahren endlich heimkehren konnte, hatten Logans Eltern sie wie eine eigene Tochter aufgenommen, und sein Bruder Matt hatte sich Hals über Kopf in sie verliebt. Zu ihrer aller Erstaunen hatte er sogar seinen Job als Texas Ranger an den Nagel gehängt und sie geheiratet. Logan verband Mollys Rückkehr jedoch mit etwas anderem: Mit ihr war auch Claire auf die Ranch gekommen.

Molly hatte sich ganz allein im New-Mexico-Territorium Richtung Texas durchgeschlagen, bis sie endlich wieder nach Hause gelangt war. Es war purer Zufall gewesen, dass sie Claire in einer Schlucht in der Wüste außerhalb von Albuquerque entdeckte, wo man die junge Frau halb totgeschlagen zurückgelassen hatte. Molly hatte sich um sie gekümmert und sie mit nach Texas genommen.

Das alles erfuhr Logan von Matt, denn Claire hatte ihm während ihrer kurzen Bekanntschaft nichts von sich erzählt, und er selbst wollte keine neugierigen Fragen stellen. Nach ihrer ersten, etwas peinlichen Begegnung überraschte es ihn nicht, dass Claire mit ihm nie richtig warm geworden war.

Logans Mutter hatte Claire in der ersten Nacht auf der SR-Ranch in seinem Schlafzimmer untergebracht, weil sie davon ausgegangen war, dass er nicht vor dem nächsten Morgen zurückkehren würde. Er hatte die Rinder auf der Südweide gehütet und sich schon fast auf eine Nacht unter freiem Himmel eingestellt. Als er schließlich mitten in der Nacht nach Hause gekommen war, hatte er sich auf ein weiches Bett und ein herzhaftes Frühstück gefreut. Wie üblich war er splitterfasernackt zu Bett gegangen und hatte dort zu seiner Überraschung den warmen Körper einer Frau vorgefunden. Claire hatte ihn angegriffen wie eine Wildkatze und ihn zu Tode erschreckt. Aber ehrlicherweise musste er eingestehen, dass sie ein größeres Interesse in ihm geweckt hatte als jede andere Frau zuvor.

Diese Erinnerung führte zu einem anderen Gedanken. Claires Verhalten in Texas hatte nicht den leisesten Hinweis darauf gegeben, dass sie sich ihren Lebensunterhalt als Hure verdiente. Das gab ihm Rätsel auf. Er beschloss, dem Geheimnis der nunmehr schwarzhaarigen Schönheit auf den Grund gehen, bevor er nach Hause zurückkehrte. Er wollte unbedingt herausfinden, wie das alles zusammenpasste.

Claires Perücke verfing sich in einem Zweig und wurde ihr vom Kopf gerissen. Im Vorbeireiten fischte Logan sie herunter. „Hab sie", sagte er und betrachtete zufrieden Claires blondes Haar, das sie zu einem festen Knoten hochgesteckt hatte. Er wollte es gern offen sehen, nur ein einziges Mal, bevor er nach Hause zurückkehrte. *Genau, und die Sonne geht morgen im Westen auf.* Er sollte seine Anziehung zu Claire besser auf den Prüfstand stellen und sich nicht von Gefühlen übermannen lassen. Seine ehemalige Verlobte, Dee Griffin, hatte ihm sehr deutlich bewiesen, dass gute Absichten allein nicht ausreichten. Er hatte sich so sehr bemüht, Dee zufriedenzustellen, doch sie hatte ihn einfach sitzen lassen, ohne ein Wort der Erklärung oder auch nur einen Abschiedsgruß. Alles wäre besser gewesen als ihr Schweigen und das feige Verschwinden in die Arme eines anderen Mannes.

Die Pferde brachen durch das Unterholz auf eine mit Gras bewachsene Lichtung. Auf der anderen Seite war eine Lehmhütte erkennbar. Rauch stieg aus dem Schornstein auf, und in dem kleinen Fenster flackerte schwach ein Licht. Noch bevor Claires Pferd zum Stehen kam, glitt sie von seinem Rücken. Ihre schicken Stiefel mit den lächerlich hohen Absätzen blieben im Schlamm stecken, und sie schlug mit einem erstickten Laut der Länge nach hin. Noch bevor Logan absteigen und ihr helfen konnte, war sie wieder auf den Beinen und humpelte zur Hütte.

„Tia! Bist du da?" Claire klopfte an die Tür, die im selben Moment aufgerissen wurde, als Logan zu ihr trat. Eine kleine, stämmige Indianerin stand ihnen gegenüber und runzelte die Stirn.

„Tia, Gott sei Dank", sagte Claire atemlos.

Die Frau sog scharf die Luft ein. „Palomita? Bist du das? Alle sagen, du bist tot."

Claire nickte. „Ich weiß."

Sichtlich erschüttert legte Tia eine Hand an Claires Wange. „Oh, Kind, ich habe gebetet, dass *Sin-o'-Wap* deine Seele in die ewigen Jagdgründe bringt. Mein Herz ist von Kummer erfüllt gewesen."

Claire beugte sich vor und umarmte die Frau fest. „Es tut mir leid, dass ich nicht früher zu dir gekommen bin", flüsterte sie. „Ich hatte Angst, dass Sandoval oder Griffin dir etwas antun, wenn sie mich sehen." Sie blickte Tia in die Augen. „Es ist alles so verwirrend, und ich weiß nicht, wem ich trauen kann, aber ich bitte dich, dass du jetzt mit mir kommst. Es ist dringend. Ellie blutet stark, und ich kann die Blutung nicht stoppen."

Bei der Erwähnung des Namens Griffin horchte Logan auf. Auch wenn es weit hergeholt schien, er hatte tage- und wochenlang nach Dee gesucht, nachdem sie ihn verlassen hatte, doch irgendwann hatte sich ihre Spur in Denver verloren. Damals hatte er die Nase gestrichen voll gehabt von Frauen und dem Leben im Allgemeinen. Er war nach Nevada zurückgekehrt, hatte seinen Job als Deputy in Virginia City aufgegeben und sich auf den Weg nach Texas gemacht, wo seine Familie ihn auf der Ranch mit offenen Armen empfangen hatte.

„Ihre Frauenblutung?", fragte Tia.

„Ja, aber schlimmer. Viel, viel schlimmer." Claire schluchzte auf.

„*Sí*, ich komme." Bevor sie sich eine große Ledertasche schnappte, kippte Tia etwas Wasser auf die Flamme in dem kleinen Kamin. Es zischte, und eine Rauchfahne kräuselte sich zur Decke. Beim Verlassen der Hütte bemerkte sie Logan. „Und wer bist du?"

„Logan Ryan, Ma'am." Er tippte sich grüßend an die Hutkrempe.

Tia grinste. Trotz der weißen Strähnen in ihren beiden schwarzen Zöpfen und der Falten um die Augen wirkte sie jung und lebensfroh. Sie legte den Kopf in den Nacken. „Du bist sehr groß. Und du passt jetzt also auf Palomita auf?" Sie nickte und ging weiter, bevor er antworten konnte. „War Zeit, dass jemand aufpasst. War Zeit, dass du kommst."

„So ist das nicht", protestierte Claire.

Tia lächelte. „Nicht für dich vielleicht." Sie hielt Logan ihre kleine Hand hin. „Du kannst mich Tia Anita nennen."

Als er ihre Hand umfasste, durchbohrte die Indianerin ihn mit neugierigen Blicken, aber das störte ihn nicht. Er spürte ihre starke Zuneigung zu Claire. „Hast du ein Pferd?", fragte er.

„*Sí*, ist aber sehr langsam."

„Du kannst bei mir mitreiten", sagte Claire und führte sie zu den beiden Pferden, die hinter ihnen warteten.

Tia winkte ab. „Reverend ist zu alt für uns beide. Schau doch, er ist schon müde. Er wird nach Hause schleichen, und wir sind froh, wenn wir übermorgen ankommen."

Logan strich dem Tier über die Nüstern. Reverends graues Fell war zottelig und ungepflegt, aber seine schwarzen Augen waren klar. Es war offensichtlich, dass er solche Anstrengungen nicht gewohnt war, aber er hatte noch immer Feuer im Blut. Das Pferd erwiderte seinen Blick, als ob es ihn einzuschätzen versuche, und ihm kam der Gedanke, dass Tia ihn gerade auf die gleiche Weise gemustert hatte. Anerkennend nickte er.

Claire umgab sich offensichtlich gerne mit willensstarken Persönlichkeiten. Vielleicht ließ das ja einen Rückschluss auf ihren eigenen Charakter zu. Genau den wollte Logan gerne näher kennenlernen. Seit ihrer Abreise hatte er oft an sie gedacht, und er war hierhergekommen, um sie wiederzusehen – auch wenn er sich das bis zu diesem Moment nicht hatte eingestehen wollen. Und diese Tatsache bereitete mehr Probleme, als er im Moment gebrauchen konnte. Denn falls er geglaubt hatte, dass er sie bei einer weiteren Begegnung weniger attraktiv, faszinierend und interessant finden würde, hatte er sich getäuscht. Das Gegenteil war der Fall.

Und wahrscheinlich war sie eine Hure.

Offenbar hatte er ein Talent dafür, sich immer die falschen Frauen auszusuchen.

„Claire kann bei mir mitreiten", sagte Logan und half Tia auf Reverends Rücken. Dann stieg er in Storms Sattel, packte Claires Hand und zog sie hinter sich aufs Pferd. Er nahm die Perücke vom Sattelknauf, drehte sich um und setzte ihr den schwarzen Mopp auf den Kopf.

„Danke", murmelte sie. Ihre Hände berührten seine, als sie versuchte, ihre Verkleidung zurechtzurücken.

„Blond steht dir besser." Claires verwirrter Blick war ihre einzige Antwort auf das kleine Kompliment und er entlockte Logan ein Lächeln. Ihr Verhalten passte nicht zu einem Saloon-Mädchen. Logan spürte einen Funken Hoffnung in sich aufkeimen, dass nicht alles so war, wie es schien.

„Kennst du den Weg?", fragte Tia.

„Ich folge dir." Er wollte nicht riskieren, sich zu verirren. Offensichtlich drängte die Zeit für Ellie.

„Halt dich fest", sagte er zu Claire. Er packte ihre Arme und legte sie sich um den Bauch. Allein um ihrer Sicherheit willen, redete er sich ein.

Auch wenn er genau wusste, dass das völliger Blödsinn war.

# Kapitel Zwei

Schreie erfüllten den kleinen Raum und Claire rieselte ein eiskalter Schauer über den Rücken. Ellie Hicks schluchzte und rang nach Luft, während ihr die Tränen übers Gesicht strömten. Ihr ausgezehrter Leib war in Schweiß gebadet. Ellie war kein zurückhaltendes Mauerblümchen, sondern eine gestandene Frau in den Vierzigern, die viele Jahre lang ihren Körper an jeden Mann verkauft hatte, der genug Geld gehabt hatte, um dafür zu bezahlen. Die gewöhnlich so robuste, nüchterne Frau litt Höllenqualen. Das von silbernen Strähnen durchzogene rote Haar klebte ihr an Wangen und Hals, und da war so viel Blut. Grundgütiger, es war einfach überall.

Claire schloss für einen Moment die Augen, um sich zu sammeln. Wie sollte sie Tia eine Hilfe sein, wenn sie jetzt die Nerven verlor? Ihr heimlicher Traum war es, Ärztin zu werden, aber ihre Reaktion auf Ellies Zustand entmutigte sie.

„Mehr Decken", sagte Tia.

„Es tut so weh." Ellie sackte stöhnend in die Kissen zurück. Selbst ihre Lippen hatten jegliche Farbe verloren. „Werde ich sterben?", wimmerte sie.

„Ganz ruhig", erwiderte Tia. „Heute Nacht wirst du nicht sterben."

Claire eilte zu Betsy Williams auf den Flur. „Ich brauche mehr Decken", wies sie die junge, brünette Frau an.

„Wird sie wieder gesund?" Betsys Blick war voller Sorge.

Das Mädchen arbeitete seit fünf Monaten im „White Dove", servierte Getränke und half, wo es nötig war. Claires Mutter erwartete letztendlich von allen Frauen, dass sie irgendwann mit den Gästen nach oben gingen, aber Claire bezweifelte, dass Betsy das durchstehen würde. Vielleicht fand Maggie Waters auf ihre alten Tage doch noch ihr Herz wieder. Nur ein einziges Mal hatte Claires Mutter bei einem Mädchen Nachsicht gezeigt, und das war Claire selbst gewesen.

Seit ihrem sechzehnten Geburtstag hatte Claire befürchtet, dass sie sich Essen und Unterkunft auf die hier übliche Weise verdienen müsste, aber ihre Mutter hatte ihr einen Aufschub gewährt, da Claire sich als Heilerin gut machte. In den letzten drei Jahren hatte Claire alles dafür getan, den Frauen im „White Dove" zu helfen, aber erst kürzlich hatte sich ihre Mutter darüber beschwert, dass Claire sich um jede dahergelaufene Hure kümmerte.

Claire streckte die Hand aus und drückte Betsys Arm. „Ich hoffe es. Kannst du die Decken holen?"

Das Mädchen nickte und brachte schnell das Gewünschte. „Wenn du mich brauchst ..."

„Ich sag dir Bescheid", erwiderte Claire. „Es ist am besten, wenn ihr Mädchen den Betrieb unten am Laufen und die Kunden bei Laune haltet." In Wahrheit kamen längst nicht mehr so viele Gäste wie früher, da außer Louisa Pérez und Alice May niemand mehr für ihre Unterhaltung sorgte. Claire vermutete, dass sich die Männer nun, da auch noch Ellie ausgefallen und Maggie nicht im Haus war, anderweitig vergnügten. Der „Southern Charm Saloon" war nur ein paar Häuser weiter, und Claire wusste, dass die Besitzerin Belle Mason mindestens ein Dutzend Mädchen beschäftigte.

Claire schloss die Tür und half Tia, Ellie zu waschen. In der Ecke stapelten sich die blutigen Laken und Tücher. Die Matratze war längst ruiniert, aber sie zogen dennoch ein frisches Betttuch auf. Ellie klammerte sich schmerzhaft an Claires Schultern, während Tia diese Aufgabe übernahm.

Tia dirigierte Claire zum anderen Ende des Zimmers und senkte die Stimme zu einem Flüstern. „Ich glaube, sie verliert ein Kind. Ihr Körper will helfen, aber es geht nicht schnell genug." Sie holte einen Lederbeutel aus ihrer Umhängetasche und reichte ihn Claire. „Nimm das hier, *cuipa de sabina*, mach Tee damit. Das bringt das Kind heraus. Sie blutet zu viel. Es bleibt keine Zeit."

Claire nickte und verließ das Zimmer. Sie nahm die Hintertreppe zur Küche, erleichtert, den Saloon meiden zu können, auch wenn sich dort nur wenige Gäste aufhielten. Louisa, dank ihres exotisch-mexikanischen Aussehens und ihrer Erfahrung hinter geschlossenen Türen eine der beliebteren Attraktionen des „White Dove", hatte sich mehr als nur einmal über das Ausbleiben der Kundschaft beklagt.

Die Sorge um die finanzielle Lage des Bordells und die Abwesenheit ihrer Mutter machten Claire mit jedem Tag mehr zu schaffen. Die Mädchen hatten ihr erzählt, dass Maggie mit Claires jüngerem Bruder Jimmy nach Cimarron gefahren war. Da eine solche Reise nach Norden nicht ungewöhnlich war, hatte Claire sich bedeckt gehalten und auf ihre Rückkehr gewartet, um ihr zu erklären, warum sie so lange fort gewesen war. Sie verdrängte einen Anflug von Bitterkeit bei dem Gedanken daran, dass ihre Mutter im Grunde für Sandovals Überfall auf die Kutsche verantwortlich gewesen war. Die Erinnerung daran, wie er Claire herausgezerrt hatte – während Jimmy geschrien und ungeachtet der Gefahr, die von der Bande bewaffneter Männer ausging, um sie gekämpft hatte, wie es nur ein Achtjähriger wagen würde –, war ihr noch immer schmerzlich präsent.

Als Claire die kleine Küche betrat, fiel ihr Blick auf ihre Hand. Die Blutflecken auf der Haut und unter den Fingernägeln ließen sie schaudern. Eine Welle der Angst erfasste sie und unvermittelt zweifelte sie daran, ob sie wirklich zur Ärztin taugte. Die Männer, die in der Stadt eine Praxis eröffnet hatten und die Bewohner behandelten, hatten sicher nicht mit so zittrigen Händen zu kämpfen. Sie blinzelte die Tränen fort und atmete tief durch.

Der Herd war bereits heiß, Claire hatte ihn schon früher am Tag angeheizt, als Ellies Zustand immer schlimmer geworden war. Sie wusch sich notdürftig die Hände mit Seife und einer Bürste, Wasser spritzte dabei über die hölzerne Arbeitsplatte rund um die Waschschüssel. Hastig griff sie nach einem Handtuch an der Wand und trocknete sich die Hände damit ab. Dann nahm sie den schweren Kessel vom Regal und füllte ihn mit Wasser aus dem Eimer, der neben der Hintertür stand. Als sie sich damit abmühte, den Kessel hochzuheben, griff jemand an ihr vorbei und nahm ihr die Last ab. Verwirrt blickte sie in Logans blaugrüne Augen. Ihr Herzschlag beschleunigte sich.

„Wie geht es Ellie?", fragte er.

Claire schaute zu, wie er den Kessel mühelos auf den gusseisernen Herd stellte. Er öffnete die Klappe neben der Ofentür, um nach dem Feuer zu sehen, und legte noch ein paar Holzscheite vom Stapel in der Ecke nach.

„Nicht gut", erwiderte Claire und fragte sich, warum ihre Stimme sich auf einmal so anders anhörte, rauer und zurückhaltender als sonst. Tiefe Erschöpfung überkam sie. Und Logans plötzliche Aufmerksamkeit war beinahe mehr, als sie im Augenblick verkraften konnte.

Er hatte sie auf der Treppe zum Saloon angetroffen, gekleidet wie eine Frau, die viel Zeit in der Horizontalen verbrachte, oder mitunter auch in anderen Haltungen, wenn man Louisa glauben konnte. Dieser Gedanke trieb ihr die Hitze ins Gesicht. Sie hatte keinerlei persönliche Erfahrung in dieser Hinsicht, aber so wie Logan sie anschaute, nahm er offensichtlich das Gegenteil an.

Die Vorstellung beschämte sie, aber andererseits wünschte sie sich zu ihrem eigenen Erstaunen sehnlichst, Logan auf eine Weise zu berühren und zu erforschen, wie Louisa und die anderen Mädchen es angeblich mit ihren Kunden taten. Das Verlangen war so drängend, dass ihr schwindelig wurde. Claire machte einen Schritt nach hinten und hielt sich am Küchentisch fest.

*Mit welchen Frauen hat Logan wohl schon das Bett geteilt?*

Er war groß und breitschultrig und schien mit seiner Präsenz die enge Küche komplett einzunehmen. Sie hätte nie gedacht, dass sie ihn jemals wiedersehen würde, und diese Befürchtung hatte seit ihrer Abreise aus Texas an ihr genagt.

Er kam auf sie zu, sein Hut beschattete sein Gesicht, das ihr gleichermaßen vertraut und unlesbar erschien. Sie erinnerte sich nur zu gut daran, wie sich sein dunkelbraunes Haar leicht im Nacken wellte, ebenso daran, wie sie ihn damals auf der Ranch gelegentlich dabei ertappt hatte, wie er sie beobachtete. Seine Blicke hatten sie dazu verleitet, sich Dinge vorzustellen, an die sie nie zuvor einen Gedanken verschwendet hatte.

Er kam noch näher, und sie lehnte sich unwillkürlich zurück, als er eine Hand hob. „Du hast Blut im Gesicht", sagte er leise. Sanft rieb er mit dem Daumen über eine Stelle neben ihrer Nase. Seine Finger hinterließen eine warme Spur auf ihrer Haut.

Claire konnte nicht antworten, sondern starrte stumm auf den dunkelblauen Kragen seines Hemdes, dessen obere Knöpfe geöffnet waren, auf die gebräunte Haut und den Ansatz von Brusthaar, den es preisgab. Mehr würde sie davon nie zu sehen bekommen.

Er hob vorsichtig eine schwarze Haarsträhne an, die ihr über die Schulter fiel. Ihr Kopf juckte unter der Perücke. „Wir müssen reden", sagte er.

Der Kessel begann zu pfeifen, und Wasserdampf stieg über dem Herd auf. Claire eilte hinüber, aber Logan war ihr zwei Schritte voraus, nahm ihr das Handtuch ab und hob den Kessel von der Kochplatte. Sie holte eine weiße Porzellankanne und hantierte klappernd mit dem Deckel herum. *Verfluchte Zitterhände.*

Sie wickelte eine Handvoll der Sadebaumrindenstücke, die Tia ihr gegeben hatte, in ein Baumwolltuch und verknotete die Enden, ehe sie das kleine Bündel in die Teekanne legte. Dann trat sie rasch zurück, um jeglichen Körperkontakt mit Logan zu vermeiden, während er das Wasser darüber goss. Um sich irgendwie zu beschäftigen, holte sie ein abgenutztes Tablett und stellte eine Blechtasse und die Teekanne darauf.

„Das hier wird eine Weile dauern", sagte sie und warf ihm einen Blick zu. Warum brachte seine Anwesenheit sie nur so aus der Fassung?

„Ich kann warten."

Claire wollte schon antworten, dass er doch sicher Besseres zu tun hatte, als auf sie zu warten, aber sie vertrödelte nur kostbare Zeit. Ellie brauchte den Tee.

Sie nickte, nahm das Tablett und verließ damit die Küche, während sein Blick ihr deutlich spürbar folgte. Sie freute sich zwar, ihn wiederzusehen, doch seine Nähe und ihre Reaktion darauf brachte sie aus dem Gleichgewicht.

Als sie jedoch Ellies Zimmer betrat, war jeder Gedanke an seine ungewöhnlichen Augen und die breiten Schultern sofort aus ihrem Kopf verschwunden, denn nun sah sie sich mit der schrecklichen Aufgabe konfrontiert, das tot geborene Kind dieser Frau auf die Welt zu bringen.

———

EIN LEISES KLOPFEN schreckte Claire auf. Offenbar war sie vor Erschöpfung eingedöst, während sie auf einem Stuhl an Ellies Bett Wache hielt. Rasch warf sie einen Blick auf die Frau, die zum Glück noch immer schlief. Vor Stunden hatten sie ihr den Unterleib verbunden, und irgendwann hatte auch der Tee seine Wirkung getan, und die Blutung hatte nachgelassen. Tia schlummerte auf dem Fußboden zwischen dem Fußende des Bettes und dem Fenster und schnarchte leise. Sie lag flach auf dem Rücken, was Claire ziemlich unbequem erschien. Durch die dünnen weißen Vorhänge kündigte der blaue Himmel einen neuen Tag an.

Louisa schaute zur Tür herein. „Wie geht es Ellie?"

Claire rieb sich den steifen Nacken und fragte sich, wie Louisa es schaffte, so früh am Morgen schon so frisch und hübsch auszusehen. Ihr Gesicht war wie immer makellos, und der Blick ihrer scharfsichtigen dunklen Augen huschte durch den Raum. Sie war offenbar noch gar nicht im Bett gewesen, außer aus beruflichen Gründen. Louisas Freier waren ihr treu ergeben. Sie trug noch immer dasselbe rote Seidenkleid wie am Abend zuvor. Es betonte ihren dunklen Teint und die schwarzen Haare. Louisa hatte es ebenso wie Claires Arbeitsgewand – ein eng anliegendes schwarzes Kleid, das sie zu gern endlich ausziehen würde – selbst entworfen und genäht.

„Es geht ihr besser", antwortete Claire.

Sie stand auf und wurde erneut daran erinnert, wie sehr der tiefe Ausschnitt ihre Brüste betonte. Ihre Blässe stand in einem starken Kontrast zu Louisas sinnlicher Schönheit. Ein winzig kleiner Teil von Claire hatte es tatsächlich genossen, sich in das enge Kleid zu zwängen, hatte das Bewusstsein genossen, dass sie durchaus eine Frau mit weiblichen Rundungen war. Sie betrachtete den menschlichen Körper gewöhnlich recht nüchtern als etwas, das es zu heilen galt, oder als Mittel, um männliche Lust zu befriedigen. Niemals hatte sie sich selbst als schön und begehrenswert wahrgenommen. *Hat Logan ihr Anblick gefallen?*

Es sollte ihr egal sein, was Logan dachte.

„Muss dich kurz stören. Die Gäste sind alle weg, nur einer ist noch da. Er will dich." Louisa kniff die vollen Lippen zusammen und schüttelte den Kopf. „Ich habe gesagt, dass du heute nicht bedienst, aber er geht nicht. Ich habe gesagt, ich übernehme, mehrmals sogar, aber er sagt immer Nein. Ich schätze", sie lächelte kokett, „du musst mir dein Kleid wiedergeben."

In ihrem übermüdeten Zustand begriff Claire nur zwei Dinge: Logan war noch immer hier, und Louisa hatte sich ihm angeboten.

Allein der Gedanke daran machte sie unglaublich eifersüchtig. Sie war nie zuvor neidisch auf Louisas üppige Kurven oder ihren selbstverständlichen Umgang mit körperlicher Liebe gewesen, aber die Vorstellung, dass Louisa sich an Logan heranmachte, gefiel ihr ganz und gar nicht.

Sie ging an Louisa vorbei und blieb in der Tür stehen. „Bist du sicher, dass er allein ist?"

„*Sí*. Aber so kannst du nicht gehen. Setz Perücke auf."

Claire nickte nur, denn sie wollte nicht erklären, warum das unnötig war. „Schick ihn in Maggies Zimmer."

Louisa blickte sie erstaunt an. Claire entschied jedoch, sie nicht über Logan aufzuklären.

Sie hätte auch unten im Saloon mit ihm reden können, aber ihr Bauchgefühl sagte ihr, dass ein Gespräch unter vier Augen besser war. Hinter verschlossener Tür würde sie nicht mit Louisa um seine Aufmerksamkeit buhlen müssen. Sie hätte ihn ebenso gut in ihr eigenes Zimmer in der Hütte hinter dem Saloon führen können, die Maggie für Claire und Jimmy hatte anbauen lassen. Aber der Gedanke, ihn in ihren privaten Bereich zu lassen, behagte ihr nicht.

Claire ging den Flur hinunter bis zum Zimmer ihrer Mutter. Eine Staubschicht lag auf dem Schreibtisch und den Nachtschränkchen, das Bett war ordentlich mit einer weißen Spitzentagesdecke gemacht. Sie zog die Nadeln aus ihrem Haar und kratzte sich den Kopf, während sie überlegte, was sie ihm sagen sollte. Natürlich könnte sie ihm ihre verfahrene Situation erklären, aber sie bezweifelte, dass Logan das wirklich hören wollte. Besser, sie erzählte ihm so wenig wie möglich über sich, da er sicher ohnehin bald wieder nach Texas abreisen würde.

Durch die offene Tür hörte sie seine Schritte auf dem Dielenboden näher kommen. Ein nervöses Flattern breitete sich in ihrem Magen aus.

Logan klopfte an die offene Tür, nahm seinen Hut ab und betrat das Zimmer. Claire saß in einem Stuhl am Fußende des Bettes, sie trug noch immer das enge schwarze Kleid. Ihre entblößten Schultern und ihr Dekolleté zogen immer wieder seinen Blick auf sich. Das Haar fiel ihr bis zur Taille hinab, und sie strahlte trotz des Kleides eine natürliche Unschuld aus, die einen Mann sein ganzes Leben neu überdenken ließ. Diese Vorstellung irritierte ihn, und doch ertappte er sich dabei, dass er überlegte, wie viel Geld er bei sich trug. Wie viel verlangte sie wohl für ihre Dienste? Mist, er steckte bis zum Hals im Schlamassel.

„Mich wundert, dass du noch hier bist", sagte sie.

Hinter ihr schien die Sonne durchs Fenster und verlieh ihrem Haar einen goldenen Glanz. Sein Wunsch, sie mit offenen Haaren zu sehen, war erfüllt worden. Was erwartete ihn jetzt noch?

„Tja, nun, gewöhnlich verbringe ich nicht ganze Nächte im Saloon." Er schloss die Tür, lehnte sich dagegen und verschränkte die Arme. „Wie geht es deiner Freundin?"

„Ich denke, sie kommt durch. Du solltest schlafen. Bist du direkt aus Texas hergekommen?"

Er nickte und bemerkte die dunklen Ringe unter ihren Augen. Sie brauchte ebenfalls Ruhe.

„Wie geht es deiner Familie?", fragte sie.

„Alle sind wohlauf. Matt und Molly haben geheiratet."

„Wirklich?" Ihre Augen weiteten sich vor Überraschung.

Ein Lächeln umspielte seine Mundwinkel. „Das war unausweichlich. Hat nur eine Weile gedauert, bis sie darauf gekommen sind."

Ein wehmütiger Ausdruck huschte über Claires Gesicht. „Ich freue mich sehr für die beiden."

„Und was soll das alles hier? Arbeitest du schon länger hier?"

Ihr Lächeln verschwand. „Ich bin im ‚White Dove', seit ich ein kleines Kind war."

Logan fehlten die Worte. Er hatte in seiner Zeit in Virginia City genug leichte Mädchen und Huren getroffen, denn die

Goldgräberstadt war voller Saloons, Tanzlokale und Bordelle, aber trotz allem hätte er nicht damit gerechnet, dass Claire an einem solch verruchten Ort aufgewachsen war und noch immer ein solches Leben führte.

Er zwang sich, an etwas anderes zu denken. An ihre Sicherheit.

„Steckst du in Schwierigkeiten?"

„Wieso fragst du?"

„Ist nur so eine Vermutung."

Claire fuhr sich mit beiden Händen durchs Haar und schaute ihn ernst an. „Es ist alles wie immer." Sie machte eine ausladende Geste, dann ließ sie die Arme wieder sinken. „Ich weiß, was du denkst."

„Du hast keine Ahnung, was ich denke", erwiderte er und fragte sich, warum sie ihm so unter die Haut ging. Es lag nicht allein an ihrem Aussehen, auch wenn er sie in jeder Hinsicht äußerst reizvoll fand – vom Schwung ihrer Hüften über die Wölbung ihrer Brüste bis hin zu ihrem unvergleichlichen goldenen Haar. Aber da war noch mehr. Er ahnte, dass unter der Oberfläche noch etwas anderes schlummerte. Allein deshalb sollte er sie drängen, ihm alles zu erzählen: warum sie als Hure arbeitete, warum sie dieses Leben führte, warum sie in Schwierigkeiten steckte. Aber wollte er ihr wirklich so nahe kommen und sein Herz erneut aufs Spiel setzen? Sein gesunder Menschenverstand riet ihm davon ab.

„Ich hoffe, du bist … diskret, wenn du deinen Eltern von deinem Besuch hier erzählst", sagte sie. „Sie waren sehr nett zu mir."

„Du könntest mich zurück nach Texas begleiten." Die Worte kamen ihm über die Lippen, bevor er sie zurückhalten konnte. „Ich bin sicher, Molly würde sich freuen, dich wiederzusehen. Und meine Mutter könnte dir helfen, eine sinnvolle Beschäftigung zu finden."

Ein kurzes Aufflackern von Erstaunen in ihrem Blick

verschwand sofort wieder hinter tiefem Bedauern. Hätte Logan nicht genau hingesehen, wäre es ihm wohl entgangen.

„Danke für das Angebot", sagte sie zögerlich. „Aber ich habe hier Verpflichtungen."

Als sie aufstand, wanderten Logans Gedanken unwillkürlich zum Bett. Diese Unterhaltung zwischen die Laken zu verlegen, würde die Sache jedoch nur noch komplizierter machen. Er wusste das. Aber dennoch ließ sich der Gedanke nicht vertreiben.

„Wirst du heute noch abreisen?", fragte sie.

„Ich schätze schon." Bis auf die Frau, die vor ihm stand, gab es keinen Grund, länger hierzubleiben.

„Tia wird inzwischen sicher wach sein. Sie muss wieder nach Hause."

Claire kam zu ihm und Logan fühlte einen Stich der Enttäuschung, als sie hinter ihm nach dem Türknauf griff. Er hatte angenommen, sie wolle ihn umarmen. *Verdammt, ich muss erschöpfter sein, als ich dachte.*

„Ich bringe sie nach Hause", sagte er. Die Worte ließen Claire innehalten. Er empfand es als kleinen Sieg, als sie nah bei ihm stehen blieb und ihm so Gelegenheit gab, sich das intensive Grün ihrer Augen einzuprägen. „Du siehst müde aus. Warum legst du dich nicht ein wenig hin?" Der Drang, sie zu küssen, war unglaublich stark. „Und du bist auf der SR-Ranch immer willkommen."

Ihre Augen füllten sich mit Tränen. Er hätte sie berührt, wenn sie nicht den Kopf gesenkt und damit praktisch eine Mauer zwischen ihnen errichtet hätte. „Ich bin dir sehr dankbar für deine Hilfe mit Tia. Und bitte richte Molly meine besten Wünsche zu ihrer Heirat aus."

Widerstrebend trat er zur Seite, als sie die Hand erneut nach dem Türknauf ausstreckte. Zögernd blickte sie zu ihm auf. „Komm gut wieder nach Hause", fügte sie hinzu.

Zum zweiten Mal musste Logan mit ansehen, wie Claire aus seinem Leben verschwand.

# Kapitel Drei

„Warum nennst du Claire ,Palomita'?"

Logan ritt neben Tia durch die Straßen von Las Vegas, die zumeist von lehmverputzten Häusern gesäumt wurden. Einige hatten Vorbauten mit Säulen, andere waren mehrstöckig. In der Stadt lagen Armut und Reichtum dicht beieinander, und der „White Dove Saloon" gehörte eher in die erste Kategorie. Beim Warten auf Claire am vergangenen Abend hatte Logan bereits den heruntergekommenen Zustand des Saloons bemerkt, ebenso wie das eher überschaubare Schnapsangebot. Dieser Eindruck wurde am Morgen noch durch das wuchernde Unkraut und Gestrüpp vor dem Freudenhaus verstärkt.

Die grelle Morgensonne blendete Tia und sie kniff die Augen zusammen. „Als ich sie zum ersten Mal getroffen habe, sah ich eine kleine Taube. Claire war jung, acht oder neun Winter alt. Ich fand sie dort." Sie deutete auf die Berge. „Sie war so ruhig und still. Eine Taube kam und setzte sich zu ihr. Sie blieben eine Weile so. Ich dachte, seltsam. Aber jetzt ist es nicht mehr seltsam. So ist Claire. Verschlossen." Tia deutete auf ihren Kopf. „Sie denkt immer. Sie ist etwas Besonderes. Du siehst es auch." Mit mehr Nachdruck fügte sie hinzu: „Du fühlst es."

Logan warf der stämmigen Indianerin einen Seitenblick zu. „Vielleicht", murmelte er.

Tia lächelte. „Warum bist du hier, Logan Ryan?"

„Ich hab mir Sorgen um sie gemacht", antwortete er aufrichtig. „Aber offenbar will sie mich nicht hier haben."

„Palomita versteckt ihr wahres Ich."

„Ja", meinte er, „tun wir das nicht alle?" Er blickte auf die roten und grünen Chilischoten, die an den Geländern der Veranden hingen und sich im Wind wiegten. Mexikanische Jungen und Mädchen spielten in der gleißenden Sonne.

Tia lachte. „Und du? Wie weit bist du geritten, um sie zu finden?"

„Ich komme aus Texas."

Tia nickte. Sie trieb Claires alten Wallach nicht zur Eile an. Das langsame Tempo schien sie nicht zu stören, daher passte Logan sich einfach an. Vielleicht konnte er von ihr mehr über Claires Leben erfahren. Es gab keinen Grund, um den heißen Brei herumzureden.

„Seit wann ist Claire eine Hure?"

Tia zog fragend eine Augenbraue hoch. „Nur das hält dich zurück?"

Einen Moment lang war Logan sprachlos. Bei Tia klang das, als wäre es etwas vollkommen Normales, sich als Freudenmädchen zu verkaufen. Aber für Logan sah die Sache anders aus.

„Ist nur eine Frage", antwortete er. Er fuhr sich mit der Hand durchs Haar und rückte seinen Hut zurecht.

Tia kicherte und schüttelte den Kopf. „Ich stecke meine Nase nicht in Sachen von anderen Leuten, auch nicht bei Palomita. Aber warum will sie dich weghaben? Ich weiß nicht. Sie sieht die Welt schlecht, weil sie im ‚White Dove' lebt." Sie machte eine dramatische Pause und erklärte dann: „Claire verkauft sich nicht." Sie stieß mit einem Finger gegen seine Brust. „Denk drüber nach. Dein Herz weiß es längst."

Logan atmete erleichtert aus. Es hatte ihm schwer auf der

Seele gelastet, dass sie womöglich als Dirne arbeitete. „Warum bleibt sie dann hier?"

„Maggie Waters hat immer große Träume. Sie kam vor vielen Wintern in die Stadt, mit Claire, ihrer Tochter. So jung und lieb, aber ihre Augen sind viel zu alt für ein Kind. Maggie hatte nie einen Ehemann, sie verkauft sich und verdient viel Geld, aber nicht genug. Sie sucht Mädchen, für mehr Angebot. Dann kommt der Saloon. Palomita ist eine gute Tochter, sie bleibt, weil es ihre Pflicht ist."

„Wo ist Maggie denn?"

„Vor drei Vollmonden ist Maggie mit Jimmy in die Stadt." Auf Logans fragenden Blick hin fuhr Tia fort: „Er ist Maggies anderes Kind, hier geboren. Es gibt Gerüchte, dass Claire Schwierigkeiten hat. Ich frage Maggie, aber sie kann nicht sagen. Ihre Seele weint, und ich verstehe, sie hat Schmerzen."

„Wer hat Claire geschlagen? Sandoval? Griffin?"

Tia musterte ihn mit ernster Miene. „Das ist passiert?" Ihr ruhiger Tonfall konnte nicht über den Zorn in ihren Augen hinwegtäuschen. „Maggie hat es nie gesagt." Tia wandte den Blick ab und murmelte etwas Unverständliches vor sich hin, dann sah sie Logan wieder an. „Ich denke, Raul Sandoval. Griffin ist eine Schlange, aber er macht sich nicht gern die Hände schmutzig. Ich hab Claire heute Morgen nicht gefragt, weil ich so froh bin, sie wiederzusehen. Ich verstehe Maggie nicht, aber als Claire fort war, ist ihr Herz gebrochen. Sie ist mit Jimmy weg … weiß nicht, wohin. Sie glaubt an keinen Gott, aber sie würde danken, wenn sie ihre Tochter wiedersehen könnte."

Sie ließen die Stadt hinter sich und erreichten die Ausläufer der Berge. Logan ritt auf dem schmalen Pfad hinter Tia. Als sie bei ihrer bescheidenen Hütte ankamen, schwang er sich aus dem Sattel und bot ihr Hilfe beim Absteigen an. In diesem Moment trat ein Mann aus der Hütte.

„Jack!", rief Tia und umarmte ihn. Er trug einen zerschlissenen alten Anzug, dessen ehemals dunkler Stoff von der Sonne ausgebleicht und mit Staub bedeckt war. Sein langes, schwarzes Haar umwehte seine Schultern wie Spinnweben. Die enorm breite Krempe seines ebenfalls schwarzen Huts verdeckte sein Gesicht beinahe vollständig, und das von Tia gleich mit, während sie sich mehr als freundschaftlich begrüßten.

„Wo warst du denn?", fragte er und lehnte sich zurück, um sie anzuschauen.

„Im ‚White Dove'", antwortete Tia. „Hier, das ist Logan Ryan." Ohne auf eine Antwort zu warten, packte sie Jack am Arm und zerrte ihn zu Logan, der höflich ein paar Schritte entfernt gewartet hatte.

„Du kannst mich One-Eyed Jack nennen", sagte er und bot Logan lächelnd eine Hand an.

Der schüttelte sie. „Sehr angenehm, Sir."

Jack trug eine Augenklappe und roch arg nach Schnaps, aber sein Blick war freundlich. Und wach. In seiner Jackentasche steckte eine Bibel. Logan vermutete, dass Jack absichtlich wie ein dummer Indianer erscheinen wollte, der blind den Lehren des Christentums folgte. Zeige niemals dein wahres Ich. Das schien auch Claires Motto zu sein. Logan hatte in seiner Zeit als Deputy oft auf diese Taktik zurückgegriffen, und vielleicht unterschieden er und Claire sich doch gar nicht so sehr.

„Gute Neuigkeiten", sagte Tia grinsend. „Palomita lebt."

Jack starrte sie erstaunt an. „Du hast sie gesehen?"

„Sí. Es geht ihr gut. Logan Ryan ist gekommen, um zu helfen."

„Nun denn, junger Mann", sagte Jack, „dann freut's mich sehr, dich kennenzulernen. Es hätt' uns beinahe das Herz gebrochen, als wir erfuhren, dass sie fort ist. Die Leute haben sich schon erzählt, dass sie tot und begraben ist."

„Das kann ich mir vorstellen", antwortete Logan. „Claire erwähnte gestern den Namen Griffin." Er musste an die brünette Dee mit ihren verführerischen Blicken denken, aber seine Erinnerungen an sie waren mit der Zeit verblasst. Andere Erinnerungen waren seither präsenter geworden. Dee hatte jeden

Streit durch die Aussicht auf einen Ausflug ins Schlafzimmer direkt im Keim erstickt. Auf diese Weise hatte sie ihn schlicht blind für alles andere gemacht.

„Señor Griffin", erwiderte Tia nickend. „Er und Sandoval arbeiten zusammen. Wo der eine ist, ist der andere."

„Wie ist Griffins Vorname?"

„Frank", sagte Tia.

Hatte Dee nicht einen Bruder namens Frank erwähnt? Vielleicht. Ganz sicher war Logan sich nicht. „Hat er eine Schwester?"

„Schwester?" Die Indianerin dachte einen Moment darüber nach. „Vielleicht. Vor vielen Monden war eine Frau mit ihm, aber sie hing am Arm von dem schrecklichen Luttrell." Jack nickte zustimmend.

Dee hatte Nevada gemeinsam mit einem Mann namens Teddy Luttrell verlassen. Aufregung erfasste Logan, ähnlich der Anspannung, die er stets empfunden hatte, wenn er einen entflohenen Verbrecher hinter Gitter gebracht hatte.

„Wie sah die Frau aus?", wollte Logan wissen.

„Dunkles Haar, wie Griffin."

Das war der beste Hinweis, den er seit ihrem Verschwinden bekommen hatte. Er hatte längst aufgehört, gezielt nach ihr zu suchen. Wollte er diese Konfrontation jetzt überhaupt noch? Konnte irgendeine Erklärung seinen Schmerz über ihren Verrat mildern?

„Kennst du die Frau?", fragte Tia.

Logan zögerte. „Könnte sein." Er hatte nicht das Bedürfnis, seine Vergangenheit vor ihr auszubreiten.

Tia schüttelte den Kopf. „Wenn sie eine Griffin ist, solltest du deine Zeit nicht mit ihr verschwenden."

Das sagte sich so leicht. Aber Logan behielt für sich, wie hin- und hergerissen er in Bezug auf Dee war. „Wo ist Luttrell jetzt?"

„Tot", antwortete Jack gleichmütig. „Letztes Jahr im Winter ist er unter die Erde gekommen."

So viel zu einer neuen Spur. Dee war sicher längst wieder über alle Berge.

„War ziemlich komisch, Luttrells Tod", fuhr Jack fort. „Er hatte keine Verletzungen, deshalb gab es Gerüchte, dass er vergiftet worden ist. Wurde aber niemand für verurteilt, glaub ich."

Logan schob den Anflug von Sorge um Dee beiseite. Worin auch immer sie verwickelt war, sie hatte es sich selbst zuzuschreiben. Seine Verantwortung für sie war in dem Moment beendet gewesen, als sie ihn verlassen hatte. Allerdings …

„Komm mit rein", sagte Tia. „Ich mach dir und Jack Tee."

„Ich sollte mich besser wieder auf den Rückweg machen", antwortete Logan.

„Nur kurz." Tia zog ihn am Arm. „Komm. Ich will dir was zeigen."

Logan ließ sich zögernd von Tia in die Hütte schleifen, während Jack ihnen grinsend folgte. Es dauerte einen Moment, bis seine Augen sich an die Dunkelheit gewöhnt hatten. Weidenkörbe in verschiedenen Größen füllten die Regale an den Wänden. Auf dem Boden neben der Feuerstelle stand ein urnenförmiger Korb. Er war offensichtlich mit einer Art Harz bestrichen und diente somit als Krug, denn Tia goss ein wenig Wasser daraus in einen gusseisernen Topf.

In einem großen Korb neben der Tür lagen verschieden große Taschen, Armbänder und Mokassins aus Rohleder, die mit gelben, blauen und grünen Perlen verziert worden waren. Soweit er das beurteilen konnte, waren sie handwerklich hervorragend gearbeitet.

Er und Jack setzen sich auf die bunten, blau, rot und braun gemusterten Decken auf dem Boden, während Tia das Feuer schürte und das Wasser zum Kochen brachte. Schweigend warteten sie, bis sie mit zwei dampfenden, etwas mitgenommen aussehenden Blechtassen zu ihnen kam. Sie hielt Logan eine hin, änderte dann aber offenbar ihre Meinung und reichte ihm stattdessen die andere.

„Danke", sagte Logan.

„Tia." Jack klang vorwurfsvoll. „Was tust du da?"

„Was meinst du?"

„Welchen Tee hast du ihm da gegeben?"

Tia reckte das Kinn vor und stemmte die Hände in die Hüften. „Waldlilie", sagte sie schließlich. „Das ist guter Tee. Er bringt ihm Glück und schützt die Zähne."

Logan zog eine Augenbraue hoch. Es war das erste Mal, dass eine Frau sich besorgt um seine Zähne zeigte. Er verspürte den Drang, das bittere Gebräu schnell hinunterzukippen und sich auf den Rückweg zu machen. Wenn sein Instinkt ihn nicht trog, standen Jack und Tia kurz vor einem handfesten Streit.

„Du benutzt ihn nicht etwa als Liebestrank?", fragte Jack.

Logan verschluckte sich. „Wie bitte?" Er erhob sich hustend.

„Nein." Tia warf Jack einen finsteren Blick zu. „Das ist kein Liebestrank." Sie drehte sich zu Logan um. „Aber wenn doch … Wer beherrscht dein Herz? Und sag jetzt nicht die Griffin-Frau."

Logan starrte Tia an. Er war eigentlich immer davon ausgegangen, dass er die Absichten der Frauen recht gut durchschaute. Andererseits war da aber auch die Sache mit Dee gewesen. Nun hatte ihn sein Instinkt offenbar vollends im Stich gelassen, sonst wäre es ihm wohl früher aufgefallen, dass Tia ein Auge auf ihn geworfen hatte.

Um Zeit zu schinden, fragte er zögerlich: „Wer sollte denn deiner Meinung nach mein Herzen beherrschen?"

Tia musterte ihn einen Moment lang und schlug sich dann lachend aufs Bein. „Señor Ryan ist ein Spaßmacher. Jack, er denkt, *ich* will ihn haben." Sie schüttelte den Kopf und kicherte vor sich hin, dann beugte sie sich zu Logan. „Jack und ich gehören zusammen, du verstehst? Aber was ist mit Claire?"

Logan atmete erleichtert aus und antwortete, was ihm in den Sinn kam, bevor er sich daran hindern konnte. „Sie ist eine Frau, die man nur schwer vergessen kann."

Tia nickte, sagte aber nichts weiter dazu. „Hier." Sie reichte ihm eine kleine geschnitzte Figur aus Holz. Logan ließ sie in seiner Hand hin und her rollen und erkannte, dass es sich um einen kleinen Vogel handelte.

„Hat Claire gemacht, als Kind", erklärte Tia. „Sie hat es mir gegeben, aber es ist nicht für mich. Nimm du es."

Die kindliche Schnitzerei faszinierte ihn, ebenso wie die Verbindung zu einer jüngeren Claire. Aber es erschien ihm nicht rechtens, dass er sie bekommen sollte. „Warum gibst du ihr die Figur nicht zurück?" Er wollte Tia den Vogel reichen, doch sie hinderte ihn daran.

„Nein. Für sie ist sie auch nicht", sagte Tia. „Behalte sie. Wenn du sie später nicht willst, kannst du sie zurückbringen. Einverstanden?"

Logan zögerte, doch dann nickte er bedächtig. Tia war fest entschlossen, und es erschien ihm als vergebliche Liebesmüh, eine Diskussion darüber anzufangen. Claire hatte die Schnitzerei sicher schon längst vergessen. Durch die Figur fühlte er sich auf seltsame Weise mit ihr verbunden, doch er verdrängte dieses Gefühl rasch.

„Einverstanden", sagte er.

Tia lächelte. „Endlich breitet die kleine Taube ihre Flügel aus."

Logan blickte erneut auf die Figur. Es war nicht irgendein Vogel, den Claire geschnitzt hatte. Es war eine Taube.

---

Es war schon später Nachmittag, als Claire erneut nach Ellie sah, die jedoch glücklicherweise noch immer schlief. Erleichtert ging Claire nach unten zu Louisa und Betsy. Die beiden Frauen waren damit beschäftigt, die Tische abzuwischen.

Froh, endlich wieder ihre eigene Kleidung zu tragen – einen bunten mexikanischen Rock und eine weiße Bluse –, trat Claire hinter die Bar und holte das in Leder gebundene Haushaltsbuch des Saloons aus der verschlossenen Schublade. Sie hatte vor einigen Tagen den Schlüssel im Zimmer ihrer Mutter gefunden und war bereits zweimal alles durchgegangen, in der Hoffnung, die Einträge zu verstehen. Sie setzte sich auf einen der Hocker, legte das Buch auf den Tresen und versuchte es noch einmal.

Als ihre Mutter mit Jimmy Richtung Cimarron aufgebrochen war, hatte sie Ellie das Kommando übergeben und sie mit nicht einmal fünfzig Dollar in der Kasse zurückgelassen. Der Saloon brachte zwar jeden Abend Geld ein, aber eine schnelle Rechnung hatte gezeigt, dass die Einnahmen kaum reichten, um die nächste Woche zu überstehen. Viel Schnaps gab es auch nicht mehr.

Zum ersten Mal fragte sich Claire, ob sie bei der Bank wohl noch Schulden für das Haus hatten, allerdings fand sich in dem Kassenbuch kein Hinweis darauf. Ihre Mutter hatte sich immer allein um alle geschäftlichen Angelegenheiten gekümmert. Selbst jetzt traute Claire sich kaum, sich einen Einblick in die finanzielle Situation des Saloons zu verschaffen, aus Angst vor der Reaktion ihrer Mutter, wenn diese zurückkam. Aber solange Ellie sich noch erholte, gab es niemanden, der sich mit dem drängenden Problem auseinandersetzte, wie sie das Geschäft am Laufen halten sollten.

Beunruhigt über ihre finanzielle Lage überprüfte Claire das Kassenbuch erneut, doch die Aufrechnungen gaben keinerlei Aufschluss darüber, warum immer mehr Gäste ausblieben.

„Wieso läuft es bloß so schlecht?", fragte sie.

Louisa und Betsy hielten in ihrer Beschäftigung inne.

„Vielleicht bleiben die Männer weg, weil Maggie nicht da ist?", schlug Betsy vor.

Claire nickte. Das war durchaus denkbar. Ihre Mutter unterhielt immer noch einige ausgesuchte Kunden persönlich. Aber sollte man nicht annehmen, dass gerade diese dann weiterhin hierherkommen und ihnen die Treue halten würden? Offenbar war dem jedoch nicht so.

„Gibt noch mehr Spaß in der Stadt", meinte Louisa. „Andere haben mehr zu bieten."

Claire sah sie an. „Wie der ‚Southern Charm Saloon'?"

Louisa zuckte mit den Schultern. „Kann sein, kann auch nicht sein."

Nutzte Belle Mason etwa Maggies Abwesenheit aus? Es war allgemein bekannt, dass die beiden sich hassten wie die Pest und daraus auch keinen Hehl machten. Niemand wusste genau, was dahintersteckte, zumindest Claire nicht. Ihre Mutter hatte ihr nie Geheimnisse anvertraut, was durchaus auf Gegenseitigkeit beruhte. Es war bezeichnend, wie sehr sie Maggie misstraute.

Plötzlich überkam Claire Sehnsucht. Sie könnte fortgehen. Das hatte sie schon einmal getan, als sie Molly nach Texas begleitet hatte. Aber schon bald bekam sie Gewissensbisse und ihr Pflichtgefühl hatte sie zurück nach Las Vegas getrieben.

Ihre Zeit bei den Ryans hatte ihr jedoch gezeigt, wie man als *normaler* Mensch lebte, und ein Teil von ihr sehnte sich nun danach zurück, nach einem richtigen Zuhause, nach Wertschätzung und nach einem Mann, den sie lieben konnte. Ungebeten tauchte ein Bild von Logans attraktivem Gesicht vor ihrem inneren Auge auf.

Sie war bereits neunzehn Jahre alt. Je länger sie im Saloon blieb, desto wahrscheinlicher wurde es, dass auch sie bald Drinks servierte und anschließend mit Kunden im Schlepptau die Treppe zur oberen Etage hinaufstieg.

Alice May kam aus der Küche in den Gastraum, blieb jedoch wie angewurzelt stehen, als sie Claire erblickte. Die Überraschung war ihr deutlich ins Gesicht geschrieben. Sie trug einen schwarzen Rock und eine weiße Bluse und sah aus, als würde sie gerade von einem Ausflug in die Stadt zurückkommen.

„Stimmt etwas nicht?", fragte Claire.

Alice zögerte und blickte zu Louisa hinüber, die wieder aufgehört hatte, den Tisch abzuwischen.

Alice war bereits Mitte dreißig, aber sie hatte Ambitionen und wollte hoch hinaus, das hatte Claire zumindest so aufgeschnappt. Mit einem hübschen Gesicht, umrahmt von rotblonden Locken, und einer hübscheren Figur als die meisten der jüngeren Mädchen hatte Alice nie einen Hehl daraus gemacht, dass Las Vegas für sie nur eine Zwischenstation auf dem Weg nach Denver war.

„Na ja …", begann sie zögerlich. „Ich hoffe, du nimmst es mir nicht übel, Claire, aber ich war gerade bei Belle."

Claire hatte eine Ahnung, was als Nächstes kommen würde. „Hat sie dir ein Angebot gemacht?"

Alice nickte. „Ich bin Maggie sehr dankbar, aber wer weiß schon, wann sie wiederkommt? Ich kann einen höheren Lohn nicht einfach so ablehnen. Und Belle hat das ‚Southern Charm' renoviert. Das ist wirklich eine Stufe nach oben auf der Leiter."

Früher war das „White Dove" nur ein schlichtes Bordell gewesen. Um die Einnahmen zu steigern, hatte Maggie daraus irgendwann einen Saloon gemacht, um auch die Männer anzulocken, die nur etwas trinken oder spielen wollten, zusätzlich zu denen, die wegen der Frauen kamen.

„Wieso denkst du, dass Maggie nicht so bald wiederkommt?", fragte Claire.

„Belle meinte, dass man sie in Cimarron nicht gesehen hat."

„Aber da wollte sie mit Jimmy hin. Das hast du mir doch selbst erzählt."

Alice hob die Hände in einer abwehrenden Geste. „Ist nicht meine Schuld. Das hat Maggie uns gesagt, bevor sie los ist. Aber wenn sie nicht in Cimarron ist und hier auch nicht, wo ist sie dann? Sieh mal, sie war nicht mehr sie selbst, als du verschwunden warst. Sie hat bestimmt gedacht, dass du tot bist, haben wir alle. Ich nehm's ihr nicht krumm, dass sie mal wegwollte, aber inzwischen denke ich, dass sie sich aus dem Staub gemacht hat und es uns nur nicht sagen wollte. Vielleicht übernimmt Ellie den Laden ja, ich mach das ganz bestimmt nicht. Ich brauch nur noch ein paar Monate ordentlich Geld, dann kann ich meine Sachen packen und weiterziehen."

Eine unangenehme Vorahnung erfasste Claire. „Wo treiben sich denn Griffin und Sandoval in letzter Zeit herum?"

Alice seufzte. „Also, Rusty Simmons hat mir neulich erzählt, dass sie in Cimarron waren. Meinst du, das hat was mit Maggies Verschwinden zu tun?"

Davon ging Claire stark aus, aber sie sah keinen Grund, ihre Vermutungen mit Alice oder den anderen Mädchen zu teilen. Sie hatte ihnen nicht verraten, dass Sandoval sie überfallen hatte, und es gab auch keinen Grund, zu glauben, dass eine von ihnen davon wusste. Daher nahm Claire an, dass Maggie es für sich behalten hatte. Sie schien es überhaupt niemandem erzählt zu haben, denn offenbar war Sandoval noch immer ein freier Mann. Ihre Mutter musste einen guten Grund haben, warum sie ihn für das, was er getan hatte, nicht vor Gericht brachte. Etwas anderes wollte Claire nicht glauben. Denn die Alternative war undenkbar – dass es ihrer Mutter schlicht egal war.

„Keine Ahnung", antwortete Claire. „Hat mich nur interessiert."

„Vielleicht solltest du dich nicht mehr verstecken", meinte Alice. „Wenn Maggie Wind davon kriegt, dass du wieder da bist, kommt sie bestimmt zurück."

„Ja, vielleicht." Claire wusste nicht mehr, was sie noch glauben sollte. Wenn ihre Mutter etwas mit Griffin und Sandoval zu tun hatte, dann war es sicher nichts Gutes. Letztendlich wusste Claire, dass sie Maggie Waters keine Vorschriften machen konnte, aber da war auch noch Jimmy, an den sie denken musste. Er war zu jung, um sich allein durchs Leben zu schlagen. Es war Claires Aufgabe, sich um ihn zu kümmern, denn Maggie hatte sich nie wirklich für ihn interessiert.

Claire stand auf und klemmte sich das Auftragsbuch unter den Arm. „Ich bin in meinem Zimmer."

„Da gibt's noch was." Alice wich ihrem Blick aus. „Belle möchte auch Louisa haben."

Claire blickte zu der temperamentvollen Mexikanerin, aber Louisas Gesicht blieb ausdruckslos. In diesem Moment ging Claire auf, dass Belle die beiden Frauen nicht von sich aus angesprochen hatte. Sie hatten sich dem „Southern Charm" selbst angeboten.

„Ich verstehe." Claire ging an Alice vorbei, und ihr war nur zu deutlich klar, dass sich das komplette Geschäft soeben in Luft aufgelöst hatte. Wie blind marschierte sie zur Hintertür hinaus und zu ihrer Hütte. Alice und Louisa waren die einzigen Huren, die derzeit im „White Dove" arbeiteten. Ellie war nicht in der Verfassung dafür, und solange sich Betsy nicht plötzlich einfallen ließ, die Beine breit zu machen … Dieser Gedanke und die damit verbundenen Bilder ließen Claire unwillkürlich zusammenzucken. Die Einzige, die das Geschäft noch aufrechterhalten könnte, war sie selbst.

Nein. Nein, das konnte sie nicht tun.

*Wo zum Teufel steckst du, Maggie?*

Sie betrat ihre Hütte und schlug frustriert die Tür hinter sich zu.

---

„Sɪɴᴅ Sɪᴇ ᴀᴜs Tᴇxᴀs, Señor?"

Logan blickte von seinem Teller mit geräuchertem Schinken, Kartoffeln und Karotten auf und sah die alte Mexikanerin an, die ihn angesprochen hatte. „Ja, Ma'am."

„Ich bin Señora Chavez."

Logan wischte sich die Finger an der Serviette ab, stand auf und ergriff die Hand, die sie zur Begrüßung ausgestreckt hatte. Sie trug ein schwarzes Kleid aus fein gewebtem Stoff, das mit goldenen Knöpfen bis zum Hals geschlossen war. Ihr schwarzes Haar war zu einem ordentlichen Knoten aufgesteckt, und sie lächelte ihn höflich an.

„Logan Ryan."

„Es tut mir sehr leid, dass ich Sie beim Essen störe, Señor Ryan, aber ich habe gerade auf der Straße mit meiner Freundin Señora Baca gesprochen, und sie meinte, dass ein Gentleman heute nach den Griffins gefragt hat."

„Ja, das stimmt. Bitte, nehmen Sie doch Platz." Er deutete auf den freien Stuhl ihm gegenüber.

Den ganzen Tag hatte er damit verbracht, an Informationen über Dee und ihren Bruder zu gelangen. Viel war jedoch nicht zu holen gewesen. Die beiden lebten die meiste Zeit über hier, waren aber derzeit verreist. Frank hatte seine Finger in einigen Geschäften, die in der ganzen Stadt verteilt waren, genoss aber kein sehr hohes Ansehen. Mit Dee hatte man ein wenig Mitleid, da ihr Ehemann kurz nach Weihnachten überraschend gestorben war.

Schließlich hatte Logan das „Graaf City Bakery and Restaurant" aufgesucht, um etwas zu essen, und fragte sich nun erneut, ob es sich wirklich lohnte, weiter nach Dee zu suchen. Claire spukte ihm immer noch im Kopf herum, und das Verlangen, sie wiederzusehen, war stark. Allerdings fiel ihm keine auch nur halbwegs plausible Ausrede dafür ein, ins „White Dove" zurückzukehren, außer Saufen und Spielen. Vielleicht sollte er sich tatsächlich mal ein paar Laster zulegen.

„Sind Sie ein Gesetzeshüter?", fragte Señora Chavez.

„Früher einmal. Jetzt helfe ich meinem Vater auf seiner Ranch in Texas."

„Machen Sie Geschäfte mit Señor Griffin?"

„Nein, ich bin nur ein alter Freund seiner Schwester. Ich hatte gehofft, sie kurz zu sehen."

Señora Chavez nickte und trommelte mit den Fingern auf den Tisch. Eine junge Frau kam zu ihnen, um ihre Bestellung aufzunehmen, wurde aber prompt wieder weggeschickt.

„Ich hatte gehofft, Sie würden vielleicht gegen ihn ermitteln. Ich will offen sein – Señor Griffin hat meinen Ehemann finanziell ruiniert. Und Dee Luttrell oder Griffin, oder wie auch immer sie sich derzeit nennt, ist auch nicht besser als die Huren, die hier in den Saloons und diesen widerlichen Bordellen arbeiten."

Logan hörte die Verachtung der Frau für die anrüchigen Stadtviertel deutlich aus ihrem Tonfall heraus.

„Wollen Sie damit sagen, dass Miss Griffin sich verkauft?", hakte er vorsichtig nach.

„Oh, davon weiß ich nichts. Wahrscheinlich nicht. Sie liebt ihren kleinen Jungen sehr. Aber sie lässt sich leicht beeinflussen. Ist das nicht dasselbe?"

Dee hatte ein Kind? Die Erkenntnis, dass sie offensichtlich ohne Reue einfach ihr Leben weitergelebt hatte, schmerzte Logan.

„Sind Sie sicher, dass Sie nicht doch noch das Gesetz vertreten?", fuhr Señora Chavez fort und lenkte seine Gedanken zurück auf das Gespräch.

„Sehr sicher, Ma'am. Haben Sie Ihre Sorgen denn nicht dem Sheriff mitgeteilt?"

Sie blickte sich um, bevor sie antwortete, und senkte die Stimme. „Señor Griffin hat ihn fest unter Kontrolle, auch wenn ich nicht weiß, wieso. Aber es war sinnlos, zum Sheriff zu gehen."

„Was ist denn mit Raul Sandoval? Hat er auch etwas damit zu tun?"

Auf ihrem Gesicht spiegelte sich Entsetzen wider. „*¡Póngote las cruces!*" Sie bekreuzigte sich und flüsterte: „*El maldito.*" Kopfschüttelnd fügte sie hinzu: „Der Teufel."

„Wissen Sie, wo Frank und Dee Griffin sich zurzeit aufhalten?"

Señora Chavez zuckte mit den Schultern und ließ dann die Schultern hängen. „Vielleicht in Cimarron. Aber es ist mir gleich, was aus ihnen wird. Vielleicht denken Sie ja noch mal über das nach, was ich Ihnen erzählt habe, und können für Gerechtigkeit sorgen, denn so ein Schicksal haben Leute wie wir nicht verdient."

Ein gewaltiger Auftrag, wenn nicht gar zu viel verlangt. *Sag deinem Mann, er soll aufhören, solchen Betrügern zu vertrauen*, wollte er ihr sagen. Aber auch er hatte einst Dee vertraut. Zu vertrauen und dann hintergangen zu werden, das konnte jedem mal passieren. „Ich werde darüber nachdenken, Ma'am."

CLAIRE SASS in ihrer kleinen Behausung und ließ den Blick über das Regal über ihrem Bett schweifen. In den vergangenen Jahren hatte sie sich einige Bücher über Mathematik und Latein zugelegt, nachdem sie erfahren hatte, dass Armee-Ärzte auch darin geprüft wurden. Nächtelang hatte sie gelesen, bis ihr die Augen brannten und ihr Kopf schmerzte, weil sie sich unbedingt die ganzen Symbole und Formeln hatte einprägen wollen. Das hatte sie oft frustriert, aber schließlich hatte sie die Aufgabe gemeistert. Einen Moment lang erwog sie, einige Rechenaufgaben zu lösen, aber ihr fehlte die Konzentration.

Ihre Gedanken wanderten zu Logan, und sie fragte sich, ob er die Stadt bereits verlassen hatte. Sie dachte an Dinge, an die sie nicht denken sollte. Noch nie zuvor hatte sie sich so sehr zu einem Mann hingezogen gefühlt. Seine Ausstrahlung hatte sie vom ersten Moment an aus der Fassung gebracht. Sein plötzliches Auftauchen im dunklen Schlafzimmer – und dazu noch splitterfasernackt – hatte Claire so sehr erschreckt, dass sie ohne nachzudenken handelte, um von ihm wegzukommen.

Aber nun, nach so vielen Nächten, in denen diese Begegnung sie nicht losgelassen hatte, veränderte sich die Szene in ihren Träumen. Sie griff nicht länger hektisch nach ihrer Decke und verlangte, dass er sofort verschwand. Statt ihn wegzustoßen, erlaubte sie ihm, zu bleiben, und er tat es schweigend. Der Rest war ziemlich verschwommen, aber sie malte sich dennoch jedes Detail seines Körpers aus, und ihre eigene Reaktion darauf war gleichermaßen beängstigend und erregend. Aber sie erwachte jedes Mal, bevor er sie berührte.

Sie riss sich von ihren Träumereien los und ermahnte sich, lieber an ihre gegenwärtige Lage zu denken. Sie lebte in einem Saloon, weshalb sie in den Augen der ehrbaren Gesellschaft ungefähr so angesehen war wie der Dreck auf der Straße. Selbst eine Freundschaft zwischen ihnen würde Claire nur Kummer bereiten. Und mehr kam für sie ohnehin niemals infrage. Sie hatte mit eigenen Augen gesehen, was fleischliche Lust außerhalb der Ehe einer Frau antun konnte.

Dieses Wissen half ihr aber nicht gegen die tiefe Traurigkeit angesichts der Tatsache, dass Logan heute die Stadt verlassen würde. Dieser außergewöhnliche Mann hatte ihr den Kopf verdreht, und sie fragte sich, ob sich das je wieder ändern würde.

Dann war da noch die viel drängendere Frage, was aus Maggie geworden war. Morgen würde sie das „White Dove" schließen oder den wenigen Gästen klarmachen, dass sie wenigstens vorerst ohne entsprechende *Unterhaltung* auskommen mussten.

Sie dachte an Jimmy, der für sie mehr wie ein eigenes Kind war als wie ein Bruder. Zumindest ihn musste sie finden, und deswegen konnte sie sich nicht länger verstecken.

Sobald es dunkel war, würde sie Richtung Cimarron aufbrechen.

———

LOGAN STAND gegen einen Anbindebalken gelehnt da, während sich die Dämmerung langsam über den Platz senkte. Sein Daumen strich immer wieder über die geschnitzte Taube in seiner Hand. Wieso machte ihm der Gedanke, Claire zurückzulassen, so sehr zu schaffen?

„Du siehst aus wie ein Mann, der nicht weiß, ob er gehen oder bleiben soll." Er hatte gar nicht bemerkt, dass One-Eyed Jack neben ihn getreten war.

„Ich denke bloß nach." Logan schüttelte Jacks Hand.

„Mach ich auch manchmal. Tia meint, dass davon meine Kopfschmerzen kommen." Jack lehnte sich ebenfalls gegen den Balken und verschränkte die Arme.

Gemeinsam beobachteten sie das bunte Treiben auf der Plaza. Umgeben von ein- und zweistöckigen Ziegelbauten war dies der zentrale Umschlagplatz auf dem Santa Fe Trail, der von Ost nach West durch die Stadt führte. Männer und Frauen tummelten sich dort, Wagen und Kutschen, Pferde und gelegentlich auch ein Straßenhund. Die angrenzenden Gebäude beherbergten mehrere Kontore, zwei Hotels, einen Eisenwarenladen, das „Graaf City Bakery and Restaurant" und eine Bank. Direkt daneben gab es außerdem einen Billardsaloon, doch eigentlich interessierte sich Logan nur für einen Saloon in dieser Stadt.

In der Mitte des Platzes stand eine große, seltsam geformte Windmühle, die durch ihre zwei übereinandergebauten Ebenen eine stattliche Höhe erreichte. Gerüchten zufolge hatte man dort schon mehr als einmal jemanden aufgeknüpft. Logan konnte sich das mühelos vorstellen – er hatte selbst schon zweimal einen Lynchmob erlebt. Leider war er in beiden Fällen zu spät gekommen, um den Männern den Strick zu ersparen.

Er ließ den Blick ein weiteres Mal über den Platz schweifen. Die Gebäude der Geschäfte ringsherum hatten allesamt Säulenvorbauten, manche sogar in der oberen Etage. Die Säulen, auf denen die offenen Balkone ruhten, waren weiß getüncht, was ihnen ein einheitliches Bild verlieh.

Logan schaute zur anderen Straßenseite hinüber, wo sich einige Leute vor den verkohlten Ruinen mehrerer Häuser versammelt hatten.

„Romero Building", sagte Jack. „Da fing das Feuer an und ist dann auf die anderen Gebäude übergesprungen. Das war vor ein paar Wochen."

„Ist jemand verletzt worden?" Logan fiel ein Mann zu Pferd auf, der sich eine große, mexikanisch gemusterte Decke um die Schultern geschlungen hatte und einen Sombrero mit breiter, schlaffer Krempe auf dem Kopf trug.

„Zum Glück nicht."

*Kein Mann, eine Frau.*

„Verdammter Mist."

„Sie werden's schon wieder aufbauen", sagte Jack. „Die Romeros machen gute Geschäfte in der Stadt."

„Ist das Claire?", fragte Logan. Das Pferd war eindeutig der alte Reverend, den er selbst am Vormittag zum Saloon zurückgebracht hatte.

Jack blickte in die angedeutete Richtung. „Wie kommst du darauf? Tia hat gesagt, dass sie sich versteckt, bis ihre Mutter wieder da ist. Ich darf's niemandem verraten." Jack brummte nachdenklich. „Aber der Hut ist ihr viel zu groß."

„Wohin will sie denn?"

„Da geht's raus aus der Stadt. Für die Soldaten ist es der kürzeste Weg nach Fort Union. Cimarron liegt auch in der Richtung."

„Sie will verschwinden." In diesem Moment wurde Logan klar, dass er sie vielleicht nie wiedersehen würde, und das gefiel ihm ganz und gar nicht.

„Hmm. Claire ist ein starkes Mädchen, hab's immer gewusst." Jack musterte Logan. „Aber sie ist auch stur. Wie alle Frauen. Tia und ich haben uns immer um sie gekümmert, so gut es ging, aber wir werden langsam alt. Vielleicht kannst du das jetzt übernehmen."

„Meinst du, sie steckt in Schwierigkeiten?"

Jack blickte hinauf zum dunkler werdenden Himmel. „Es wird Nacht." Wieder sah er Logan an. „Reit ihr nach, Junge. Willst du doch sowieso. Hilft's, wenn ich dir in den Hintern trete?"

Logans Mundwinkel zogen sich unwillkürlich nach oben. „Kann sein."

„Dann halt die Klappe, und Abmarsch."

Logan rückte seinen Hut zurecht. „Ja, Sir." Er nickte Jack zu und beeilte sich, seine Sachen aus dem Hotel und Storm aus dem Stall zu holen.

# Kapitel Vier

Claire wusste, dass es klüger wäre, bis zum Morgen zu warten, aber sie entschloss sich dennoch dazu, den Schutz der Nacht zu nutzen. Zusätzlich hatte sie sich eine neue Verkleidung zugelegt.

Es dämmerte bereits, als sie die Stadt hinter sich ließ und dem Santa Fe Trail nach Norden folgte. Der Weg war auf der Ebene weithin sichtbar, denn unzählige Wagen hatten eine breite Schneise in das Land gegraben, die inzwischen von gelbem Moskitogras gesäumt wurde. Im Westen war deutlich die markante Silhouette des Sangre-de-Cristo-Gebirges am Horizont erkennbar. Der ungewöhnlich geformte Hermit's Peak bot eine unverkennbare Landmarke unmittelbar vor der Stadtgrenze. Das Bergplateau ragte mit seinen schroffen, felsigen Klippen aus dem Land empor, als hätte die Erde versucht, den Stein mit Wucht aus ihrem Inneren herauszudrücken. Es diente als Orientierungshilfe und ließ Claire an die letzten vierzehn Jahre zurückdenken, die sie hier verbracht hatte. Es waren gleichermaßen gute und schlechte Erinnerungen, aber auch Träume und Hoffnungen, die sie getröstet hatten, wenn die Wirklichkeit unerträglich wurde.

Trotz der Tatsache, dass das Geschäft für Maggie immer an erster Stelle kam, nahm sie Claire – und seitdem Jimmy auf der

Welt war, auch ihn – hin und wieder ohne besonderen Anlass mit hinaus in die Wildnis. Ihr Lieblingsplatz befand sich am Fuß des Hermit's Peak. Die glücklichen Momente in Claires Kindheit hatten meist mit diesen Ausflügen zu tun gehabt, den seltenen Gelegenheiten, zu denen sie nicht die Außenseiter der Gesellschaft gewesen waren.

Claire und ihre Mutter machten dann ein Feuer, kochten darüber einen Eintopf aus Kaninchenfleisch und Kartoffeln und schliefen unter freiem Himmel. Nur in solchen Augenblicken sprach Maggie über ihr Leben vor Claires Geburt, von ihrer eigenen Kindheit in Charleston und der Familie, die ihr uneheliches Kind nicht hatte akzeptieren wollen.

„An der Ostküste sieht der Sonnenuntergang anders aus", hatte Maggie mehr als einmal erzählt. „Nicht wie hier, mit roten und orangefarbenen Flammen am Himmel. Mein Pa hat mich oft mit in die Berge genommen, und ich weiß noch, dass Gott die Welt zur Dämmerung in Lavendel und Violett getaucht hat."

Claire plagte das schlechte Gewissen. Ihre Mutter hatte schwere Zeiten durchlebt, nachdem sie South Carolina verlassen und nach Westen aufgebrochen waren, aber sie hatte alles getan, damit Claire und Jimmy ein Dach über dem Kopf und immer genug zu essen hatten. Es wäre falsch, all das zurückzulassen, wofür Maggie so hart gearbeitet hatte. Ob sie ihre Mutter fand oder nicht, Claire musste einfach versuchen, den „White Dove Saloon" zu retten, sobald sie aus Cimarron zurück war.

Sie streifte sich die schwere Decke von den Schultern und band sie hinter sich auf dem Pferd fest, doch sie hatte große Mühe, den riesigen Hut auf dem Kopf zu behalten, als das Tier in schnelleres Tempo verfiel. Sobald sie die Stadt weit genug hinter sich gelassen hatte, nahm sie den Sombrero ab, sodass ihr blonder Zopf frei über ihren Rücken schwang.

Claire trieb Reverend so sehr an, wie er es ihrer Ansicht nach verkraften konnte, aber es bestand durchaus die Möglichkeit, dass er sich irgendwann einfach weigern würde, weiterzulaufen. Mit zunehmendem Alter war er immer störrischer geworden. Cimarron lag etwa fünfzig Meilen nördlich, allerdings ging sie nicht davon aus, dass sie die komplette Strecke noch in dieser Nacht schaffen würde. Sie wollte jedoch so weit wie möglich kommen, bevor sie ihr Lager aufschlug.

Sie verließ den Hauptpfad und nutzte die bessere Deckung am Fuß des Gebirges. Die Nacht legte sich auf das Land, und am Himmel zeigten sich die ersten Sterne. Claire atmete tief durch, und ihr wurde bewusst, wie sehr es ihr zu schaffen gemacht hatte, im Saloon praktisch eingesperrt zu sein.

Hier draußen in der Wildnis, allein mit dem Wind in den Bäumen und dem intensiven Duft der Kiefern, fühlte sie sich so stark mit der Natur verbunden wie schon lange nicht mehr. Mit einem Blick gen Himmel fragte sie sich, ob Logan wohl ebenfalls gerade die Sterne betrachtete, viele Meilen von hier entfernt, auf seinem Weg nach Texas. Sie atmete noch einmal tief durch und versuchte, ihn aus ihren Gedanken zu verbannen.

Vielleicht würde sie eines Tages zur SR-Ranch zurückkehren, um Molly zu besuchen. Bis dahin war Logan sicher längst verheiratet und hatte ein Haus voller Kinder. Der Gedanke machte sie traurig.

*Das ist dir nicht bestimmt, Claire, lass es gut sein.*

Das Geräusch eines sich nähernden Reiters ließ ihr einen eisigen Schauer über den Rücken laufen. Ihr wurde bewusst, wie schutzlos sie war, allein, mitten im Nirgendwo. Der Mann hatte sie offensichtlich entdeckt, was es ihr unmöglich machte, unbemerkt abzuwarten, bis er an ihr vorbeigeritten war. Mit klopfendem Herzen trieb Claire Reverend an und hoffte, die Begegnung würde reibungslos verlaufen. Als sie auf gleicher Höhe waren, versperrte ihr der Reiter mit seinem Pferd den Weg und zwang sie so zum Anhalten.

„Was machst'n hier draußen?"

Claire wünschte, sie hätte die Decke und den Sombrero nicht abgelegt. Ohne diese Verkleidung fühlte sie sich schutzlos. Sie trug eine Hose und ein Männerhemd, beides hatte sie in Maggies Zimmer gefunden, aber ihr Haar ließ sich nicht so leicht verstecken.

Das bärtige Gesicht kam ihr vage vertraut vor. Falls er schon einmal im „White Dove" gewesen war, konnte sie nur hoffen, dass er sie nicht erkannte und sie passieren ließ.

„Ich bin nicht auf Streit aus", sagte sie ruhig. „Wenn Sie nichts dagegen haben, würde ich gerne weiterreiten."

„Biste ganz allein unterwegs, Schätzchen?"

„Nein, ich treffe mich mit meinem Ehemann, bei Ocate Crossing." Das war vielleicht nicht die geschickteste Lüge gewesen. Ocate Crossing war noch zwanzig Meilen entfernt. Zu weit, um den Mann mit einem Ehemann abzuschrecken, der ohnehin nicht existierte.

„Das ist aber noch ziemlich weit, meinst du nicht? Was für'n Mann lässt seine Frau denn nachts allein durch die Gegend reiten?"

„Danke für Ihre Sorge, aber ich möchte jetzt gerne weiter." Claire lenkte ihr Pferd um ihn herum. Im selben Moment ging ihr auf, woher sie ihn kannte. Das war Harry Myers, einer von Frank Griffins Leuten. Claire mochte Griffin nicht, auch wenn ihre Mutter schon viele Jahre mit ihm zu tun hatte. Oder vielleicht genau deshalb. Auf jeden Fall hatte Claire nicht das Bedürfnis, Griffin wissen zu lassen, dass sie noch am Leben und wieder in der Stadt war. Er würde es sicher an Sandoval weitertragen. Angst erfasste sie bei dem Gedanken an den hinterlistigen Mexikaner, der sie beinahe zu Tode geprügelt hatte.

„Ich werd dir schon helfen, Miss", sagte Harry und streckte die Hand nach ihr aus.

Claire versuchte, ihm auszuweichen, aber er packte sie am Handgelenk und zog sie zu sich. „Lass mich los." Sie entriss ihm ihren Arm.

Er starrte sie eindringlich aus nächster Nähe an. „Du siehst aus wie diese Waters. Bist du nicht ihre Tochter?"

„Ich bin nur auf der Durchreise", sagte Claire und wollte weiterreiten, aber Harry packte sie erneut. „Lass mich los!"

Er zerrte sie aus dem Sattel. Vom Sturz überrascht, biss sie sich auf die Zunge, und der Geschmack von Blut breitete sich in ihrem Mund aus. Sie rollte sich auf die Knie und wollte loslaufen, als sie ihn hinter sich vom Pferd springen hörte.

„Jetzt komm schon her, verdammt!" Er packte sie um die Hüften. Sie versuchte, sich auf den Beinen zu halten, aber er drückte sie zu Boden. „Wieso wehrst du dich denn so? Das muss doch nicht wehtun. Ich will doch nur ein bisschen Spaß."

Claire landete auf dem Rücken, und er beugte sich über sie. Mit der freien Hand verpasste sie ihm eine schallende Ohrfeige, bei der ihr jedoch der Schmerz bis in den Ellbogen schoss. Sofort kamen die Erinnerungen an Sandovals Überfall wieder, und Angst und Zorn übermannten sie.

Sie trat, schrie und kratzte wie besessen, Tränen strömten ihr übers Gesicht, während sie mit einer alles verzehrenden Wut gegen Myers kämpfte. Dann war der Mann auf einmal verschwunden, und ihre Arme und Beine strampelten ins Leere. Sie hörte jemanden keuchend atmen und stellte fest, dass sie es selbst war. Verwundert richtete sie sich auf. Vielleicht träumte sie das alles ja nur.

Logan!

Sie sah zu, wie er seinen Fuß auf Harrys Rücken stellte und den Mann mit dem Gesicht in den Dreck drückte. Dann drehte er Harrys Arm schmerzhaft nach hinten und hielt ihm einen Revolver an den Kopf.

„Du wertloses Stück Scheiße", knurrte Logan. „Vergreifst du dich immer an wehrlosen Frauen?"

„Ich wollt' ihr doch nich' wehtun", keuchte Harry. „Ich dachte, sie hätt' sich den Ehemann nur ausgedacht."

„Wenn ich dich jetzt töte und deine Leiche in den Bergen verscharre, wird's lange dauern, bis dich jemand findet."

„Grundgütiger. Das war doch nur 'n Missverständnis."

Logan zerrte Harry grob auf die Füße. „Ich hab ein ziemlich gutes Gedächtnis."

Harry stolperte zu seinem Pferd, sprang in den Sattel und galoppierte, eine Staubwolke hinterlassend, davon.

Logan steckte den Revolver wieder ins Holster, kam zu Claire und kniete sich neben sie. „Ist alles in Ordnung?"

Claire nickte, noch immer wie betäubt. „Was machst du hier?", flüsterte sie.

„Ich bin dir gefolgt."

„Warum?"

„Weiß der Himmel." Er half ihr auf die Beine. „Aber zum Glück hab ich's getan. Kanntest du den Kerl?"

Claire schniefte und wischte sich übers Gesicht. Die ganze Situation war ihr furchtbar peinlich. „Ja, aber nicht gut. Er heißt Harry Myers. Ich glaube nicht, dass er mich erkannt hat. Obwohl, doch, er hat gemerkt, wer ich bin." Sie runzelte die Stirn. „Vielleicht vergisst er es wieder. Du warst ziemlich überzeugend."

„Vor wem versteckst du dich? Sandoval?"

Sie war erstaunt, dass er direkt ins Schwarze traf.

„Tia hat das vermutet", erklärte er. „Lass uns eine gute Stelle suchen und ein Lager aufschlagen. Vielleicht erzählst du mir dann endlich, was hier eigentlich los ist."

„Du solltest doch längst auf halbem Weg nach Texas sein", sagte Claire, von Herzen froh, dass das nicht der Fall war.

„Tja, nun, diese Gegend wächst mir zunehmend ans Herz."

Erneut traten ihr Tränen in die Augen. Um sie vor Logan zu verbergen, wandte sie sich ihrem Pferd zu und schwang sich in den Sattel. Sie sollte Logan nicht in ihre Probleme hineinziehen, aber sie verspürte das dringende Bedürfnis, sich ihm einfach in die Arme zu werfen. Nur ein einziges Mal wollte sie sich sicher fühlen. Nur ein einziges Mal wollte sie jemandem vertrauen. Und nur ein einziges Mal wollte sie daran glauben, dass nicht alle Männer so waren wie die Kundschaft im „White Dove". Ein bisschen viel verlangt, selbst für einen außergewöhnlichen Mann wie Logan.

„Verschwinden wir erst mal von hier." Er saß wieder auf seinem Pferd und musterte sie für einen Moment, dann fügte er etwas freundlicher hinzu: „Du solltest etwas essen. Pfannkuchen sind meine Spezialität."

„Die Frühstückszeit ist längst vorüber."

„Dann muss ich eben zweimal für dich kochen."

Er schaffte es immer irgendwie, sie aus dem Gleichgewicht zu bringen. „Für mich hat noch nie ein Mann gekocht."

„Dann lass dich verwöhnen."

Und noch nie hatte ein Mann sie verwöhnen wollen.

Claire folgte ihm in die Dunkelheit.

---

Sie saßen am prasselnden Feuer, Claire auf einer Decke, Logan ihr gegenüber. Er hatte sich schon gedacht, dass sie kaum etwas mitgenommen hatte, daher war es offensichtlich eine gute Idee gewesen, ihr zu folgen. Er war es gewohnt, anderen zu helfen. Seine Ma hatte schon immer gesagt, dass das wohl seine Bestimmung war. Und nur deshalb half er nun auch Claire – das redete er sich zumindest ein. Er stand einer Frau in einer Notlage zur Seite, mehr nicht.

Myers' Überfall hatte sie arg mitgenommen. Logan hätte dem Mistkerl am liebsten eine Kugel verpasst, obwohl er gewöhnlich nicht der Typ Mann war, der so schnell so wütend wurde. Aber mitzuerleben, wie Myers sich an Claire vergriff, hatte Logan rotsehen lassen. Nur die Tatsache, dass er im Grunde seines Herzens noch immer ein Deputy geblieben war, hatte Myers gerettet. Kaltblütig jemanden zu erschießen, das brachte er nicht über sich. Wäre Claire jedoch nicht dabei gewesen, hätte er Myers wohl eine ordentliche Tracht Prügel verpasst.

Mit etwas zu essen im Magen wirkte sie nun schon wieder ruhiger, und ihr Gesicht war auch nicht mehr so leichenblass.

„Willst du nach Cimarron?", fragte er.

Sie nickte.

„Gibt es dafür einen bestimmten Grund?"

„Ich muss meine Mutter finden." Sie hatte die Beine untergeschlagen und hielt eine Blechtasse in den Händen.

Trotz der Kühle würde es nicht allzu unangenehm werden, die Nacht im Freien zu verbringen. Dennoch nahm Logan sich vor, ihr auch noch seine Decke anzubieten.

„Steckt sie in Schwierigkeiten?"

„Die ziehe ich deiner Meinung nach wohl ständig an", sagte sie mit einem traurigen Auflachen.

„Schwierigkeiten? Ich mache mir nur Sorgen um dich, Claire. Anscheinend hast du sonst niemanden, der auf dich aufpasst. Was ist mit deinem Pa?"

Claire zuckte mit den Schultern. „Ich habe keine Ahnung. Ich kenne ihn nicht. Meine Mutter ist mit mir hierhergekommen, als ich fünf war."

„Und du bist im ‚White Dove' aufgewachsen?"

„Ja, könnte man sagen."

„Tia hat mir erzählt, dass du keine Hure bist."

Claires Kopf ruckte hoch. „Und macht das irgendeinen Unterschied für dich?"

„Für dich etwa nicht?"

„Ich lebe trotzdem auf der falschen Seite der Stadt. Ich lebe mit den falschen Menschen zusammen."

„Du könntest gehen", stellte er ruhig fest.

„Ja, darüber habe ich schon so oft nachgedacht. Aber so einfach ist das nicht."

Logan legte ein Stück Holz nach. „Meiner Erfahrung nach sind die meisten Dinge ziemlich einfach. Wenn du ein Blatt bekommst, das dir nicht gefällt, misch die Karten neu und fang noch mal von vorn an. Wieso erzählst du mir nicht, was wirklich los ist?"

Claire trank einen Schluck Kaffee und starrte ins Feuer. „Vor ein paar Monaten wollten mein Bruder, meine Mutter und ich mit der Postkutsche nach Albuquerque fahren. Die Kutsche wurde überfallen."

„Von wem?"

„Eine Gruppe von Männern. Einen von ihnen kannte ich."

„Sandoval?"

Sie nickte.

„Wurdet ihr ausgeraubt?"

Ein schmerzerfüllter Ausdruck huschte über Claires Gesicht. „Das hat meine Mutter erst auch gedacht. Sie meinte, wir sollen uns nicht widersetzen, sondern ihnen geben, was sie verlangen. Aber es ging um etwas ganz anderes. Ich hab es im Blick meiner Mutter gesehen, als sie Sandoval erkannte."

„Was ist passiert?"

Claire wich alle Farbe aus dem Gesicht. „Er hat mich aus der Kutsche gezerrt und gesagt, dass ich mich nicht wehren soll. Er sagte, dass Maggie und Jimmy nichts passieren würde, wenn ich ihm gehorche." Ihre Stimme brach.

Logan sah hinauf zu den Sternen, um seine Anspannung unter Kontrolle zu bekommen. „Du musst mir nicht erzählen, was er dir angetan hat." Er konnte sich die grauenvollen Einzelheiten auch so vorstellen.

Sie schwieg eine Weile. „Er hat mich so heftig verprügelt, dass ich dachte, ich würde sterben." Ihre Hände umklammerten die Blechtasse, bis ihre Knöchel weiß hervortraten.

„Und niemand hat ihn davon abgehalten?" Seine Gedanken rasten, und der Wunsch nach Rache war schier überwältigend. In einer perfekten Welt könnte er Myers und Sandoval gleich auf einmal erledigen, und ihn würden deswegen sicher keine Gewissensbisse plagen. Aber die Welt war nun einmal nicht perfekt, das Böse lauerte überall unter den Menschen. Vor dieser Wahrheit war niemand gefeit.

„Nein."

„Und niemand hat dich gefunden?"

Sie schüttelte den Kopf. „Erst Molly. Ich erinnere mich nicht an alles – wie lange ich dort lag oder wie lange ich bei Sandoval war. Irgendwann hat er mich einfach in der Wüste zurückgelassen." Sie atmete tief durch. „Ich dachte, Molly wäre mein Schutzengel, als sie auf ihrem Pferd angeritten kam und mich entdeckte."

„Warum bist du mit nach Texas gekommen? Wieso bist du nicht in die Stadt zurückgekehrt und hast dem Sheriff davon erzählt?"

Claire rutschte unruhig hin und her und wich seinem Blick aus. „Ich war feige und wütend, schätze ich. Ich hatte den Eindruck, dass mehr dahintersteckte, dass irgendwie …" Ihre Stimme brach. „Dass meine Mutter in der Sache vielleicht mit drinsteckt." Sie schüttelte den Kopf. „Ich wollte einfach nur fort, und Molly bot mir dazu die Gelegenheit. Hätte ich mich anders entschieden, wärst du jetzt nicht hier."

„Nein, das stimmt." Aber er konnte sich nicht vorstellen, in diesem Moment irgendwo anders zu sein, auch wenn er sich erst nicht sicher gewesen war, ob er Claire folgen sollte oder nicht. „Wie kommst du darauf, dass deine Ma etwas von Sandovals Überfall gewusst haben könnte?"

„Nein, ich meinte nicht, dass sie davon wusste oder es geplant hatte. Aber ich hatte nicht den Eindruck, dass sie überrascht war, ihn zu sehen. Und warum hat er sich überhaupt zu erkennen gegeben? Ich glaube, sie sollte wissen, dass er es war." Sie stellte die Tasse ab und rieb sich über die Arme. „Und er wollte, dass ich es weiß."

Logan stand auf und holte seine Decke. Er schüttelte sie aus, umrundete das Lagerfeuer und legte sie Claire über die Schultern. Seine Hände verharrten einen Moment, und er genoss die Berührung. Als er merkte, dass er länger stehen blieb, als angebracht war, tätschelte er ihr sacht den Arm und kehrte an seinen Platz zurück.

Er wollte mehr als diese freundschaftliche Geste, und das machte ihm zu schaffen. Er wollte sie küssen, und jedes Mal, wenn er sie berührte, verstärkte sich sein Verlangen nur noch. Aber er befürchtete, dass ein Annäherungsversuch Claire verschrecken könnte und sie ihn abweisen würde.

„Warum?", fragte er.

Claire zog die Decke fester um sich. „Er hat mir vorher schon mal nachgestellt."

Es kostete Logan große Willenskraft, ruhig zu bleiben, damit sie weitererzählen konnte, aber zugleich erfüllte ihn ein unbändiger Wunsch – der Wunsch, dass sie sich schon früher begegnet wären, bevor all das passiert war. Vielleicht hätte er es verhindern können.

Sie warf ihm einen Seitenblick zu. „Ich habe ihn reingelegt, ihm etwas in den Whiskey getan, wovon ihm schlecht wurde und damit er nicht mehr … konnte."

Logan blinzelte und fragte sich, was genau sie damit meinte, doch dann verstand er. „Gut gemacht."

„Möglich, aber das hat er wahrscheinlich nicht vergessen. Ich hab ihm versehentlich mehr verabreicht als nötig. Es ging ihm ein paar Tage ziemlich schlecht."

„Geschah ihm recht." Logan dachte darüber nach. „Also hat Sandoval dich aus Rache überfallen?"

„Kann sein. Das hat bestimmt auch eine Rolle gespielt. Aber meine Mutter hat schon seit Jahren mit Frank Griffin zu tun. Und Sandoval ist Franks …" Sie suchte nach dem passenden Begriff.

„Schoßhund? Er erledigt die Drecksarbeit für Frank?"

Claire bejahte das.

„Wie stehen Maggie und Frank zueinander?"

„Sie hat ihn in Denver kennengelernt, als ich fünf Jahre alt war, und ist ihm hierher gefolgt. Sie liebt ihn – wenn man das so nennen will –, aber ich finde, es ist eher eine Art Besessenheit. Sie behauptet, dass Jimmy sein Sohn ist. Frank war früher oft da, aber im letzten Jahr nicht mehr so häufig. Seitdem benimmt meine Mutter sich so seltsam. Frank hat eine Schwester, ich glaube, sie heißt Dee, und deren Ehemann ist an Weihnachten gestorben. Etwa zu der Zeit ist Mutter immer nervöser geworden, fast schon hysterisch."

Logan überging Claires Erwähnung von Dee. Vielleicht wäre das der richtige Moment dafür gewesen, seine Verbindung zu Franks Schwester zu erwähnen, aber aus irgendeinem Grund behagte es ihm nicht, vor Claire seine Vergangenheit auszubreiten. Sie vertraute sich ihm an, und er wollte diese Offenheit nicht im Keim ersticken … oder Vertrauen enttäuschen.

„Du denkst, es gibt eine Verbindung zwischen dem Tod dieses Mannes und Sandovals Überfall?" Logan fragte sich außerdem, ob Maggie Waters vielleicht etwas mit dem Tod von Teddy Luttrell zu tun hatte, aber er wollte Claire nicht damit belasten, deshalb behielt er auch das für sich.

Claire zuckte mit den Schultern. „Ich weiß es nicht. Aber eines Tages meinte Mama plötzlich, dass wir uns einen Tag freinehmen und einen Ausflug nach Albuquerque machen, und ehe wir es uns versahen, saßen Jimmy und ich mit ihr in der Postkutsche. Ich hatte das Gefühl, sie würde vor etwas davonlaufen, aber über so was hat sie mit uns nie geredet."

„Du willst in Cimarron nach ihr suchen?"

Sie nickte. „Die Mädchen im Saloon haben gesagt, dass sie mit Jimmy Richtung Norden ist, vermutlich nach Cimarron. Das ist auch naheliegend, weil Frank und Sandoval dort gesehen wurden."

„Also dachtest du, du reitest mal eben hin und schaust einfach nach?"

„Was soll ich denn sonst machen?" Ärger blitzte in ihren Augen auf, und Logan erkannte wieder etwas von dem Feuer, das Claire für gewöhnlich so gut verbarg.

„Dir ist schon klar, wie dumm und leichtsinnig es ist, ganz allein nach deiner Ma und Jimmy zu suchen?"

„Falls es dir entgangen ist: Es war niemand da, der mich begleiten konnte." Claire richtete sich kerzengerade auf und starrte ihn wütend an.

„Du hättest mich um Hilfe bitten können." Verdammt, das klang fast, als würde er schmollen.

„Nein."

Als sie nichts weiter sagte, fügte er in Gedanken auch noch „starrköpfig" zur Liste ihrer Charaktereigenschaften hinzu.

„Jetzt bin ich aber hier, und nach allem, was du mir erzählt hast, könntest du meiner Meinung nach durchaus ein bisschen Rückendeckung gebrauchen." Er sprach einfach weiter, bevor sie ihn unterbrechen konnte. „Am besten schläfst du jetzt erst mal. Bei Tagesanbruch reiten wir weiter."

Sie sah ihn an. „Warum tust du das, Logan? Wieso bist du hier?"

*Weil deine Augen mich an den Frühling in Montana erinnern, weil dein Haar so hell ist wie die warme Texas-Sonne, weil deine Gegenwart gleichermaßen Sehnsucht und Erlösung verspricht, eine sanfte Brise voll unendlicher Möglichkeiten.*

„Um dir zu helfen", sagte er schlicht.

# Kapitel Fünf

Kurz nach Sonnenaufgang zog Claire sich um und schlüpfte in ihr blaues Baumwollkleid. Das war zwar ziemlich knittrig, aber immerhin halbwegs vorzeigbar. Anschließend setzten sie und Logan ihren Weg nach Cimarron fort. Sie hatte schlecht geschlafen und fragte sich unentwegt, warum er sie begleitete. Sie merkte, dass sie sich zueinander hingezogen fühlten – das ließ sich nicht ignorieren –, dennoch konnte sie nicht recht daran glauben, dass er seine familiären Verpflichtungen vernachlässigte, um für ihre Sicherheit zu sorgen. Andererseits war sie sehr erleichtert über seine Gesellschaft, daher war es ihr beinahe egal, welche Gründe er dafür hatte.

Es war wie ein wahr gewordener Traum. Auf einmal hatte sie einen Mann an ihrer Seite, der offenbar gerecht und freundlich war und hart arbeitete. Einen Mann aus einer respektablen Rancher-Familie. Einen Mann, der sich eigentlich nicht mit jemandem wie ihr abgeben sollte. Sie hatte sich zwar nie verkauft, aber ihr Ruf war schon im Alter von fünf Jahren ruiniert gewesen, als ihre Mutter in einer kleinen Hütte am Stadtrand begonnen hatte, Männer zu empfangen.

Claire war schon sehr bald bewusst geworden, dass sie anders war. Sie durfte nicht in dieselbe Schule gehen wie die anderen Kinder, nicht in dieselbe Kirche oder zu denselben gesellschaftlichen Veranstaltungen. In ihrem ganzen Leben hatte sie nie eine enge Freundschaft mit einem anderen Mädchen geschlossen.

Bis sie Molly begegnet war.

Während ihrer gemeinsamen Reise hatte Claire erfahren, dass ihre neue Freundin ebenfalls die Schattenseiten des Lebens kennengelernt hatte – Molly wusste, dass man oft schwierige Entscheidungen treffen musste, wenn man überleben wollte. Und sie hatte die Notwendigkeit erkannt, sich an Träume von einer besseren Zukunft zu klammern.

Auch Claire setzte Hoffnungen auf die Zukunft, aber die bittere Realität holte sie stets schnell auf den Boden der Tatsachen zurück. Ihre Wünsche blieben unerreichbar, reine Fantasie, beinahe wie in den Geschichten über Ritter und Prinzessinnen, die sie Jimmy vor dem Schlafengehen erzählte.

Auf eine Zukunft mit einem Mann wie Logan zu hoffen, war sicher der befremdlichste Wunsch, den sie je gehabt hatte. Auch wenn eine Frau ihren Körper hergeben mochte – und dafür war ihre Mutter der beste Beweis –, stand das Herz doch auf einem ganz anderen Blatt. Claire wollte weder ihren Körper noch ihr Herz leichtfertig verschenken, solange sie nicht mit absoluter Sicherheit wusste, wie das für sie enden würde. Und welcher Mann würde denn bitte warten, bis sie ihre Entscheidung getroffen hatte?

Sie ritten ohne Pause, bis sie an Fort Union vorbeikamen. Der Stützpunkt war mitten auf der flachen, offenen Ebene errichtet worden, weswegen man die Gebäude und die Soldaten schon von Weitem sah.

Schließlich machten sie im Schatten eines Baumes Rast, um den Pferden etwas Ruhe zu gönnen. Logan teilte das Wasser aus seiner Feldflasche mit ihr.

„Bist du immer so gut vorbereitet?", fragte Claire. Sie setzte sich den großen mexikanischen Hut auf, um ihre Augen vor der Sonne zu schützen.

„Ein paar Dinge sollte man immer dabeihaben. Wasser, Essensrationen, Decken." Er durchbohrte sie mit seinem Blick. „Waffen."

Es klang beinahe vorwurfsvoll. „Willst du mir damit etwas sagen?"

Logan schien antworten zu wollen, atmete dann aber nur geräuschvoll aus. Er drehte sich zu ihr um, stemmte die Hände in die schmalen Hüften und musterte sie eindringlich. „Kannst du dich überhaupt selbst verteidigen?"

Claire blinzelte und presste die Lippen aufeinander. „Nun, es gibt eine Waffe im Saloon. Damit halten wir unangenehme Kunden in Schach."

„Hast du sie schon mal benutzt?"

„Hm, nein. Sie ist nie geladen. Aber ich hatte sie schon ein- oder zweimal in der Hand." Claire wurde bewusst, wie lächerlich das klang. „Meine Mutter findet es zu gefährlich, sie geladen aufzubewahren. Eins der Mädchen könnte damit verletzt werden. Auch als das Geschäft noch gut lief, wollte sie kein Geld zum Fenster rauswerfen, um eine bessere Waffe oder Munition zu kaufen. Es war schon schlimm genug, dass die Händler sie beim Schnaps und bei den Lebensmitteln übers Ohr hauten. Und dann waren da noch die ständigen Bußgelder, wenn die Mädchen mal wieder für ihre Arbeit im Gefängnis gelandet sind. Das passierte vor allem dann, wenn sich die besonders aufrechten Bürger der Stadt zu sehr beschwerten."

„Solche wie Señora Chavez?"

Erstaunt nickte Claire. „Kennst du sie?"

„Wir sind uns kurz begegnet, ja."

Señora Chavez hatte immer lautstark gegen die Saloons, Spielhöllen und Tanzbars in der Stadt gewettert. Claire hatte sich gefragt, wie jemand sich ständig so sehr in die Angelegenheiten anderer Leute einmischen und gleichzeitig noch genug Zeit für die eigene Familie haben konnte.

„Die Frau macht gern Ärger", sagte Claire. „Maggie stellte hohe Ansprüche an die Mädchen, aber keine der Frauen, die sie eingestellt hat, konnte mit einer Waffe umgehen. Die Männer kamen schließlich nicht in den Saloon, um sich von den Schießkünsten der Mädchen beeindrucken zu lassen. Sie hatten anderes im Sinn."

Sofort bereute sie ihren Wortschwall. Logans Blick war durchdringend, unnachgiebig und nicht zu deuten. Sein Unterkiefer mahlte; Claire stellte sich vor, dass er vielleicht an sie dachte und dabei dieses andere im Sinn hatte. Die Vorstellung verursachte ihr ein Schwindelgefühl.

„Du solltest dich zumindest mit den Grundlagen auskennen. Ich bring es dir bei." Er zog seinen Revolver und stellte sich neben sie. „Das ist ein 44er Colt, ein Armee-Revolver. Manche nennen ihn auch Peacemaker oder M1873."

„Wofür steht die 44?" Sie musterte den langen Lauf der Waffe.

„Das ist die Größe der Patrone. Die 44er kann ich auch für meine Winchester benutzen. Macht es einfacher, wenn man nicht zwei verschiedene Patronengrößen mit sich herumschleppen muss. In die Trommel passen sechs Schuss." Er ließ den Zylinder zur Seite herausklappen. „Das hier ist ein Teil des Rückstoßdämpfers, den musst du zur Seite schieben, um die Waffe laden zu können." Er ließ die Patronen, die sich in den Kammern befanden, herausgleiten. „Die Feder am Auswurf hilft dabei, unbenutzte Patronen oder leere Hülsen herauszuholen." Logan steckte die Patronen in seine Hemdtasche. Dann klappte er die Trommel wieder ein und reichte Claire die Waffe. „Erst mal muss der Hut weg", fügte er leise hinzu und warf das große Ding auf den Boden.

„Sei vorsichtig damit." Sie griff nach dem Sombrero und versuchte dabei, sich nicht von Logans Nähe aus der Fassung bringen zu lassen. „Der war ein Geschenk."

„Das beruhigt mich. Ich dachte schon, ich müsste dir außerdem noch Unterricht zu angemessener Kleidung für Damen geben. Du bist zu hübsch, um dich unter diesen Verkleidungen zu verstecken."

„Ich bin keine Dame", murmelte sie.

„So kann man sich täuschen." Er grinste sie an. Einen Moment lang blitzte noch etwas anderes als Belustigung in seinen Augen auf. Oder hatte sie sich das nur eingebildet?

Sie lenkte ihr Augenmerk stattdessen auf die schwere Waffe in ihrer Hand, bevor sie noch etwas Dummes sagen und sich damit in Schwierigkeiten bringen konnte.

„Du musst den Hahn spannen. So." Er legte einen Arm um sie, und ihre Finger berührten sich, als er mit dem Daumen den Hahn einrasten ließ. „Durch die Kimme zielst du." Er fuhr mit dem Finger über den Lauf und deutete auf die kleine Vertiefung. „Die muss in einer Sichtlinie hiermit sein." Er deutete auf eine kleine Erhöhung am Anfang des Laufs.

Claire gab sich Mühe, Logan zu ignorieren und sich auf die Waffe zu konzentrieren, aber das war nicht leicht. Der Geruch nach Kaffee und Lagerfeuer vermischte sich mit seinem eigenen verführerischen Duft. Sie hielt kurz inne, um sich zu sammeln.

Logan führte ihre andere Hand zur Waffe und streckte ihre Arme. „Die Waffe ist schwer, also solltest du besser beide Hände benutzen. Ich werde dir schnellstmöglich eine leichtere besorgen. Bring Kimme und Korn zusammen, aber wenn es brenzlig wird, ziel einfach auf die Brust. Irgendwas triffst du dann schon, zumindest hältst du so deinen Gegner erst mal auf. Probier es aus." Er machte ein paar Schritte von ihr weg, und sofort fehlte ihr seine Berührung, so unpersönlich sie auch gewesen sein mochte.

Nachdem sie einige Male das Abfeuern ohne Munition geübt hatte, nahm er die Pistole wieder an sich und steckte zwei Patronen in die Trommel. „Wenn sie geladen ist, gibt es einen Rückstoß, sei also darauf gefasst. Du bist kein zartes Pflänzchen, es sollte also kein Problem sein, solange du fest dagegenhältst."

Claire fragte sich, ob er wohl zarte Frauen bevorzugte.

„Lass uns ein Stück von den Pferden weggehen. Meins erschreckt sich zwar nicht, aber ich bezweifle, dass deins Schüsse gewohnt ist."

Sie folgte ihm ein gutes Stück in Richtung Berge. Er deutete auf eine Kiefer mit breitem Stamm. „Das ist unser Ziel."

Sie hob die Waffe und stellte sich breitbeinig hin, während sie den Hahn spannte und das Ziel anvisierte. Als sie den Abzug betätigte, wurde sie vom Rückstoß nach hinten gegen Logans feste Brust gedrückt.

Überraschenderweise lachte er nur und legte seine Hände auf ihre Hüften, um sie zu stützen. „Das war gar nicht schlecht. Du hattest die Beine fest auf dem Boden. Versuchen wir es noch mal."

Logan ließ sie das Magazin mehrmals leer schießen, und am Ende hatte sie den Baum immerhin siebenmal getroffen. „Du hast ein gutes Auge", meinte er, als sie zum Lager zurückgingen. „Sicher, dass du vorher noch nie geschossen hast?"

„Das ist mein erstes Mal." Entsetzt über das, was in ihren Worten mitschwang, versuchte sie, ihre Verlegenheit zu überspielen. *Das kommt davon, wenn man sein ganzes Leben mit leichten Mädchen verbringt.*

„Ich kann mich gar nicht mehr so genau an mein erstes Mal erinnern."

Unsicher, ob sie ihn wirklich richtig verstanden hatte, brachte sie nur ein Quieken zustande. „Wie bitte?"

Sie erkannte an dem belustigten Funkeln in seinen Augen, dass er sie nur aufgezogen hatte. Ein kleines Lächeln zuckte um ihre Mundwinkel.

„Ich war etwa sieben oder acht, als ich das erste Mal eine Waffe abgefeuert hab."

„Das ist aber furchtbar jung." Ihr Lächeln verschwand bei der Vorstellung, Jimmy eine Waffe in die Hand zu drücken.

„Nein, eigentlich nicht. So sind Jungs eben – Waffen, Pferde,

Prügeleien. Mein Pa war der Ansicht, dass es besser wäre, es uns rechtzeitig beizubringen, bevor wir es am Ende allein ausprobierten und dabei was schiefging. Natürlich war er längst nicht so direkt, wenn es um das andere Geschlecht ging."

Claire starrte ihn mit offenem Mund an, dann klappte sie ihn geräuschvoll zu. Die Mädchen im „White Dove" hatten oft Witze darüber gemacht, wenn die jungen Burschen zum *ersten Mal* kamen. Ellie behauptete, sie hätte mal einen Vierzehnjährigen bedient. Die Vorstellung hatte Claire den Magen umgedreht. Was waren das für Eltern, die ihren Sohn schon in dem Alter solche Erfahrungen machen ließen, noch dazu mit einer Frau, die seine Mutter sein könnte?

Trotz der Tatsache, dass Claire ihr ganzes Leben lang von den Frauen umgeben gewesen war, die für ihre Mutter arbeiteten – und sie ihnen unweigerlich auch zugehört hatte –, war sie unglaublich unwissend bezüglich der Vorgänge zwischen Männern und Frauen. Und was sie bisher mitbekommen hatte, verleitete sie zu der Vermutung, dass Männer gar nicht anders konnten, als ihre Lust auszuleben. Mehr wollten sie nicht von einer Frau. Männer hatten die Wahl, Frauen nicht. Es erschien ihr weder richtig noch gerecht, aber Claire hatte vor allem nicht verstanden, was an der ganzen Sache überhaupt so reizvoll sein sollte.

Logans Anblick gab ihr nun immerhin eine Ahnung davon.

„Ich denke, dein Pa hat gut daran getan, euch auf diese Weise zu beschützen", antwortete sie, während sie einem Kaktus auswich.

Logan lachte. „Ja, ich schätze, so werde ich eines Tages auch meinen eigenen Nachwuchs behüten."

„Erst recht, wenn es Mädchen sind", sagte Claire, eher zu sich selbst. Sie war entschlossen, ihren Kindern ein Leben zu bieten, das sich deutlich von ihrem eigenen unterschied. *Falls* sie je mit Kindern gesegnet sein sollte.

„Töchter", sagte Logan. „Daran habe ich nie gedacht. Ich hoffe, ich bin dem gewachsen."

„Ich glaube, du wirst mal ein guter Vater."

Er sah sie offenkundig amüsiert an. „Nanu, Claire? Solltest du mich am Ende doch noch mögen?"

„Weil ich dir gerade ein Kompliment gemacht habe? Ich gebe das nur zurück."

„Inwiefern?"

„Du hast gesagt, blond steht mir besser." Ihr Gesicht wurde heiß, und wahrscheinlich lief sie gerade rot an. Dieses Kompliment würde sie nie vergessen, und das wusste er nun auch.

„Stimmt doch. Ich sage immer, wie es ist."

Sie blieb stehen, und ihre Blicke trafen sich. „Immer?"

„Ja, immer."

Als sie in seine blaugrünen Augen sah, hatte Claire das Gefühl, die Zeit würde stehen bleiben. Sie war gefangen in einem Netz, das sie gemeinsam gewoben hatten. Der Drang, ihn zu berühren, einfach nur seine Hand zu halten, stellte ihre Selbstbeherrschung auf eine harte Probe. Die Intensität ihres Verlangens verblüffte sie – noch nie hatte sie so für einen Mann empfunden. Jede Stelle ihres Körpers, die Logan beim Üben mit dem Revolver berührt hatte, stand in Flammen. Sie wollte, dass er sie wieder anfasste.

Ihr Gesichtsausdruck verriet sie, das konnte sie in seinem Blick erkennen. Und das lustvolle Verlangen, das in seinen Augen aufflackerte, zeigte ihr, dass er ebenso fühlte wie sie. Ihr Körper reagierte prompt auf seinen verhangenen, sinnlichen Blick, auf das Verlangen darin, von dem sie wusste, dass es rein körperlicher Natur war. Aber da war auch ein kurzer Moment des Erschreckens in seiner Miene wahrnehmbar, und dieser riss sie aus ihrer Trance. Logan wollte das ebenso wenig wie sie. Keiner von ihnen konnte diese Art von Komplikation gebrauchen.

Mit einiger Anstrengung brach sie den Bann, indem sie sich von ihm abwandte und zu den Pferden zurückkehrte.

Kurz darauf setzten sie ihren Ritt nach Norden fort, etwas langsamer nun, um die Pferde nicht unnötig zu ermüden, während die Sonne auf sie herunterbrannte. Von den Bergen zu ihrer Linken wehte ein leichter Wind über die weite Ebene.

„Wolltest du schon immer Rancher werden?" Sie hoffte, dass ein wenig Geplauder ihnen über das Unbehagen hinweghalf, das die ungewollte Anziehung zwischen ihnen hervorgerufen hatte.

„Nein. Ich bin erst letztes Jahr nach Texas zurückgekommen, um meinem Pa unter die Arme zu greifen."

„Was hast du davor gemacht?"

„Was immer sich an Gelegenheiten geboten hat. Mit neunzehn habe ich Vieh nach Montana getrieben, danach war ich Scout bei der Armee. Anschließend habe ich Waren nach Kansas transportiert und in der Nähe von Denver als Holzfäller gearbeitet. Als ich älter und vernünftiger geworden bin, hab ich einen Posten als Deputy in Virginia City angenommen."

„Du hast so viel erlebt und warst an so vielen Orten." Claire war mehr als nur ein wenig neidisch.

„Es ist nicht alles so großartig, wie es sich anhört. Meine Ma denkt, ich hätte längst sesshaft werden sollen. Wahrscheinlich hat sie recht."

„Sie ist deine Mutter. Ist doch verständlich, dass sie sich Sorgen macht."

„Mag sein. Aber da Matt nun verheiratet ist, redet unser alter Herr davon, die Ranch aufzuteilen. Er möchte, dass ich meinen Anteil übernehme."

„Das ist doch gut. Deine Eltern haben hart gearbeitet, damit die Ranch gut läuft."

Logan schaute sie von der Seite an. „Was ist mit dir? Du kannst doch nicht den Rest deines Lebens in einem Saloon verbringen."

„Nein." Sie nahm die Zügel in die andere Hand. „Aber so einfach ist das alles nicht. Ich habe kein anderes Einkommen."

„Gibt es denn nichts, was du gern machen würdest? Irgendetwas, das du gut kannst?" Ihre Blicke trafen sich.

Sie sprach nur selten über ihren Traum. Es lohnte sich meist nicht. *Lohnt es sich bei Logan?* Der Gedanke kam wie aus dem Nichts, und irgendwo in ihrem Hinterkopf antwortete eine leise Stimme mit Ja.

„Willst du es mir nicht sagen?" Er lächelte. „Ich beiße nicht. Ich bin eigentlich ein ziemlich netter Kerl. Ich hab zumindest noch nie über die Träume einer Frau gelacht."

Sie schaute ihn finster an und schüttelte den Kopf. „Hör auf, dich über mich lustig zu machen. Meinst du, das Leben ist einfach? Du bist ein Mann. Für einen Mann ist alles einfach." Sie konnte die Schärfe nicht aus ihrer Stimme verbannen.

Er warf einen theatralischen Blick auf seinen Revolver. „Warte, ich will sicherstellen, dass die Knarre nicht geladen ist, sonst erschießt du mich am Ende noch. Du hast dich schneller damit angefreundet, als ich dachte."

Ihr immer noch verärgerter Gesichtsausdruck entlockte ihm ein leises Lachen.

„Claire, du solltest nicht alles so ernst nehmen. Erzähl mir, was du werden willst, wenn du groß bist."

Sie wandte sich von ihm ab. Das Moskitogras wogte im Wind, und gerade fühlte sie sich so unbedeutend wie eine Ameise, die sich an einen der Halme klammerte. „Wenn du es unbedingt wissen musst: Ich würde gern Ärztin werden", sagte sie leise.

Er stieß einen Pfiff aus. „Kleine Ziele sind auf jeden Fall nicht dein Ding. Glaubst du denn nicht, dass dein Traum wahr werden könnte?"

Sie sah ihn an, als hätte er den Verstand verloren. „Ich habe kein Geld, es gibt kaum eine Universität im Land, die Frauen aufnimmt, und falls du es vergessen haben solltest: Ich lebe in einem Hurenhaus." Ihre Stimme wurde immer lauter, und sie ließ ihrem Frust freien Lauf.

Logan zog eine Augenbraue hoch. „Ich schätze, das muss mir entfallen sein. Danke, dass du mich daran erinnert hast." Noch immer blitzte dieses verdammte Funkeln in seinen Augen.

Entmutigt gab Claire Reverend die Sporen und galoppierte davon. Sie wollte nicht länger über ihre Situation sprechen. Was ihr am meisten zu schaffen machte, war die Erkenntnis, dass sie sich wohl letzten Endes doch würde verkaufen müssen, um zu überleben. Und dann war jede Hoffnung auf ein besseres Leben endgültig dahin.

Sie hielten sich weiterhin in nördlicher Richtung, vorbei an Ocate Crossing. Sie tränkten die Pferde in Rayado, das eigentlich nur aus einer Postkutschenstation und ein paar wenigen Häusern bestand. Das Gebirge begleitete sie auf dem ganzen Weg wie ein Schutzwall, während die Sonne langsam ihre Bahn über den Himmel zog. Am späten Nachmittag erreichten sie Cimarron.

Die Stadt lag am Fuß des Gebirges, das links von ihnen aufragte wie ein Mahnmal für all die Männer, die auf der Suche nach Gold darin verschwanden. Claire konnte den Blick nicht von den gewaltigen Felsen abwenden, die sich deutlich vor der untergehenden Sonne abzeichneten und Anonymität und Frieden verhießen. Würde sie den Sinn ihres Lebens finden, wenn sie in dem Anblick dieser Berge versank? Würden all die Sorgen verschwinden? Der Gedanke war verführerisch, wenn auch unrealistisch, aber sie schloss diese Vorstellung in ihrem Herzen ein, damit sie ihr später Trost spenden konnte.

Sie ritten am Gefängnis vorbei, einem Bau, der von einer drei Meter hohen Steinmauer umgeben war, und führten ihre Pferde hinter die Postkutschenstation von „Barlow, Sanderson & Company". Auf der gegenüberliegenden Straßenseite entdeckte Claire den Saloon „Schwenk's Hall", und dahinter befand sich ein dreistöckiges Gebäude mit einem Schild, auf dem „Aztec Grist Mill" stand.

Mit einem erneuten Blick auf „Schwenk's Hall" wurde Claire bewusst, dass dort jeden Abend Frauen ihre Körper an willige Männer verschacherten. Sie fragte sich, ob sie ihre Mutter dort wohl finden würde. Wahrscheinlicher wäre wohl das „St. James", falls sie sich überhaupt in der Stadt aufhielt. Sie hatte den Namen des Saloons früher häufiger erwähnt.

Sie gingen zum „Old National Hotel" gegenüber von einem

Eisenwarenladen und einem Mietstall. Direkt daneben befand sich ein Brunnen, über dem ein kleiner Pavillon errichtet worden war. Es hatte sich nicht viel verändert, seit sie das letzte Mal hier gewesen war.

„Ich werde an der Rezeption nachfragen", sagte sie, stieg vom Pferd und zog ihren Rock zurecht, der beim Absteigen am Sombrero hinten am Sattel hängen geblieben war. „Bin gleich zurück."

Logan nickte.

Kurz darauf erfuhr sie, dass der Name ihrer Mutter nicht im Gästebuch des Hotels vermerkt war. Tief in Gedanken versunken kehrte sie auf die Veranda zurück, als sie plötzlich eine Gruppe Männer zu ihrer Rechten bemerkte. Einer fiel ihr besonders auf, ein großer Mexikaner, mit schmutzigem, vernarbtem Gesicht, das halb von seiner Hutkrempe verborgen wurde. Er kam auf das Gebäude zu.

*Sandoval.*

Angst schnürte ihr die Kehle zu. Das Atmen fiel ihr schwer, ihr Herz raste.

Logan hatte die Pferde angebunden und kam zu ihr auf die Veranda. Ihre Blicke trafen sich, sie machte einen schnellen Schritt auf ihn zu, schmiegte sich an ihn und küsste ihn.

Seine Lippen waren warm, aber Claire war zu verkrampft, um mehr zu tun. Sie stand einfach nur da und klammerte sich an seine Schultern wie eine Ertrinkende.

***

Logan wurde nur selten von etwas überrascht, aber dass Claire sich ihm plötzlich an den Hals warf und ihn küsste, hatte er wirklich nicht erwartet. Der Gedanke, sie zu küssen, war ihm durchaus schon einige Male durch den Kopf gegangen, aber ihm war sofort klar, dass ihre unvermittelte Anschmiegsamkeit nichts mit ihm zu tun hatte. Was ihn aber am meisten erstaunte, war die

Tatsache, dass sie sich so ungeschickt anstellte. Er beendete den höchst unromantischen Kuss und meinte leise: „Ich bin nicht aus Stein, Claire."

Er drehte sich leicht, um sie mit seinem Körper gegen fremde Blicke abzuschirmen, und drängte sie gegen die Mauer des Hotels. Wenn sie jemandem etwas vorspielen wollte, dann würde er die Gelegenheit gerne nutzen und ihr dabei ein paar Dinge übers Küssen beibringen. Er umfasste ihr Gesicht mit beiden Händen und berührte ihre Lippen sacht mit seinen. Er hatte nicht vorgehabt, der Versuchung nachzugeben, aber nun war er gerne bereit, sich kopfüber hineinzustürzen. Er würde Claire so nahe sein und sie liebkosen, wie er es schon die ganze Zeit gewollt hatte, seit ihrer ersten Begegnung vor einigen Monaten auf der Ranch.

Sie war stocksteif, die Augen weit aufgerissen. „Entspann dich", murmelte er und küsste sie nun voller Leidenschaft. Zaghaft reagierte sie darauf, doch sie schob ihn nicht weg. Langsam wurde sie mutiger und erwiderte den Kuss. Ihr weicher Mund lockte ihn mit der Verheißung von mehr.

Er kostete den intimen Moment zwischen ihnen voll aus. Das Verlangen, sie zu berühren, war unbezwingbar. Nun, da er diesem Gefühl nachgegeben hatte, fragte er sich unwillkürlich, wie lange dieser Kuss sein Bedürfnis nach ihrer Nähe stillen würde. Bisher hatte er nie ein Problem damit gehabt, sich zu beherrschen, aber gerade stand er kurz davor, sich zu vergessen. Es war lange her, dass er solch starke Gefühle für eine Frau empfunden hatte.

„Sind sie weg?", fragte er leise. Noch immer stand er so vor ihr, dass man sie nicht sah.

„Was?" Ihr schneller Atem und das erhitzte Gesicht erregten ihn erneut, aber er zwang sich, seine Hände nicht über ihre Rundungen gleiten zu lassen. Es war ein kleiner Trost, dass der Kuss sie nicht unbeeindruckt zurückgelassen hatte, auch wenn sie sich noch so sehr diesen Anschein geben wollte.

„Tut mir leid, dass ich mich dir aufgedrängt habe", flüsterte sie und stolperte dabei beinahe über ihre Worte. „Ich habe Sandoval gesehen und wollte mich verstecken."

„Du kannst dich jederzeit hinter mir verstecken." Logan gestattete es sich, mit dem Daumen über ihre Wange zu streichen, dann drehte er sich um und blickte die Straße entlang. Er wollte sich die Visage des Bastards einprägen.

„Er ist weg", sagte Claire hinter ihm. „Meine Mutter ist nicht hier abgestiegen, aber sie könnte trotzdem in der Stadt sein. Ich werde die Nacht hier verbringen. Wenn du weiterreiten musst, verstehe ich das."

„Nein." Er blickte weiter auf die Straße. „Ich bleibe bei dir. Wir sollten uns ein Zimmer nehmen."

„Wie bitte?"

„Ich werde dich auf keinen Fall allein lassen, solange dieser Sandoval hier rumschleicht. Wir geben uns als Ehepaar aus. Hast du einen zweiten Vornamen?"

Claire wirkte ziemlich durcheinander, was Logan durchaus nachvollziehen konnte.

„Margaret", erwiderte sie. „Warum?"

„Nein, das geht nicht", entschied er. „Ich trage uns als Logan und Peggy Ryan ein."

Sie nickte unsicher. „Der Kuss", sagte sie. „Du verstehst hoffentlich, dass ich nicht … dass ich dich nicht *unterhalten* werde, egal, wie viel Geld du mir anbietest?"

Logan blickte sie an, ihre liebreizenden Züge, die kleine, gerade Nase, die grünen Augen, die ihn plötzlich so trotzig ansahen. Vielleicht lag der Reiz auch darin, dass er sie nicht so einfach haben konnte. Nicht, dass er hinter ihr her wäre.

„Wenn ich mich recht erinnere, hast du dich mir an den Hals geworfen, Claire, nicht umgekehrt. Man hat deine mangelnde Erfahrung gemerkt."

*Verdammt, das kam falsch an.*

Scham machte sich auf ihrem Gesicht breit und bestätigte diese Vermutung.

„Claire …" Aber sie war schon im Hotel verschwunden, bevor er sie aufhalten konnte.

*Großartig.*

Er folgte ihr, und binnen weniger Minuten waren sie als Mr und Mrs Ryan eingetragen. Unangenehmes Schweigen breitete sich zwischen ihnen aus, als sie sich zu ihrem Zimmer begaben.

# Kapitel Sechs

Claire saß in dem winzigen Hotelzimmer und wartete auf Logans Rückkehr. Trotz der nächtlichen Dunkelheit hatte er es für zu gefährlich gehalten, dass sie hinausging und selbst nach ihrer Mutter suchte. Er hatte sie aufs Zimmer begleitet und gleich danach auf dem Absatz kehrtgemacht, um sich ein wenig in der Stadt umzuhören.

Irgendwann erhob sich Claire und lief unruhig auf und ab. Der kleine Raum war mit schlichten Möbeln eingerichtet – ein hölzerner Stuhl und ein schmaler Nachttisch mit einem Krug Wasser und einer Waschschüssel befanden sich in der Nähe des großen Fensters; gegenüber dem Bett stand ein weiterer Tisch, mit weißer Marmorplatte und drei dünnen Beinen. In einer Ecke war diskret ein Nachttopf platziert. Und schließlich war da noch das Doppelbett, das den Raum dominierte, und auf dem ein ausgebleichter, blauer Quilt lag.

Gegen ihren Willen schweifte ihr Blick immer wieder dorthin und ihre Gedanken kehrten unweigerlich zu Logan zurück, seinem Mund, seinen Händen, seiner Präsenz. Die Leidenschaft, mit der er sie vorhin draußen auf der Veranda geküsst hatte, beschleunigte ihren Puls und verursachte ihr selbst in der Erinnerung noch weiche Knie.

Sie fragte sich immer wieder, warum sie sich so an ihn geschmiegt hatte.

Angst.

Sandoval jagte ihr eine Höllenangst ein, und sein Anblick hatte sie in blanke Panik versetzt. Unvermittelt überflogen sie verschwommene Erinnerungen daran, wie sie in einem Kaktusfeld in einer Schlucht gelegen hatte, mit dem Gesicht im Dreck, blutend und zerschunden, dem Tod näher als dem Leben und beherrscht von der Angst, welches wilde Tier sie wohl zuerst finden und ihr den Rest geben würde.

Vorhin hatte sie Hilfe bei Logan gesucht und dabei instinktiv ihre Weiblichkeit eingesetzt, um sich seine volle Aufmerksamkeit zu sichern. Sie brauchte Schutz, und Logan würde ihn ihr bieten. Offenbar war sie verzweifelt genug, um dafür fast alles zu tun. Sie hatte sich ihm an den Hals geworfen, ihm dann aber gesagt, dass er sich keine Hoffnungen auf ein Techtelmechtel mit ihr machen sollte.

Claire schloss die Augen und ließ den Kopf hängen. Eine gute Hure hätte die Sache bei Aussicht auf Bezahlung einfach durchgezogen. Wenn ihre Mutter hier wäre, hätte sie bestimmt geschimpft, weil sie nicht einmal die einfachsten Regeln des Geschäfts befolgte.

Jeder Mensch hatte seinen Preis. Selbst Claire.

Sie verdrängte diesen Gedanken. Es würde noch genug Zeit dafür bleiben, sich mit Logan auseinanderzusetzen, und im Augenblick stand Claires Familie an erster Stelle.

Es war unsinnig, hier zu warten, denn Logan kannte weder ihre Mutter noch Jimmy, wusste nicht einmal, wie die beiden aussahen. Da er so hastig verschwunden war, hatte sie ihm nicht einmal sagen können, dass sie ihre Perücke mitgenommen hatte.

Sie holte den schwarzen Mopp und das schwarze Kleid, das Louisa ihr geborgt hatte, aus ihrem Lederbeutel. Kurz haderte sie mit sich, ob sie es anziehen sollte, da sie vorhatte, sich den „St. James Saloon" genauer anzuschauen. Würde ein solches Kleid ungewollt Aufmerksamkeit auf sie lenken, oder würde sie in dem einfachen Baumwollkleid, das sie ebenfalls mitgenommen hatte, erst recht auffallen? Einen Moment lang stand sie unentschlossen im Zimmer, dann zog sie sich schnell die Hose und das viel zu große Hemd aus und zwängte sich in das schwarze Kleid.

Die Strümpfe hatte sie allerdings vergessen, daher musste sie die eleganten Lederstiefel über ihre nackten Füße zerren, was alles andere als angenehm war.

Sie drehte ihre langen Haare zu einem Knoten auf und stopfte sie unter die Perücke, zupfte sich die langen Strähnen über den Schultern zurecht und bemühte sich, sie möglichst natürlich aussehen zu lassen.

Der schnelle Blick in den ovalen Spiegel über dem Nachttisch bot ihr kein besonders ermutigendes Bild. Die Perücke ließ sie blass wirken, und das Kleid quetschte ihre Brüste nach oben und gab viel zu viel Haut preis. Sie schnappte sich die mexikanische Decke und legte sie sich wie eine Stola um die Schultern. Eine minimale Verbesserung.

Natürlich konnte sie in diesem Aufzug nicht einfach durch den Haupteingang hinausspazieren. Zum Glück lag das Zimmer im Erdgeschoss und das Fenster war von der Straßenseite abgewandt. Entschlossen schob sie die Spitzenvorhänge beiseite. Das Fenster ließ sich jedoch nur mit größer Mühe öffnen. Sie musste ihre ganze Kraft dafür aufwenden. Schließlich gelang es ihr jedoch. Sie setzte sich auf die Fensterbank, schwang die Beine nach draußen und landete mit einem dumpfen Laut ziemlich unelegant auf dem Boden.

---

LOGAN PAFFTE EINE ZIGARRE, die er sich in „Schwenk's Hall" besorgt hatte, während er die Straße überquerte und Richtung „St.

James" schlenderte. Die Stimmung in der Stadt war ziemlich angespannt, und es kursierte ein Haufen Gerüchte. Es gab anhaltende Probleme mit den riesigen Landflächen, die nach einer staatlichen Schenkung 1843 bis vor einigen Jahren Lucien Maxwell gehört hatten – die Investoren, die das Land 1870 von Maxwell gekauft hatten, versuchten nach wie vor, rechtmäßige Siedler und illegale Besetzer zu vertreiben. Und wenn es stimmte, was man sich erzählte, dann gingen sie dabei alles andere als zimperlich vor.

Vor zwei Jahren war ein Reverend Tolby getötet worden, der sich offensiv für die Belange der Stadtbewohner eingesetzt und gegen die falschen Anschuldigungen ausgesprochen hatte. Das hatte eine Kette von Ereignissen ausgelöst, bei der schließlich ein Gerichtsdiener ums Leben gekommen war. Die Leute in der Stadt misstrauten noch immer zutiefst den Vertretern der Behörde, die die Schenkungen verwaltete. Das Interessanteste an der Geschichte war, dass Luttrell einer dieser Repräsentanten gewesen war.

Logan konnte nur den Kopf schütteln – 3,2 Millionen Morgen Land. Wenn das mal keine Motivation war … Schwer zu glauben, dass Griffin und Sandoval da nicht ihre dreckigen Finger im Spiel gehabt hatten.

Er hatte sich in einigen Etablissements der Stadt umgehört, aber bisher gab es keinen Hinweis auf Maggie Waters oder den kleinen Jimmy. Er hoffte, im „St. James" endlich eine Spur zu finden. Entweder das, oder es blieb ihm nichts anderes übrig, als in das beengte Hotelzimmer zurückzukehren und Claire zu sagen, was sie nicht hören wollte. Außerdem würde es ihn einige Anstrengung kosten, seine Hände bei sich zu behalten, da würden ein paar Drinks sicher helfen.

*Schön wär's.*

Er verdrängte schnell den Gedanken daran, dass er sich heute noch ein Zimmer mit Claire teilen musste.

Nachdem er den Saloon betreten hatte, ließ er den Blick durch den gut besuchten Gastraum schweifen, bevor er in den hinteren Teil zur Bar ging. Er bestellte einen Bourbon und hatte gerade den ersten Schluck aus seinem Glas genommen, als eine stark nach Parfüm riechende junge Frau mit wohlproportionierten Rundungen zu ihm herübergeschlendert kam und ihn anlächelte.

„Guten Abend", brummte er.

„Jetzt ist er gut." Sie neigte den Oberkörper ein wenig zur Seite und präsentierte ihm damit geschickt ihre üppige Oberweite. Sie trug ein tief ausgeschnittenes, rotes Kleid, das Logan an Claires Saloon-Aufzug erinnerte.

„Hab dich hier noch nie gesehen." Sie fuhr sich durch die vollen roten Locken. „Möchtest du ein wenig Gesellschaft?"

Die Antwort war Ja, aber es war Claires Gesellschaft, die er sich wünschte. Doch die Frau hatte möglicherweise nützliche Informationen für ihn. „Ich bin auf der Suche nach einer Blondine", sagte er. So hatte Claire ihre Mutter immerhin beschrieben. Sie hatte gemeint, dass man sie glatt für Schwestern halten könnte.

Das Mädchen schmollte, was sie deutlich weniger attraktiv machte. „Ich bin nicht blond, aber ich kann's dir trotzdem schön machen." Sie senkte die Stimme und zwinkerte. „Und ich bin überall rot. So nennen mich die Leute hier … Red."

Logan lachte und leerte sein Glas. Er würde die Frauen niemals verstehen, aber dennoch fand er sie faszinierend. „Ich suche nach Maggie Waters. Hast du sie in letzter Zeit gesehen?"

„Kann sein. Warum?"

Logan zuckte mit den Schultern. „Welchen Grund hat ein Mann wohl, wenn er nach einer Frau sucht?"

Der Rotschopf blickte sich im Raum um und beugte sich dann näher zu ihm. „Gut gemeinter Ratschlag, Süßer: Maggie Waters macht gern Ärger. Wieso hechelst du ausgerechnet der nach? Ich kann mich doch um dich kümmern." Sie schob einen Finger unter seinen offenen Hemdkragen und strich über sein Brusthaar. „Solange du möchtest."

Logan schob ihre Hand weg. Er war in der Regel ein sehr gelassener Mensch, den kaum etwas aus der Ruhe brachte, aber

Reds Anbiederei war ihm zuwider, so schmeichelhaft sie auch für andere Männer sein mochte. Doch Reds Schmeicheleien waren nicht ehrlich gemeint, sie machte bloß ihre Arbeit. Und seine Gedanken und Wünsche drehten sich um eine verschlossene Frau, die gern Ärztin werden wollte.

Aber Red wusste vielleicht mehr, als sie zugeben wollte, daher bestellte er sich noch einen Drink und machte es sich für den Augenblick bequem.

---

CLAIRE STARRTE ZU LOGAN HINÜBER.

*Der verdammte Kerl sucht nicht nach meiner Mutter, er will sich amüsieren.* Die rothaarige Frau klebte praktisch an ihm, und er schien es sichtlich zu genießen. Enttäuschung und Scham versetzten ihr einen Stich. Wie üblich wollte sie das Gefühl verdrängen, aber diesmal fiel es ihr schwer. Sie war in einem Saloon aufgewachsen und wusste natürlich, dass Männer sich ständig so benahmen. Das war normal und zu erwarten, aber Logan zuzusehen, wie er mit dieser Frau herumtändelte, traf Claire bis ins Mark.

Mit Tränen in den Augen hastete sie aus dem Saloon und verschwand in der Dunkelheit hinter dem Gebäude. Was sollte sie nun tun?

„Sie weint sich nachts wegen dem Jungen die Augen aus. Du solltest aufpassen."

Claire erstarrte, als sie die Stimme mit dem mexikanischen Akzent hörte. *Sandoval.*

„Ich komme mit Didi schon zurecht, aber die Sache mit Maggie dauert zu lange."

*Griffin!*

Leise zog sie sich noch tiefer in die Schatten zurück und lugte um die Ecke des Gebäudes. Sandoval band gerade sein Pferd an, Frank Griffins große Silhouette war neben ihm erkennbar. Sie verschwanden gemeinsam im Saloon.

Claires Gedanken rasten. War ihre Mutter bei ihnen? Vielleicht hielten sie sie gegen ihren Willen irgendwo fest. Und was war mit Jimmy? Ihr Magen krampfte sich zusammen, aber sie wusste, was sie zu tun hatte. Dazu brauchte sie allerdings ihr Pferd.

Sie rannte zur nächsten Straßenecke, wo sich der Stall befand, in dem sie und Logan ihre Pferde untergestellt hatten, bevor sie zum Hotel gegangen waren. Als sie das Gebäude betrat, stieg ihr ein scharfer Geruch nach Heu und Pferdemist entgegen. Unwillkürlich schnappte sie nach Luft. Ein kleiner Junge, der auf einem Stuhl gedöst hatte, sprang auf die Füße.

„Ich brauche mein Pferd", sagte Claire. „Würdest du es für mich satteln?" Sie deutete auf Reverend, der in einer der Boxen vor sich hindöste. Sie entschuldigte sich im Geiste bei ihrem alten Freund für die späte Störung.

„Jawohl, Ma'am", erwiderte der Junge. Er rieb sich die Augen und blinzelte zu ihr auf. „Und wer sind Sie?"

„Clai…", sie hielt abrupt inne. „Mrs Ryan."

Der Junge nickte. „Das passt."

Der Junge schien endlos lange zu brauchen, um Reverend zu satteln, aber schließlich brachte er ihn zu ihr.

„Danke." Claire führte das Pferd rasch aus dem Stall, zurück zum „St. James".

Zu ihrer Erleichterung waren die die Pferde von Sandoval und Griffin noch immer vor dem Saloon angebunden, was ihr sagte, dass die beiden sich noch drinnen befanden. Nun musste sie nur noch warten, bis sie herauskamen, dann würde sie ihnen folgen. Sie wischte sich die Hände an dem rüschengesäumten Rock ihres Kleids ab und wartete angespannt, während sie ihren Plan ein paarmal im Kopf hin und her schob, sich aber letztendlich doch dafür entschied, dass das ihre beste Chance war, um ihre Mutter zu finden.

Dank des Rotschopfes erfuhr Logan, dass es sich bei den beiden Männern, die den Saloon betreten hatten, um Frank Griffin und Raul Sandoval handelte. *Volltreffer!* Er hörte Red nur noch mit halbem Ohr zu, während er die beiden beobachtete.

Der große, schlaksige Sandoval strich sich das fettige, schulterlange schwarze Haar aus dem pockennarbigen Gesicht. Selbst wenn Logan nicht gewusst hätte, was dieser Mann Claire angetan hatte, hätte er ihm nicht über den Weg getraut. Sandoval wirkte wie jemand, der seine eigene Mutter verkaufen würde, um seine Haut zu retten. In einem Kampf gegen diesen Bastard hatte Claire nicht die geringste Chance.

Logan hingegen schon. Er freute sich beinahe auf eine Konfrontation.

Die Männer kamen an ihm vorbei. Frank Griffin sah seiner Schwester Dee so ähnlich, dass ihre Verwandtschaft nicht zu leugnen war. Sie hatten das gleiche braune Haar – auch wenn Franks bereits lichter wurde –, und beide besaßen diese faszinierenden Augen, hinter denen unendlich viele Geheimnisse verborgen zu sein schienen. Bei Dee hatte das verführerisch gewirkt, bei Frank wirkte es lediglich hinterlistig und gefährlich.

Griffin und Sandoval setzten sich an einen Tisch am anderen Ende des Gastraums, bestellten sich etwas zu trinken und sahen ab und an einem der Saloon-Mädchen hinterher, unterhielten sich aber hauptsächlich miteinander. Sie tranken nur wenig Alkohol. Kluge Burschen. Dann sprangen sie plötzlich auf und eilten zur Tür.

„Meinst du nicht auch?", fragte der Rotschopf Logan.

„Ja, sicher." Logan warf ihr einen kurzen Blick zu und stieß sich von der Bar ab. „Danke für die Unterhaltung, Red, aber ich muss los."

„Warte." Sie hielt ihn am Arm fest. „Ich hab über 'ne Stunde mit dir verbracht. Krieg ich dafür nichts?"

„Und ich dachte, du plauderst mit mir, weil du mich so attraktiv findest." Er drehte sich um und konnte durch das Fenster

Griffin und Sandoval am Gebäude entlanggehen sehen. „Es war allein deine Entscheidung, bei mir zu bleiben und dich mit mir zu unterhalten."

„Bist du nicht ganz richtig im Kopf? Ich hab doch nicht mit dir reden wollen. Ich muss hier für mein Geld arbeiten."

„Manchmal hat man eben Pech, Schätzchen." Logan zuckte mit den Schultern. „Ich hab von Anfang an gesagt, dass ich auf Blondinen stehe." *Eine Blondine im Speziellen.* Sein Mundwinkel zuckte leicht, als Red anfing, ihn zu beschimpfen, aber er ließ sie stehen, ohne sie eines weiteren Blickes zu würdigen.

Mit zügigen Schritten erreichte er den Stall, in dem Storm untergebracht war, und bemerkte sofort, dass Reverend fehlte. Er rüttelte den schlafenden Stallburschen wach.

„Wo ist das andere Pferd, das ich mitgebracht hatte?"

„Was?" Der Junge blinzelte einige Male. „Oh, die Lady war da und hat ihn mitgenommen."

„Welche Lady?" Logan bekam ein ungutes Gefühl. Seit er Claire kannte, hatte er das häufiger.

„Mrs Ryan."

„Wie sah sie aus?"

„Tja, war 'ne wirklich hübsche Lady, aber ich glaub, sie wollte in 'nen Saloon."

„Wie kommst du darauf?"

„War so angezogen." Der Junge kratzte sich am Kopf. „Gibt's bei euch Krach über die Pflichten in der Ehe?"

„Du bist zu jung, um über so was zu reden. Welche Farbe hatte ihr Haar?" Ein unangenehmer Verdacht stieg in ihm auf.

„Schwarz. Sah ein bisschen unecht aus."

„Ach, wirklich?", murmelte Logan. Er hätte wissen müssen, dass sie nicht auf ihn hören würde. Es war ihm auch nicht in den Sinn gekommen, ihre Sachen zu durchsuchen, aber nun wünschte er sich, er hätte es getan. „Hast du eine Ahnung, wo sie hinwollte?"

„Nein, Sir." Der Junge schüttelte den Kopf.

Logan nahm eine Münze aus der Tasche und gab sie dem Jungen. „Sattle mein Pferd, und zwar schnell."

„Ja, Sir." Der Junge beeilte sich, der Aufgabe nachzukommen.

---

CLAIRE GAB SICH GROßE MÜHE, ausreichend Abstand zu halten, damit Griffin und Sandoval sie auf ihrem Weg durch die Stadt nicht bemerkten, aber zweimal verlor sie die beiden dadurch beinahe aus den Augen. Sie hatte sich die mexikanische Decke umgelegt, erregte aber dennoch ungewollte Aufmerksamkeit, als sie an den Saloons und Freudenhäusern der Stadt vorbeiritt. Bedauerlicherweise bedeckte der Stoff ihre Beine nicht, und dieser Anblick schien Männer wie ein Leuchtfeuer anzuziehen.

Claire war schon einmal in Cimarron gewesen, als ihre Mutter neue Mädchen für den Saloon hatte anheuern wollen. Maggie hatte gesundheitliche Probleme gehabt, die Reise aber auf keinen Fall verschieben wollen, daher hatte Claire darauf bestanden, sie zu begleiten. Aber die meiste Zeit hatte sie dann doch mit Jimmy in demselben Hotel verbracht, in dem sie nun mit Logan untergekommen war. Damals hatte ihre Mutter nur ein einziges Mädchen eingestellt und mit nach Las Vegas genommen: Louisa Pérez.

Griffin und Sandoval ritten in Richtung Berge, fort von der Stadt. Die Hauptstraße war Teil des Santa Fe Trail – der Lebensader der Gemeinde –, der sich mitten durchs Herz von Cimarron zog. Aber es musste hier noch mehr als die Geschäfte rund um den Trail geben, dachte Claire, als sie das vertraute Terrain der Stadt hinter sich ließ.

Sie ließ sich noch weiter zurückfallen, aus Angst, dass die Männer das Hufgetrappel ihres Pferds hören würden. Zum Glück bewegten sie sich im vollen Mondlicht entlang eines gut erkennbaren Pfads, dem sie folgen konnte. Sie hoffte, sie würde die beiden nicht verlieren, aber ebenso, dass man sie nicht entdeckte.

*Was mache ich überhaupt hier draußen?*

Ich will herausfinden, was mit Mutter und Jimmy passiert ist, erinnerte sie sich selbst. Sie würde ins Hotel zurückkehren, sobald sie sicher war, dass die beiden nicht dort waren, wo Sandoval und Griffin hinwollten. Darauf musste sie sich konzentrieren, und Logan würde hoffentlich nichts von alldem mitbekommen.

Das Bild von ihm und dem Rotschopf kam ihr in den Sinn. Wenn sie ihn mit der Frau in ihrem gemeinsamen Zimmer erwischte … Der Mann hatte sicher mehr Verstand. *Verflucht.* Es wäre überaus dumm von ihr, Zuneigung für ihn zu entwickeln.

Der Weg machte einen Bogen, und in der Ferne erkannte Claire in der Dunkelheit die Umrisse eines Hauses. In den Fenstern war Licht zu sehen, und Rauch stieg aus dem Schornstein auf. Claire zügelte Reverend, stieg ab – erleichtert, dass sie dieses Mal nicht stürzte – und führte das Pferd ins Unterholz.

Sie band Reverend außer Sichtweite an und legte die bunte Decke über den Sattel. Dann schlich sie sich näher an das Gebäude heran. Die Pferde von Griffin und Sandoval waren nirgendwo zu entdecken. Sie mussten sie hinter das Haus geführt haben. Claire blieb zunächst, wo sie war, unsicher, ob sie näher herangehen sollte, aber sie wollte sicherstellen, dass sie nichts übersah. Im Haus rührte sich nichts, und es war nicht ersichtlich, wo sich die Bewohner aufhielten.

Sie entschied, sich dem Gebäude von der rechten Seite zu nähern. Der Weg über die vordere Veranda erschien ihr nicht sinnvoll und die Rückseite erst recht nicht. Dort waren bestimmt die Pferde und würden auf ihre Anwesenheit reagieren. Als sie näher kam, stellte sie fest, dass das Fenster zu weit oben war, um hineinsehen zu können. Sie erwog, ihr Pferd zu holen – wenn sie im Sattel säße, könnte sie es sicherlich erreichen –, aber sie befürchtete, dass man sie dabei hören könnte. Sie blickte sich suchend nach einem Stein oder Baum um, auf den sie steigen konnte, aber sie fand keinen.

Ihr Magen verkrampfte sich. Sie atmete tief durch und schlich zur Vorderseite des Hauses, hinauf auf die Veranda. Links neben der Tür befand sich ein großes Fenster, durch das man ins Haus schauen konnte, allerdings war der Blick teilweise durch Vorhänge verdeckt. Sie duckte sich und lugte hinein.

Griffin saß am anderen Ende des Zimmers an einem Tisch. Offenbar war er dabei, seine Waffe zu reinigen. Eine Frau kam herein, und Claire reckte den Hals, um sie besser sehen zu können. Sie war hübsch und jung, mit dunklem Haar. Claire vermutete in ihr Griffins Schwester Dee, doch sie erinnerte sich nur vage an die Frau und hatte in den letzten Jahren nur ein- oder zweimal mit ihr geredet.

„Na sieh mal einer an", sagte eine Stimme in der Dunkelheit hinter ihr.

Claire erstarrte, als sich Schritte über die Veranda näherten.

Sandovals Stimme war unverkennbar.

Sie sprang auf, wollte instinktiv davonlaufen, aber der stechende Schmerz, als er ihr den Lauf einer Waffe zwischen die Schulterblätter drückte, hielt sie auf. Kalt spürte sie das Metall des Laufs auf ihrer nackten Haut.

Vielleicht würde Sandoval sie mit der schwarzen Perücke ja nicht erkennen. Sie klammerte sich an diesen Gedanken, als sie die Hände hob, noch immer von ihm abgewandt. „Ich suche nach Maggie Waters. Sie meinte, ich solle nach Cimarron kommen, wenn ich Arbeit will."

„Ach, wirklich?", fragte er hinter ihr. „Und deshalb treibst du dich nachts in der Gegend rum?"

„Machen Mädchen wie ich doch so, oder?" Sie konnte nur hoffen, dass sie nicht zu verzweifelt klang.

Sandoval presste den Lauf fester gegen ihren Rücken und schob sie vorwärts. Sie keuchte auf und kniff die Augen zusammen, um nicht laut aufzuschreien.

„Du schnüffelst hier rum", sagte er. „Für wen?"

„Ich hab keine Ahnung, wovon du redest." Ihr Gesicht wurde

gegen die hölzerne Hauswand gedrückt, was ihre Chancen auf eine Flucht vollkommen zunichtemachte.

Sandoval packte ihren Arm und drehte sie zu sich um. Seine Finger legten sich schmerzhaft um ihren Hals, und er richtete die Waffe auf ihre Schläfe.

„Wer bist du?", fragte er. Sein Gesicht war so nahe, dass sie den durchdringenden Geruch von Tabak wahrnehmen konnte. Ihre Knie drohten nachzugeben, als sie sich an ihre letzte Begegnung mit ihm erinnerte. *Er erkennt mich nicht.* Sie versuchte, sich daran zu klammern, um die entsetzliche Angst vor diesem Mann in Schach zu halten.

„Peggy Ryan." Sie flüsterte diese Lüge, aber sie wusste, es spielte keine Rolle mehr. Sandoval würde sie vielleicht nicht wiedererkennen, aber er würde sie wahrscheinlich dennoch töten. „Ich arbeite für Maggie."

„Blödsinn." Er fuhr mit dem Finger über ihre nackte Schulter. Sie wich an die Wand zurück, um seiner Berührung auszuweichen.

„Ich hab jedes Mädchen im ‚White Dove' gehabt", erklärte er. „Dich hatte ich nicht, also lügst du."

Sie kämpfte die Panik nieder, das Herz schlug ihr bis zum Hals. Er würde jeden Augenblick den Abzug drücken, und dann war ihr Leben vorbei. Oh, wie sehr sie ihn hasste. Und wie sehr sie dieses Gefühl der Hilflosigkeit und die Angst hasste.

Tränen liefen ihr über die Wangen, und sie wollte beten. Ein Schluchzen entrang sich ihrer Kehle. Tia hatte ihr von Gott erzählt.

*Seine Flügel werden dich aufheben. Die Taube fliegt auf seinem Atem.*

Sie ließ ihre Gedanken zu der Lichtung im Wald wandern, wo sie als Kind oft gesessen hatte. Eine schneeweiße Taube war zu ihr gekommen, als hätte sie gewusst, dass sie dort auf sie wartete.

*Die Taube.*

Ein dunkler Schatten kam wie aus dem Nichts und drückte Sandovals Arm von ihr weg. Claire zuckte zusammen, als sich ein Schuss löste. Sie schrie auf, legte sich die Hände über die Ohren und fiel auf die Knie, während Holzsplitter auf sie niederregneten. Ein weiteres Mal schrie sie auf, als eine große Gestalt Sandoval bewusstlos schlug.

„Alles in Ordnung?"

Sie konnte nur die dunklen Umrisse eines Mannes erkennen. Durch den Tränenschleier und das laute Klingeln in ihren Ohren fühlte sie sich von der Welt wie abgeschnitten. Träumte sie? Das war Logan! Sie streckte die Finger aus und spürte seinen festen Griff, als er ihre Hand umfasste. Er war warm, lebendig – das konnte nur bedeuten, dass sie noch am Leben war. Er zog sie hoch und in seine Arme.

Das Klicken einer Waffe ließ sie aufschrecken. Logan drehte sich um und schirmte sie mit seinem Körper ab, die Waffe, die sie bisher nicht bemerkt hatte, auf Sandovals reglosen Körper gerichtet. Frank Griffin stand auf der Veranda, ein Stück entfernt, und zielte mit einer Schrotflinte auf sie.

„Du bist hier auf meinem Land, du Ratte", sagte Griffin. „Lass die Waffe fallen, oder ich knall deine Hure ab und behaupte, es war Notwehr."

„Dann töte ich ihn." Logans Stimme war leise und ruhig.

Claire versuchte, ihren Atem unter Kontrolle zu bekommen.

„Wer zum Teufel bist du?", fragte Griffin.

Sandoval rührte sich. Bevor Claire auch nur daran denken konnte, Logan zu warnen, hatte er sie schon zu Boden geschubst und wehrte den Angriff des Mexikaners mit einigen Schüssen ab, bevor er Claire am Arm mit sich die Treppe runterzerrte.

„Unten bleiben", wies er sie an. Er zog einen zweiten Revolver und sorgte mit ein paar weiteren Kugeln für ihre Deckung, während sie um das Haus schlichen. Er blieb kurz stehen und lud die Waffen mit verblüffender Geschwindigkeit nach.

„Lauf zu den Bäumen." Er deutete mit dem Kopf in Richtung Unterholz. Sie rannte los, er schoss und folgte ihr. Sie hasteten zwischen Kakteen und Kiefern hindurch, die Dornen rissen Claire die Haut an Armen und Beinen auf. Ihre Seite schmerzte, ein paar der Zweige mussten sie übel erwischt haben.

Sie stolperte, aber Logan zog sie wieder auf die Beine und ließ ihre Hand nicht mehr los, damit sie nicht zurückblieb. Sie hatte keine Ahnung, wo sie waren, und war gänzlich auf seinen Orientierungssinn angewiesen. Als er bemerkte, dass sie nicht länger verfolgt wurden, hielt Logan an, damit sie verschnaufen konnten.

Das Brennen in der Rippengegend wurde schlimmer. Sie presste eine Hand auf ihre rechte Seite, die sich seltsam feucht anfühlte. Entsetzt starrte sie auf ihre Finger, die plötzlich dunkel gefärbt waren. *Blut.* Der Kratzer musste tiefer sein, als sie gedacht hatte. Sie blickte zu Logan auf, in dessen Gesichtsausdruck sich etwas unglaublich Wildes widerspiegelte. Seine ungezügelte Wut ließ sie zurückzucken, als er sie an den Armen packte.

„Verflucht, Claire. Du wurdest angeschossen!"

Sie wollte etwas sagen, dunkle Flecken tanzten ihr vor den Augen. Dann wurde alles schwarz.

# Kapitel Sieben

Logan fing Claire auf, als ihre Beine nachgaben, und alles in ihm schrie auf. Er wollte sie nicht verlieren. Auf keinen Fall. Er bettete sie auf seinen Schoß und riss sich das Hemd vom Leib, sodass die Knöpfe in alle Richtungen flogen. Dann zog er sein Messer aus dem Stiefelschaft. Vorsichtig trennte er die Seitennaht ihres schwarzen Kleids auf, danach das blutgetränkte Unterkleid.

Trotz der Dunkelheit versuchte er, sich ihre Wunde genauer anzusehen. Soweit er es erkennen konnte, hatte der Schuss sie nur gestreift. Er konnte weder eine Kugel noch eine größere Wunde entdecken, die darauf schließen ließe, dass die Kugel in ihren Körper eingedrungen war. Er entspannte sich, aber nur ein wenig, denn sie verlor zu viel Blut. Er riss ein paar Streifen Stoff von seinem Hemd ab, presste sie auf die Wunde und benutzte den Rest des Hemdes zum Verbinden.

Tief durchatmend wurde er sich plötzlich der Anstößigkeit ihrer Situation bewusst. Er hatte ihr praktisch das Kleid vom Leib geschnitten. Aber während sie so reglos in seinen Armen lag, überkamen ihn die nackte Angst und ein instinktives Bedürfnis, sie zu beschützen. Er wollte mehr als nur ihren Körper, er wollte *sie* – das, was ihr Wesen und ihre Person ausmachte –, und er brauchte

Zeit, um herauszufinden, was zwischen ihnen entstehen konnte. Er würde sich das bestimmt nicht von einer verdammten Pistolenkugel nehmen lassen.

Er streichelte ihr über die Stirn und flüsterte: „Claire, wach auf."

Sie regte sich etwas.

„Wir müssen zurück zu meinem Pferd, sonst kommen wir nie in die Stadt. Schatz, kannst du mich hören?"

Sie öffnete die Augen. „Was ist passiert?"

„Du wurdest angeschossen, aber die Wunde ist nicht tief, das kommt wieder in Ordnung. Wir müssen jedoch weg von hier. Kannst du gehen, wenn ich dich stütze?"

„Ja", erwiderte sie mit einem krächzenden Flüstern. „Ich versuch's."

Sie kämpfte sich wackelig auf die Beine und blickte hinunter auf den improvisierten Verband, bevor sie versuchte, ihre Blöße mit den Armen zu bedecken. Logan bedauerte, dass er ihr sein Hemd nicht mehr anbieten konnte. Das schwarze Seidenkleid bedeckte noch immer das Nötigste, und Logan hatte nichts zu sehen bekommen, was er nicht sehen durfte. Es war ihm auch gar nicht in den Sinn gekommen, genauer hinzuschauen, er war zu sehr mit ihrer Verletzung beschäftigt gewesen.

„Kein Grund, sich zu schämen", sagte er. „Ich habe dein Kleid nur an der Seite von aufgeschnitten, um die Wunde zu verbinden."

Sie hatte sich schnell wieder im Griff. „Du hast die Blutung gestoppt?"

„Vorerst." Er legte ihr einen Arm um die Taille und drückte sie an sich, dann machte er langsam ein paar Schritte. Ein schneller Blick zu den Sternen und über das Gelände half ihm, sich zu orientieren. Er konnte nur hoffen, dass Griffin oder der Mann, der zuerst geschossen hatte, sein Pferd nicht finden würde, das Logan etwa eine Viertelmeile vom Haus entfernt zwischen den Bäumen angebunden hatte.

„Ich habe im Hotel alles, was zum Versorgen der Wunde nötig ist, also hole bitte keinen Arzt", sagte sie schwer atmend.

„Warum nicht?"

„Wir sollten nicht noch mehr Aufmerksamkeit auf uns ziehen. Versprich es mir, ja?"

„Ich mache keine voreiligen Versprechungen. Erst mal müssen wir zurück zum Hotel kommen, danach sehen wir weiter."

Als Claires Atem immer stockender ging, nahm Logan sie auf die Arme, vorsichtig darauf bedacht, nicht ihre Wunde zu berühren.

„Ich bin zu schwer", murmelte sie, lehnte dann aber den Kopf an seine Schulter.

Zu seiner Erleichterung fand er Storm genau dort, wo er sie zurückgelassen hatte. Vorsichtig hob er Claire in den Sattel, dann stieg er hinter ihr auf.

„Was ist mit Reverend?", fragte sie.

„Der wird es überleben. Ich hole ihn morgen."

Logan überließ es Storm, sich einen Weg durch das Dickicht zu suchen, und warf immer wieder einen Blick nach hinten, um festzustellen, ob sie verfolgt wurden. Er mied die Straße und erwog kurz, nicht ins Hotel zurückzukehren, aber noch war niemand hinter ihnen her, daher konnten sie es heute Nacht wohl riskieren. Er musste sich so schnell wie möglich um Claire kümmern.

Sobald sie im Hotel angekommen waren, band Logan sein Pferd hinter dem Gebäude an und trug Claire hinein. Zum Glück hielt sich zu dieser späten Stunde niemand mehr am Empfang auf. Mit großen Schritten durchquerte er die Eingangshalle, fummelte umständlich den Schlüssel aus seiner Brusttasche, öffnete die Tür und trat ins Zimmer.

Als er Claire auf dem Bett ablegte, zuckte sie zusammen und schloss die Augen. Er schnappte sich eine Decke und breitete sie über ihr aus, dann zog er ihr rasch die Stiefel aus. Sie hatte einige äußerst schmerzhaft aussehende Blasen an den Fersen. Offenbar war sie es nicht gewohnt, solche Schuhe zu tragen.

„In meiner Tasche ist ein kleiner Beutel mit Zucker." Sie rieb sich die Stirn.

Logan wühlte in ihren Satteltaschen. „Der hier?" Er hielt einen kleinen Lederbeutel hoch. Sie nickte, und ihr Gesicht wirkte unnatürlich blass.

„Du brauchst Wasser und mehr Stoff", sagte sie und stöhnte.

Er nahm den Wasserkrug von der Kommode, der zu seiner Erleichterung gefüllt war, und ein weiteres seiner Hemden. Er wünschte, er hätte eine Flasche Whiskey vom „St. James" mitgebracht, aber das hätte eher den Eindruck vermittelt, dass er sie betrunken machen und über sie herfallen wollte. Er gab alles, um sich vor Claire von seiner besten Seite zu zeigen. *Zum Teufel damit.* Anstand war keine Garantie dafür, dass sie unverletzt blieb, das hatte sie eindringlich unter Beweis gestellt.

Vorsichtig schlug er die Decke ein Stück zurück und löste den Verband, den er ihr vorhin angelegt hatte. Sie blickte ihm dabei auf die Finger.

„Schneid ihn einfach auf", sagte sie. „Und das Kleid auch."

„Aber nicht, dass du mir später vorwirfst, ich sei dir an die Wäsche gegangen." Er holte sein Messer heraus und entfernte schnell den Verband. Dann beseitigte er das, was von ihrem Kleid noch übrig war.

„Louisa wird mich umbringen", sagte sie.

„Ist das ihr Kleid?"

Sie nickte. Er ging zwischen Bett und Fenster in die Knie und schlitzte den seidigen Stoff auch auf der rechten Seite der Länge nach auf, während er gleichzeitig darauf bedacht war, sie nicht zu entblößen.

„Ich bin sicher, du hast schon mal eine nackte Frau gesehen. Weg damit", sagte sie irritiert.

„Das ist jetzt ein wirklich schlechter Zeitpunkt dafür, um mit mir zu schäkern", murmelte er leicht gereizt. Er hatte noch nie eine Frau ausgezogen, ohne dass danach eine Runde Zweisamkeit zwischen den Laken gefolgt war.

„Ich schäkere nicht." Sie presste die Lippen aufeinander und starrte zur Decke hinauf. „Ich hab dich in Texas schon unbekleidet gesehen, wir haben also längst die Grenze der Schicklichkeit übertreten."

Logan zögerte. Sicher, er war bei ihrer ersten Begegnung nackt gewesen, aber eigentlich hatte er gedacht, dass Claire nicht so genau hingeschaut und nur versucht hatte, ihn sich vom Leib zu halten. Bei dem Gedanken, dass sich dieser Vorfall ebenso in ihr Gedächtnis eingebrannt hatte wie in seines, stieg Hitze in ihm auf, und ein Funken Hoffnung, dass auch ihr der Kuss vor dem Hotel nicht aus dem Kopf ging.

Er schob ihr das Kleid und das Unterkleid bis zu den Hüften hinunter und erhaschte einen Blick auf ihre rosigen Brustwarzen, bevor er sie wieder zudeckte. Er hatte sich nie für jemanden gehalten, der Frauen ausnutzte, aber es kam ihm so vor, als täte er genau das gerade. Seine Hände erstarrten, während er innerlich mit sich rang, ob er ihr das Kleid und die Unterwäsche ganz ausziehen sollte.

„Ich weiß, du bevorzugst Rothaarige."

Der Anflug von Eifersucht in ihrer Stimme überraschte ihn. Anscheinend hatte Claire ihn mit Red gesehen. Logans Puls beschleunigte sich – jetzt konnte er sie auf gar keinen Fall weiter ausziehen und das hatte rein gar nichts damit zu tun, dass er so großen Wert auf Schicklichkeit legte.

Vielmehr wollte er die Situation nicht ausnutzen, also legte er ihr eine zweite Decke um die Schultern und konzentrierte sich auf das, was im Augenblick wichtiger war: ihr Leben.

„Ich wollte nur Informationen von ihr. Ich hab keine Vorliebe für Rothaarige." Er riss das frische Hemd in Streifen und tauchte den Stoff in den Krug mit Wasser, den er hinter sich auf die Fensterbank gestellt hatte. Dann zog er die Decke ein kleines Stückchen zur Seite, um an die Stelle zu gelangen, wo die Kugel Claire gestreift hatte. Dabei achtete er peinlich genau darauf, ihre Brüste nicht zu entblößen. „Kannst du den Arm anheben?"

Sie tat es, verzog aber schmerzhaft das Gesicht. Er bemühte sich, das getrocknete Blut abzuwischen, und fand schließlich den Riss in ihrer Haut, der nun erneut blutete.

„Streu etwas Zucker auf die Wunde", sagte sie.

„Hab noch nie davon gehört, dass man so was macht." Aber er öffnete den Beutel und tat, was sie gesagt hatte.

„Es trocknet die Wunde aus und beschleunigt die Heilung."

„Ich sollte wohl trotzdem Whiskey besorgen, damit es sich nicht entzündet."

„Dabei hilft der Zucker auch."

„Ich sollte es vielleicht nähen."

Claire schüttelte den Kopf. „Nein, das ist eine ungünstige Stelle dafür."

„Dann bekommst du vielleicht eine hässliche Narbe."

„Ich lasse es lieber offen heilen. Kannst du mir einen frischen Verband anlegen?"

Nun war er gezwungen, die Decke komplett zurückzuschlagen, um ihr die Stoffstreifen um den Brustkorb zu wickeln, und das weckte eine schmerzliche Sehnsucht in ihm, die er noch nie zuvor empfunden hatte. Beim Anblick von Claires blasser Haut, ihrer schmalen Taille und der vollen Brüste hatte er das Gefühl, zum ersten Mal eine nackte Frau zu sehen. Er war sicher nicht mehr grün hinter den Ohren, sondern ein erfahrener Mann, und doch drängte sich ihm der Gedanke auf, dass Claire die eine Frau war, ohne die er nicht mehr leben konnte.

„Was ist mit den Schmerzen?", fragte er, gleichermaßen verwirrt und verärgert über sich selbst. „Hast du was dagegen?" Er legte die Decke wieder über sie und machte ein paar Schritte weg vom Bett, weg von ihr, weg von der Versuchung.

Ihre keuchenden Atemzüge hallten von den Wänden des kleinen Zimmers wider. „Nein, ich habe nicht alle Arzneien mitgebracht."

„Kommst du für ein paar Minuten allein zurecht?"

„Warum?"

„Ich muss mich um Storm kümmern, bevor sie jemand entdeckt. Danach besorge ich was, um deine Schmerzen zu lindern."

Sie nickte.

Er beugte sich über sie und küsste sie auf die Stirn, was ihn selbst erstaunte. Er sollte sie nicht anfassen, aber er konnte einfach nicht anders. „Bin gleich zurück."

Die Perücke war während ihrer Flucht irgendwo verloren gegangen. Aber auch wenn er froh war, das Ding los zu sein, musste er es dennoch finden. Wenn jemand anders die Perücke entdeckte, war Claires Tarnung gefährdet.

„Sei vorsichtig", flüsterte sie.

Ihre Blicke trafen sich kurz, dann verließ er das Zimmer, bevor er es sich anders überlegen konnte. Er würde schnell alles Notwendige erledigen.

---

CLAIRE ERWACHTE UND KEUCHTE AUF, als sich das Brennen und Pochen an ihrer Seite schmerzhaft bemerkbar machte. Sie bewegte sich vorsichtig und biss sich auf die Lippe, um nicht laut aufzuschreien. Logan döste in einem Stuhl, eine Schulter gegen die Wand gelehnt und die Beine auf das Fußende des Betts gelegt. In den Armen hielt er ein Gewehr.

*Er hätte bei mir schlafen können. Er fand mich nicht gerade unwiderstehlich. Ich war völlig nackt, und es hat ihn überhaupt nicht gekümmert.*

Ihre Enttäuschung lenkte sie immerhin von den Schmerzen ab.

Entschlossen richtete sie sich auf und unterdrückte verbissen ein gequältes Aufstöhnen. Die Whiskeyflasche, die Logan in der Nacht mitgebracht hatte, stand auf dem Nachttisch neben dem Bett. Sie trank ein paar Schlucke daraus, dann ließ sie ihren Kopf gegen das eiserne Bettgestell sinken. Die Flüssigkeit brannte in ihrer Kehle, und sie musste husten. Eine Welle der Übelkeit überkam sie. Sie trank nicht gern Alkohol, aber ein leichter Schwips würde den Schmerz betäuben, und das konnte sie gerade gut gebrauchen.

Logan regte sich. „Wie geht's dir?" Er stand auf, warf einen prüfenden Blick aus dem Fenster und kam dann zum Bett. Das Gewehr lehnte er an die Wand.

„Ich hätte nie gedacht, dass ich irgendwann mal freiwillig schon am frühen Morgen nach der Whiskeyflasche greifen würde", sagte sie und ließ ihren Blick zu seinem geöffneten Hemd wandern, über die von braunen Haaren bedeckte Brust hinunter zu seinem Bauch, dessen Muskeln sich anspannten, als er sich um das Bett herumbewegte. Hitze stieg in ihr auf. *Das muss am Alkohol liegen.*

„Ja, dann hat man nichts mehr, worauf man sich nach einem langen Tag freuen kann." Er grinste. „Du hast ruhig geschlafen und siehst schon viel besser aus."

„Ich fühle mich aber nicht besser. Wie spät ist es?"

„Kurz nach Mittag."

„Oh!" Sie runzelte die Stirn, als sie an die Schießerei im Wald dachte. „Wir sollten nicht hierbleiben."

„Das habe ich auch schon überlegt."

Ein leises Klopfen an der Tür unterbrach ihr Gespräch. Logan zog seinen Revolver aus dem Holster, das er zusammen mit einer kleineren Waffe neben der Tür auf dem Boden abgelegt hatte. Das Waffenarsenal, das Logan mit sich führte, versetzte Claire in Erstaunen.

„Wer ist es?", flüsterte sie.

Er öffnete die Tür einen Spalt und blickte hinaus, dann machte er sie weiter auf. „Es ist Red."

Zu Claires Erstaunen betrat das Flittchen aus dem „St. James" ihr Zimmer. Na großartig, dachte sie. Nun würde sie aus nächster Nähe mit ansehen müssen, wie die Frau sich an Logan heranschmiss.

Red starrte Claire an und wandte sich dann verunsichert zu

Logan um, der die Tür hinter ihr schloss. „Da hast du ja doch noch deine Blondine gekriegt." Ihre Enttäuschung war unüberhörbar.

„Woher wusstest du, wo du mich findest?", fragte Logan.

„Bin dir gefolgt, als du gestern Nacht die Flasche Whiskey gekauft hast und fix wieder verschwunden bist." Sie sah zu Claire hinüber. „Jetzt versteh ich auch, warum. Du ähnelst Maggie Waters wirklich sehr."

„Kennst du sie?", wollte Claire wissen.

Red senkte den Blick, antwortete jedoch nicht.

„Weißt du, wo sie ist?", bohrte Claire weiter.

Red zögerte. „Nein, weiß ich nicht. Ich komm wegen was anderem." Sie nickte Richtung Logan. „Dein Kerl hier war gestern bei uns und hat sich nach Maggie erkundigt. Ich dachte, ich warn ihn mal besser. Aber du bist wohl die Blondine, die er gesucht hat, also kann ich's auch euch beiden sagen."

„Was denn?", fragte Claire.

„Sagt euch der Name Teddy Luttrell was?"

Claire nickte.

„Er wurde letztes Jahr ermordet. Wusstet ihr schon, oder?"

Wieder nickte Claire.

Red sah über ihre Schulter, als könnte jemand hinter ihr stehen, aber die Tür war noch immer zu, und außer ihnen befand sich niemand im Zimmer.

Flüsternd sprach Red weiter: „Ich glaube, Maggie hat Luttrell umgebracht."

„Was?" Claire richtete sich mühsam auf und vergaß dabei, dass sie nackt war. Rasch griff sie nach dem verrutschten Laken und verzog vor Schmerzen das Gesicht. „Warum glaubst du das?"

„Hast du Beweise dafür?", fragte Logan. Seine Stimme klang rau.

„Ich hab wahrscheinlich schon zu viel gesagt. Mehr ist nicht drin. Ich bin nur gekommen, weil … na ja, du hast mir halt gefallen." Sie schaute erneut Logan an. „Kommt nicht oft vor, dass ein Mann mir einen Korb gibt. Hat mich auf dumme Gedanken gebracht. Ich wollte eben nicht, dass du in die Sache mit Maggie reingezogen wirst. Sie ist den Ärger nicht wert."

Red wandte sich zum Gehen, hielt dann aber inne. „Es gibt noch 'nen Grund. Mein Bruder – Shorty McClaren – hat vor 'ner Weile mit Maggie zu tun gehabt. Seitdem ist er verschwunden." Sie blickte Claire direkt die Augen.

„Ich erinnere mich an ihn", sagte Claire. Vor ein paar Monaten hatte sich Shorty im „White Dove" herumgetrieben. Kurz darauf hatte Sandoval sie überfallen. „Tut mir leid, ich hab ihn auch schon eine Weile nicht mehr gesehen."

„Bist du Maggies Schwester?", fragte Red.

„Nein, ich bin ihre Tochter."

Erstaunen huschte über Reds Züge. „Tja … Vielleicht lieg ich ja falsch bei ihr."

„Weiß Frank Griffin, wo sie ist?", hakte Logan nach.

„Nein, aber er will sie unbedingt finden. An eurer Stelle würd' ich ihm aus dem Weg gehen. Und jetzt muss ich los."

„Warte", hielt Claire sie zurück. „Hast du was über Jimmy Waters gehört? Er ist mein Bruder – ein großer, blonder Junge. Acht Jahre alt. Er war bei Maggie, als sie hergekommen ist."

Red schüttelte den Kopf. „Tut mir leid, da weiß ich nichts." Sie öffnete die Tür und spähte vorsichtig den Flur hinunter. Dann warf sie einen Blick über die Schulter, zunächst zu Logan, dann zu Claire. „Den solltest du dir warmhalten. Gute Männer gibt's nicht so oft." Sie schlüpfte hinaus und schloss die Tür hinter sich.

Logan hob das Holster vom Boden auf, schnallte es sich um die Hüften und steckte den Revolver hinein. Das Bett quietschte unter seinem Gewicht, als er sich daraufsetzte. Er zog die Decke hoch, damit Claire ihre bloßen Brüste nicht länger nur mit dem dünnen Laken bedecken musste.

„Wir müssen dir was anziehen", sagte er.

Seine Berührung war unpersönlich, schickte Claire aber dennoch einen wohligen Schauer über den Rücken.

„Wie stand deine Mutter zu Luttrell?"

„Weiß ich nicht. Männer kamen und gingen immer wieder. Ich habe nie sonderlich darauf geachtet." Sie schaute ihn an. „Hätte ich wohl besser tun sollen."

„Hier bist du jedenfalls nicht sicher."

„Ich bin wahrscheinlich nirgendwo sicher. Früher oder später werden Sandoval und Griffin erfahren, dass ich noch lebe. Dann werden sie hinter mir her sein, allein schon, damit ich sie zu Maggie führe."

„Dann sollten sie dich besser nicht in die Finger bekommen. Lebendig gefällst du mir besser." Er musterte sie eindringlich.

„Ich kann nur beten, dass Jimmy noch am Leben ist."

„Die Chancen dafür stehen nicht schlecht. Griffin und Sandoval haben Maggie nicht, daher ist anzunehmen, dass Jimmy noch bei ihr ist. Trotz allem, was gestern Nacht passiert ist, solltest du die Hoffnung nicht aufgeben."

Logans Zuversicht gab ihr Mut.

„Hast du die Rothaarige gestern wirklich abgewiesen?", fragte sie, bevor sie sich zurückhalten konnte.

Logans flammender Blick brannte sich in sie. „Offenbar habe ich eine Schwäche für eine Schwarzhaarige namens Peggy."

Claire wurde ganz heiß, und sie wusste, dass sie sicher bis unter die Haarspitzen errötete. Ihre Haut prickelte, als hätte er sie angefasst, und sie verspürte den Drang, die Decke einfach zur Seite zu schlagen.

Sie wollte Logan.

Bislang hatte Claire nie verstanden, warum Frauen ihre eigenen Sehnsüchte und Bedürfnisse für irgendeinen dahergelaufenen Taugenichts opferten. Aber Logan war eben nicht irgendein Kerl. Sie wollte ihn, auch wenn das falsch war und es ihr leichtfallen sollte, diesem Verlangen zu widerstehen. Leider war das nicht der Fall.

Sie streckte eine Hand nach ihm aus.

Er nahm sie. „Red führt mich nicht in Versuchung, du aber

sehr wohl. Wenn wir damit anfangen, will ich es auch zu Ende bringen. Und dazu bist du nicht in der Verfassung."

Er küsste ihre Handfläche, seine Lippen waren warm und weich, und das heiße Gefühl in ihrem Bauch kam eindeutig nicht vom Whiskey.

Er legte ihre Hand auf ihren Schoß und ließ sie los. „Am liebsten würde ich zum Sheriff gehen und ihn darüber informieren, was passiert ist."

„Aber …"

„Aber", unterbrach er sie sanft. „Ich weiß, was du denkst. Und vielleicht hast du recht. Gesetzeshüter in die Sache zu verwickeln, könnte derzeit eher schaden als nützen. Ich will dich gerne zurück nach Las Vegas bringen."

„Aber wir könnten hier noch mehr herausfinden."

„Kann sein. Vielleicht aber auch nicht. In jedem Fall brauchst du vor allem Ruhe."

„Dann sollte ich aber auch nicht reiten."

„Stimmt. Aber es dürfte schwierig werden, uns hier zu verstecken. Cimarron ist eine kleine Stadt." Logan stand auf und knöpfte sich das Hemd zu. „Ich kümmere mich um alles. Kannst du bei Einbruch der Dunkelheit bereit sein?"

Claire nickte. Das Laken verrutschte, strich ihr über die nackte Haut. Wie würde es sich wohl anfühlen, wenn Logan sie liebkoste? Wenn sein Atem über sie strich … Ihr Herz und ihr Verstand waren von der Sehnsucht nach ihm erfüllt, gleichzeitig war sie jedoch auch enttäuscht, dass er jetzt ging.

Eines war offensichtlich – Logan hatte ihren Schutzwall überwunden, wie nur wenige Menschen zuvor.

Das sollte ihr Sorge bereiten.

Aber bei Gott, das tat es nicht.

# Kapitel Acht

Reverend trottete hinter Storm her, als sie das Tempo verlangsamten und ein Waldgebiet südlich von Cimarron erreichten. Logan hatte Claires Pferd am Morgen eingesammelt, und sie war froh, dass sie das Tier nicht hatten zurücklassen müssen. Sie bezweifelte zwar, dass Sandoval Reverend mit ihr in Verbindung gebracht hätte, aber vielleicht mit dem „White Dove".

Bisher waren sie zügig der dunklen Straße gefolgt. Logan hatte zwar nichts gesagt, aber er musste wohl bemerkt haben, dass Claires Pferd bei dieser Geschwindigkeit nicht mehr lange mithalten konnte. Und Claire auch nicht, das sagte ihr zumindest der stechende Schmerz in ihrer Seite. Sie biss die Zähne zusammen und verlagerte ihr Gewicht im Sattel. Ihr Kleid scheuerte am Verband, und sie hatte das Bedürfnis, sich Rock und Unterrock auszuziehen, aber sie beschwerte sich nicht. Logan schwieg sicher aus gutem Grund.

Der Mond schien durch die Zweige und beleuchtete den Pfad vor ihnen. Eine leichte Brise wehte durch das abgelegene Tal und fing sich im raschelnden Laub der Pappeln, in deren Schutz sie ritten. In der Ferne hörte man das Rauschen eines Flusses. Es wäre der perfekte Ort für ein Zuhause, und als hätte jemand ihre

Gedanken gelesen, tauchte im nächsten Moment ein Haus vor ihnen auf. Licht drang durch die Fenster nach draußen, und eine Rauchfahne kräuselte sich über dem Schornstein.

Im Schritttempo passierten sie die Farm und hielten sich weiter auf dem Weg am Fuß der Berge, um die offene Prärie zu ihrer Linken zu meiden.

Claire unterdrückte ein Stöhnen, holte die Whiskeyflasche aus der Satteltasche und trank noch einen Schluck. War sie schon zur Säuferin geworden? Sicher war sie sich da nicht, aber sie hatte Schmerzen und wusste nicht, wann Logan endlich einen Rastplatz für die Nacht suchen wollte. Sie konnte nicht abschätzen, wie lange sie noch durchhalten würde.

Nachdem sie eine große Felsformation mit einer Baumgruppe umrundet hatten, griff Logan nach den Zügeln ihres Pferdes und brachte das Tier hinter eine Gruppe von Kiefern. Er legte einen Finger an die Lippen, dann beugte er sich dicht zu ihr, bis sein Mund verlockend nahe an ihrem Ohr war.

„Jemand folgt uns." Ihre Haut prickelte von der Wärme seines Atems.

Sie nickte, während er sein Gewehr aus der Halterung nahm, sich aus dem Sattel schwang und zu Fuß auf dem Weg zurückging, auf dem sie gekommen waren.

Unsicher, was sie tun sollte oder wie sie helfen konnte, stieg Claire von Reverend ab. Schmerz durchzuckte sie, doch sie gab sich Mühe, nicht laut aufzustöhnen. Sie nahm den großen Sombrero ab und suchte in ihrer Satteltasche nach dem Revolver, den Logan für sie gekauft hatte. Der Colt war kleiner als der Peacemaker und hatte nur fünf Patronen im Zylinder. Claire bewegte sich bis zum Rand der Felsformation und wiederholte die Zahl in ihrem Kopf immer wieder. Fünf. Sie hatte fünfmal die Chance, sich zu verteidigen, falls sie angegriffen wurde. Hoffentlich waren fünf Mal genug.

Die Pferde schnaubten und tänzelten nervös. Claire blickte

über die Schulter zu der dichten Baumgruppe, die im Dunkeln unheilvoll wirkte.

Tabakgestank stieg ihr in die Nase.

Ängstlich sah sie sich um und betete, dass es nicht Sandoval war.

*Wo bist du, Logan?*

Wenn sie sich bewegte, würde sie vielleicht ihre Position verraten, aber sie konnte nicht hierbleiben, während Sandoval oder sonst wer Logan eine Kugel in den Leib jagte.

Ihren Schmerz ignorierend, zog sie sich von den Felsen zwischen die Bäume zurück und suchte sich einen Weg durch die pechschwarze Dunkelheit. Das Knirschen der Kiefernnadeln unter ihren Füßen kam ihr in der nächtlichen Stille unnatürlich laut vor. Sie hielt inne, den Revolver fest in der Hand. Sie musste leiser sein.

„*Puta.*"

Sie erstarrte. Der Mann hinter ihr lachte leise, und der Tabakgeruch verstärkte sich. Sandoval war der Einzige, der sie ganz offen als *Hure* bezeichnete. Er hatte sie erkannt.

„Wusste ich doch, dass mit dem fremden Kerl in der Stadt was faul ist", fuhr er fort. Seine Stimme verursachte ihr eine Gänsehaut, sie wollte nur weg von ihm. „Aber dass er mich direkt zu dir führt, hätt' ich nicht gedacht. Wir haben dich alle für tot gehalten."

Claire bewegte ihre rechte Hand ein wenig und hielt die Waffe vor sich in den Falten des Kleides verborgen. Hoffentlich reichte das aus, um sie zu verstecken, aber sie bezweifelte, dass sie allein etwas gegen seine Schießkünste ausrichten konnte. Sie ging davon aus, dass er seine Waffe direkt auf sie gerichtet hielt.

„Der *desperado* wird dir nicht helfen. Den hab ich schon erledigt."

Panik erfasste sie. Vielleicht war das gelogen – es musste einfach gelogen sein.

*Fünf Schüsse.*

„Deine Verkleidung war wirklich gut. Wie lange bist du schon wieder da, ohne dass es einer gemerkt hat?" Sandovals Akzent war auch dann noch deutlich zu hören, wenn er so leise sprach wie jetzt. Er lachte erneut. „Du hast Angst vor mir."

Er kam näher, und sie zuckte zusammen, als er mit dem Finger über ihren Rücken fuhr. Der dünne Stoff der Bluse war kein großer Schutz und minderte den Ekel nicht, der in ihr aufstieg, weil sie binnen weniger Tage ein weiteres Mal von ihm angefasst wurde.

Er war nahe genug, um die Waffe zu entdecken. Sie musste etwas unternehmen.

„Ich hab nicht vergessen, was du mir angetan hast", sagte er.

Er meinte, dass sie ihn betäubt hatte, als er versucht hatte, sie zu vergewaltigen.

*Mach schnell.*

Sie spannte den Hahn und fuhr herum, aber Sandoval packte ihr Handgelenk im gleichen Moment, als sie abdrückte. Die Kugel traf einen Baum. Ein Schrei entrang sich ihrer Kehle und zerriss die Stille des Waldes. Verbissen wehrte sie sich gegen ihn und es gelang ihr, erneut auf ihn zu zielen. Dieses Mal traf sie seine Schulter. Sie stolperte nach hinten, als Sandoval abrupt losließ. Schnell kam sie wieder auf die Beine, hatte aber die Waffe verloren. Hektisch fing sie an, danach zu suchen.

*Nein, lauf einfach.*

Ohne sich noch einmal umzusehen, rannte sie los, zwischen den Bäumen hindurch, angetrieben von Todesangst. Die kalte Nachtluft strich ihr über die Wangen, ihr geflochtener Zopf schlug ihr immer wieder um die Schultern.

Sie rannte um ihr Leben und es fühlte sich an, als würde ihr Körper sich verselbstständigen. Claire hatte so etwas noch nie erlebt – Flucht und Freiheit. Sie war Sandoval in der vergangenen Nacht nur knapp entronnen, und bei dem Überfall vor drei Monaten hatte sie nichts gegen ihn ausrichten können. Aber in dieser Nacht hatte sie sich erfolgreich gegen ihn gewehrt. Sie würde einfach weiterrennen, und er würde sie niemals einholen.

Und vielleicht konnte sie damit endlich einmal selbst über ihr Leben bestimmen – und sei es nur dieses einzige Mal.

Ein Bach versperrte ihr den Weg und zwang Claire, stehen zu bleiben. Ihr keuchender Atem dröhnte ihr in den Ohren. Sie blickte sich um und versuchte, durch die Nase zu atmen, in der Hoffnung, einen etwaigen Verfolger hören zu können. Ihre rechte Seite schmerzte, doch sie versuchte, nicht daran zu denken. Sie war ganz allein an diesem Bach, der leise vor sich hin plätscherte.

*Wo ist Logan?*

Sie musste ihn finden. Was, wenn Sandoval ihm wirklich etwas angetan hatte?

In der Stille des Waldes fühlte sich Claire, als hätte man sie ihrer Identität beraubt. Wenn sie jetzt einfach in die Berge floh, würde es niemals jemand erfahren. Sie könnte neu anfangen, einen anderen Weg einschlagen.

Schockiert schüttelte sie diesen Gedanken ab. Verrückt. Irrational. Sie war bereits einmal geflohen, nach Texas, mit Molly. So war Logan in ihr Leben getreten. Und nun war er hier und möglicherweise in Schwierigkeiten. Alles nur ihretwegen. Sie musste ihm helfen.

Sie kehrte um und folgte ihren eigenen Spuren – zurück in Richtung Sandoval. Da sie keine Waffe mehr hatte, schlich sie vorsichtig bis zu der Stelle, wo er sie erwischt hatte. Sie blieb stehen und beobachtete, ob sich dort etwas bewegte, aber sie konnte niemanden entdecken. Es war unwahrscheinlich, dass Sandoval einfach so verschwunden war. Sie umrundete die Stelle, aber es gab keine Spur von dem Mexikaner, nicht einmal Tabakgestank.

Eine Hand tauchte aus der Dunkelheit hervor und legte sich ihr auf den Mund. Sie wehrte sich, aber ihr Schrei wurde von der Hand gedämpft. Ihr Angreifer zog sie nach hinten, sodass sie gegen seine harte Brust prallte. Angst erfüllte sie.

„Still, Claire, ich bin es, Logan."

Sie hörte auf, sich zu wehren, und sank erleichtert gegen ihn.

Als er seinen Griff lockerte, drehte sie sich zu ihm um. „Gott sei Dank, es geht dir gut." Sie umarmte ihn.

Er hielt sie fest, und das Gefühl seines Körpers war wie ein Fels in der Brandung. Sie ignorierte den stechenden Schmerz in ihrer Seite, den seine Umarmung auslöste, denn das Bedürfnis, von ihm gehalten zu werden und ihn zu berühren, war stärker.

„Ich habe Schüsse gehört", sagte er. „Alles in Ordnung?"

„Nein." Sie vergrub ihr Gesicht an seinem Hals. „Es war Sandoval. Ich glaube, ich habe ihn getroffen. Bist du verletzt?"

„Halb so schlimm."

Das ließ sie aufhorchen. Sie lehnte sich zurück und entdeckte eine dicke Schwellung über seinem linken Auge. „Hat er dich niedergeschlagen?"

„Ich war verdammt dumm. Versteck dich, während ich die Gegend absuche."

„Bist du verrückt? Ich …"

Er küsste sie, verlangend und feurig. Dann löste er sich abrupt von ihr.

„Versteck dich", flüsterte er, die Hände um ihr Gesicht gelegt.

Sie nickte, benommen von der Intensität seiner Berührung und der Intimität. Er ließ sie zurück, und sie kauerte sich in die Dunkelheit des Unterholzes. Nach einer endlos erscheinenden Weile kehrte er zurück.

„Ich habe Hufspuren entdeckt, die zurück nach Cimarron führen. Und Blut. Du hast ihn eindeutig getroffen."

Claire erhob sich. „Es ging alles so schnell."

„Trotzdem hast du es geschafft, dass er den Schwanz einzieht und abhaut. Aber du musst mir was versprechen."

In der Dunkelheit sah sie nur seine große Silhouette, aber sie spürte seinen Zorn, seinen Beschützerinstinkt und die wilde Anziehungskraft, die er auf sie ausübte. Ihr heftiges Verlangen nach ihm brachte sie beinahe aus dem Gleichgewicht. In ihrer Vorstellung gab sie sich ihm hin, berührte ihn, vereinte ihren

Körper mit seinem. Diese Gefühle machten ihr Angst, und sie wusste, dass sie sie nur schwer verbergen konnte. „Was?"

„Keine Schießereien mit diesem Bastard mehr, ja? Allein der Gedanke daran macht mich krank."

Sie nickte. „Soll ich mir die Verletzung ansehen?" Sie streckte die Hand aus und schob sein Haar zurück, um sich von ihren lüsternen Gedanken abzulenken. Das schmerzhafte Ziehen ihrer eigenen Verletzung half ebenfalls.

Logan zuckte zusammen. „Ja, aber lass uns zuerst ein Lager aufschlagen. Kein Feuer."

Zögernd ließ sie ihre Hand wieder sinken.

Logan holte die Pferde, und sie ritten noch ein Stück nach Süden, bevor sie rasteten. Claire setzte sich neben Logan auf die einzige Decke, die sie noch hatten, und untersuchte seine Kopfverletzung, so gut es im Schein des Mondes ging. Die Wunde blutete immerhin nicht, also bestand zumindest keine Gefahr, dass sie sich entzünden würde.

Ihr Körper sehnte sich noch immer nach ihm, und sie fragte sich, was Logan wohl tun würde, wenn sie ihn küsste wie eine Frau, die bereit war, sich einem Mann hinzugeben. Sie hatte zwar keine Ahnung, wie sie das anstellen sollte, aber für ihn würde sie es gerne lernen.

Nein, für sich selbst. Ihre Begierde war so stark, dass es ihr Tränen in die Augen trieb. Sie hatte keinerlei Kontrolle darüber.

Das Heulen eines Kojoten in der Ferne unterbrach ihre Gedanken und beendete den Zauber, unter dem sie stand.

Logan berührte ihre Stirn. „Du hast Fieber. Warum hast du nichts gesagt?"

Wirklich? Eine erneute Welle des Begehrens erfasste sie. Sie beugte sich vor, küsste seinen Hals und seine Wangen, alles, was sie mit den Lippen erreichen konnte.

„Claire." Seine Stimme klang besorgt, aber sie wollte seine Sorge nicht. Sie presste ihren Mund auf seinen, er zog sie an sich, ebenso hungrig wie sie und ebenso wenig in der Lage, seine

Gefühle länger zu unterdrücken. Sie kletterte auf seinen Schoß, gierig nach mehr.

„Liebling." Er schob sie von sich. „Dazu bist du nicht in der Verfassung." Er rieb ihr mit dem Daumen über die Lippen.

Sie schloss die Augen, ihr Körper erschauerte. Logan legte sie behutsam auf die Decke, und sie konnte die Tränen nicht länger zurückhalten.

„Schsch." Er strich ihr über das Haar. „Versuch zu schlafen."

Er legte sich neben sie, und sie schluchzte in sein Hemd. Erschöpft begriff sie, dass es ihr wohl schlechter ging, als sie gedacht hatte. Sie hoffte, das Fieber würde eine drohende Entzündung ihrer Wunde bekämpfen, aber was half gegen die flammende Leidenschaft, die in ihr tobte? Sie war wie besessen, konnte nicht denken, nur fühlen, und das machte ihr Angst.

Sie rollte sich auf die linke Seite, um etwas Abstand zu Logan zu gewinnen.

„Claire, du könntest nach Texas gehen und bei meiner Familie leben", sagte er hinter ihr. „Lass mich nach deiner Mutter und Jimmy suchen."

In ihrem geschwächten Zustand war das ein verlockendes Angebot.

„Nein." Ihre Stimme brach, und sie wischte sich die Tränen vom Gesicht.

„Bist du immer so dickköpfig?" Logan legte eine Hand auf ihre Hüfte.

Erneut stieg Hitze in ihr auf und durchströmte sie. Wenn Logan ihr Verlangen stillte, würde das Fieber vielleicht sinken, und sie könnte endlich die Ruhe finden, die sie ihr Leben lang gesucht hatte. Mit zitternden Lippen rang sie nach Luft. „Meine Mutter meinte immer, mein Dickschädel würde mich eines Tages umbringen."

Seine Berührung brannte sich durch ihr Kleid hindurch und ließ ein heißes Prickeln über ihre Haut tanzen. Sie kniff die Augen zusammen und setzte alles daran, ihn nicht anzubetteln.

Ihr ganzes Leben lang hatte sie an ihrem eigenen Moralkodex festgehalten, sie war streng und unerbittlich zu sich selbst gewesen. Sie musste sich an diese Regeln erinnern, bevor sie etwas tun würde, das sie später bereute.

„Sture Frauen leben länger", sagte er. „Aber du kannst dich auf mich verlassen."

„Du solltest gar nicht hier sein", erwiderte sie hastig.

„Möglich, aber ich bin eben auch stur." Er rückte näher an sie heran und schmiegte sich an ihren Rücken. „Bleib bei mir, Liebling. Kämpf dagegen an."

Sie war sich nicht sicher, ob er ihr Fieber oder ihr überwältigendes Verlangen nach ihm meinte.

„Ich werde es versuchen."

## Kapitel Neun

Am darauffolgenden Vormittag war Claires Fieber gesunken und sie hatte Logan dazu gedrängt, so schnell wie möglich nach Las Vegas zurückzukehren. Am späten Nachmittag erreichten sie endlich die Stadt. Ihre Erschöpfung verschwand, als sie über den großen Platz ritten und mehrere Leute ihr verstohlene Blicke zuwarfen, zu viele, als dass es reiner Zufall sein könnte. Seit sie vor drei Wochen in den „White Dove Saloon" zurückgekehrt war, trug sie zum ersten Mal nicht ihre Verkleidung. Natürlich war das nun in aller Munde, und die Vorstellung gefiel ihr ganz und gar nicht.

Sie erhaschte einen Blick auf Maria Chavez, die sie unverhohlen anstarrte. Señora Chavez war strikt gegen jede Form der Prostitution und ließ keine Gelegenheit aus, ihre Meinung kundzutun. Als Claire zehn Jahre alt gewesen war, hatte sie an einem der Fandangos teilnehmen wollen, die in der Gegend stattfanden, einem Fest mit Essen, Tanz und Geselligkeit. Aber Maria Chavez hatte so lautstark darauf aufmerksam gemacht, dass die Tochter einer Hure anwesend war, dass Claire sich in Grund und Boden geschämt hatte und die Feier rasch wieder verließ. Sie wäre eigentlich gar nicht erst hingegangen, aber Sarah Brightman, ein Mädchen in ihrem Alter, hatte Claire darum gebeten, sie zu dem Festival zu begleiten, von dem sie schon so viel gehört hatte.

Sarahs Vater war als Offizier in Fort Union stationiert, und das Mädchen hatte sich mit ihr angefreundet, nachdem sie sich eines Nachmittags in der Stadt begegnet waren. Es hatte nicht lange gedauert, bis Colonel Brightman mehr über Claires familiären Hintergrund erfuhr und seiner Tochter jeglichen Umgang mit ihr verbot. Maria Chavez hatte ihr einmal im Vorbeigehen zugeraunt, sie würde in der örtlichen katholischen Kirche, *Nuestra Señora de los Dolores*, für ihre Seele beten, auch wenn sie überzeugt war, dass das nichts bringen würde.

Als sie den „White Dove Saloon" erreichten, stieg Claire mit schmerzverzerrter Miene vom Pferd und verlagerte ihr Gewicht schnell auf die rechte Seite. Im Fenster hing ein Schild: *AUF UNBESTIMMTE ZEIT GESCHLOSSEN.*

Logan kam zu ihr. „Probleme?"

„Einige der Mädchen sind kurz vor meiner Abreise zur Konkurrenz übergelaufen. Ich musste den Laden zumachen." Sie wollte die Tür öffnen, aber sie war verschlossen. Logan folgte ihr um das Gebäude herum und durch die Küche ins Haus hinein.

„Ellie? Betsy?", rief Claire, während sie durch den leeren Saloon gingen und dann langsam die Treppe hinaufstiegen.

„Reg dich nicht auf", sagte er hinter ihr. „Du brauchst dringend Ruhe, das war eine lange Nacht."

Der Hinweis auf das, was am Vorabend zwischen ihnen vorgefallen war, trieb ihr die Schamesröte ins Gesicht. Sie hatten bislang kein Wort darüber verloren. Claire hatte das Thema absichtlich gemieden, denn sie wusste nicht, wie sie ihren unangebrachten Verführungsversuch erklären sollte. Nun, da sie ihre Triebe und ihren Verstand wieder unter Kontrolle hatte, redete sie sich ein, dass Logan sie wahrscheinlich gar nicht in seinem Bett haben wollte und nur versucht hatte, ihr das behutsam beizubringen.

Claire war dankbar, dass er sie abgewiesen hatte. Oder nicht?

Betsy tauchte oben an der Treppe auf. „Claire, Gott sei Dank. Wir wussten nicht, wo du bist." Der Blick der Frau richtete sich auf Logan.

„Betsy, das ist Mr Ryan." Claire hielt inne, um wieder zu Atem zu kommen. Heute Morgen hatte sie sich selbst um ihre Wunde gekümmert. Der ganze Bereich war ziemlich geschwollen, daher wusste sie, dass sie in den nächsten Tagen vorsichtig sein musste, damit die Verletzung richtig verheilen konnte. „Logan, das ist Betsy Williams."

„Miss Williams."

„Wie geht es Ellie?", fragte Claire.

„Viel besser, aber sie liegt noch im Bett. Hast du Maggie gefunden?"

Claire schüttelte den Kopf.

Betsy zögerte. „Wir brauchen Lebensmittel."

„Ich kümmere mich darum", sagte Logan. „Machen Sie mir eine Liste. Claire, ich bring die Pferde in den Stall."

Claire warf ihm einen kurzen Blick zu. „Wo steigst du ab? Im ‚Wagner Hotel'?"

„Nicht, solange du hier wohnst."

Sie wagte es nicht, zu viel in diese Worte hineinzuinterpretieren, nicht, nachdem sie in der vergangenen Nacht derart die Beherrschung verloren hatte.

„Du bist immer noch in Gefahr", fügte er hinzu.

Betsy schnappte nach Luft. „Was ist passiert?"

„Nichts", sagte Claire schnell. „Mr Ryan ist nur übervorsichtig."

„Ich werde hierbleiben." Logans Stimme klang endgültig.

Betsy knetete nervös die Hände. „Na ja, Zimmer haben wir genug."

„Klingt gut", sagte er. „Ich bezahle auch dafür."

„Ich kann für Sie kochen", bot Betsy an. „Und ich bin geschickt im Umgang mit der Nadel. Ich könnte Ihre Kleidung flicken und waschen. Und für etwas mehr Geld, könnte ich, also …" Sie warf

Claire einen nervösen Blick zu. „Das tun, was wir hier sonst gewöhnlich noch machen."

Claire blickte Betsy schockiert an. Wann hatte die junge Frau denn entschieden, sich doch auf dieses Terrain zu begeben? Und warum musste sie sich für den Beginn ihrer neuen Karriere ausgerechnet Logan aussuchen? Eine Woge der Eifersucht wallte in Claire auf.

„Das ist nicht nötig", sagte Logan. „Ich hab offenbar eine Schwäche für schwarzhaarige Frauen."

Über Betsys Gesicht huschte ein erstaunter Ausdruck, während Claire rot anlief.

„Willst du nicht nach Ellie sehen?" Er zwinkerte Claire zu und schenkte ihr ein schiefes Lächeln. „Ich bin hinterm Haus."

Sie sah ihm verblüfft nach. Mit nur einem Blick und einem angedeuteten Lächeln hatte er das Feuer, das sie unbedingt hatte löschen wollen, mühelos wieder in ihr entfacht.

---

LOGAN VERSPEISTE einen großen Teller *posole*, einen würzigen Mais-Eintopf mit Schweinefleisch, gefolgt von einem Nachtisch, den Betsy *sopa* nannte. Es war eine Art Brotpudding, übergossen mit *melado*, einem dickflüssigen, selbst gemachten Sirup. Die Kochkünste des Mädchens beeindruckten Logan, vor allem, da es sich um lokale Spezialitäten handelte.

Claire saß neben ihm an dem wackeligen, abgenutzten Tisch im Saloon und aß mit einigermaßen zufriedenstellendem Appetit. Er war froh, dass sie überhaupt etwas zu sich nahm. Sie brauchte ihre ganze Kraft, um sich von der Schussverletzung zu erholen. Er machte sich Sorgen, dass sie erneut einen Rückfall erleiden könnte.

Außerdem wusste er nicht, ob er Claire noch widerstehen könnte, falls sie erneut versuchen würde, ihn mit ihrem unschuldigen, frisch erwachten Verlangen zu verführen. Er rechnete nicht damit, dass das in naher Zukunft noch einmal passierte, denn ihr Verhalten in der vergangenen Nacht war absolut untypisch für sie gewesen. Deswegen hatte er es auch nicht zugelassen, aber das hatte ihn mehr Willenskraft gekostet, als er für möglich gehalten hätte.

Er hatte sie begehrt.

Er begehrte sie noch immer.

Aber er war sich nicht sicher, ob Claire überhaupt verstanden hatte, was es bedeutete, wenn sie diesem Verlangen nachgaben. Er hatte mehr Erfahrung als sie und musste daher vernünftiger sein.

Claire hatte sich frisch gemacht und trug nun eine weiße Bluse und einen bunten Rock, der ihre schlanken Beine umspielte und sie viel zu verführerisch machte.

*Sei vernünftig.*

Ein Klopfen an der Tür unterbrach die stille Mahlzeit. Betsy stand auf und ging zur Tür, während Logan eine Hand auf die Waffe an seinem Gürtel legte. Claire bemerkte es und runzelte die Stirn. Sie erhob sich, um Betsy zu folgen, die den Besucher bereits hereingelassen hatte. Es war One-Eyed Jack.

„Besten Dank, Betsy", sagte er. Er blickte Claire nur kurz an, dann umarmte er sie herzlich, hob jedoch die Augenbrauen, als sie aufstöhnte und sich die Seite hielt. „Schön, dich zu sehen, Palomita. Bist du verletzt?"

Claire lächelte. „Halb so schlimm. Setz dich zu uns, Jack. Möchtest du etwas essen?"

„Du weißt doch, dass ich zu Essen nie Nein sage."

„Ich gehe schon." Betsy verschwand in der Küche.

Claire stellte Logan den alten Indianer vor.

„Wir kennen uns schon", sagte Logan. „Schön, dich wiederzusehen." Er stand auf und gab Jack die Hand.

„Jetzt bin ich etwas beruhigt. In der Stadt gibt es viel Gerede." Jack setzte sich auf den Stuhl, den Logan ihm angeboten hatte.

„Was für Gerede?" Claire ließ sich vorsichtig auf ihrem Stuhl nieder.

Betsy kam mit je einer Schale *posole* und *sopa* zurück, stellte dazu ein großes Glas Milch vor Jack ab und nahm dann wieder Platz.

„Gerede über dich", antwortete er. „Alle wissen, dass du lebst, alle wissen, dass du wieder da bist. Hab mir Sorgen um dich gemacht. Aber wenn Mr Ryan hier bei dir ist, schlafe ich besser."

„Das tun wir alle", sagte Betsy mit offensichtlicher Begeisterung. Sie wurde knallrot, als alle sie anschauten.

Logan hoffte, er würde dem blinden Vertrauen des Mädchens gerecht werden. Die Schwellung über seinem Auge von Sandovals Schlag war noch nicht abgeklungen.

„Bist du gegen eine Tür gelaufen?", fragte Jack und deutete auf Logans Verletzung.

„So ähnlich", erwiderte Logan.

Jack war klug genug, nicht weiter nachzufragen.

„Habt ihr etwas von Maggie gehört?", fragte Claire.

Der Indianer schüttelte mit vollem Mund den Kopf. „Nein, Ma'am. Tia und ich würden versuchen, ihr zu helfen, wenn wir wüssten, wo sie steckt."

„Ich weiß."

Nachdem Jack aufgegessen hatte, holte er seine Bibel aus der Manteltasche. Er hielt sich das zerlesene Buch mit zusammengekniffenen Augen nahe vors Gesicht. „Was geschieht, das ist zuvor geschehen, und was geschehen wird, ist auch zuvor geschehen; und Gott sucht wieder auf, was vergangen ist.'"

„Du bist schon halb durch", sagte Claire. „Du kommst gut voran."

„Ja. Ich versteh zwar nicht alles, aber der Christengott ist schon faszinierend." Er konzentrierte sich auf den Text und fuhr mit dem Finger die Zeilen entlang. „Aber eigentlich wollte ich dir das hier vorlesen. ‚Gott muss richten den Gerechten und den Gottlosen, denn es hat alles Vornehmen seine Zeit und alle Werke.'"

„Prediger Salomo", sagte Logan.

Jack verzog den Mund zu einem Lächeln.

„Du kennst dich mit der Bibel aus?", fragte Claire.

„Matt und ich mussten sie als Kinder lesen, meine Ma hat darauf bestanden."

„Deine Eltern besitzen eine schöne Auswahl an Büchern. Deine Mutter war so freundlich, mich während meines Aufenthaltes einige lesen zu lassen."

Dahin war Claire also jeden Abend verschwunden. Logan hatte es immer sehr eilig gehabt, nach der Arbeit pünktlich zum Essen zur Ranch zurückzukommen, als Claire bei ihnen zu Gast gewesen war. Dank ihrer Anwesenheit hatte er sich sogar extra viel Mühe beim Waschen vor den Mahlzeiten gegeben.

Er war schlau genug, sich nicht von jedem hübschen Gesicht einwickeln zu lassen, aber das hieß nicht, dass er sich ihrer Art vollkommen entziehen konnte. Die Kombination aus Zurückhaltung und Verlockung bot einen unwiderstehlichen Reiz. So seltsam es auch klingen mochte, er fühlte sich in ihrer Gegenwart so wohl, als würden sie sich viel länger kennen als nur ein paar Monate.

Wieder klopfte es an der Tür. Logan kam Claire zuvor, die bereits auf dem Weg zur Tür war. Legte diese Frau überhaupt keinen Wert auf ihre Sicherheit? Er drängelte sich an ihr vorbei, ignorierte ihren verärgerten Blick und öffnete die Tür einen Spaltbreit.

„Entschuldigen Sie bitte." Er sah sich einer Mexikanerin gegenüber. „Ist Señorita Claire zu Hause?"

„Hier ist ganz schön was los, wenn man bedenkt, dass ihr eigentlich geschlossen habt", murmelte er. Lavendelduft stieg ihm in die Nase, und er spürte die Wärme von Claires Körper, als sie ihn zur Seite schob. Er konnte nicht leugnen, dass es ihm gefiel, wenn sie ihn berührte.

„Juanita, was ist los?", fragte Claire.

„Wir sind so froh, dass du wieder da bist. Kannst du kommen, *por favor*? Mary Beth geht es nicht gut."

„*Sí.* Warte hier, ich hole meine Tasche."

Logan legte Claire eine Hand auf die Schulter und stellte sich ihr in den Weg. „Wo willst du denn hin?" Als sie abrupt stehen blieb, streifte sein Arm ihre Brüste, und ihr Gesichtsausdruck verriet ihm, dass sie diese beiläufige Berührung nicht für zufällig hielt. Aber darüber hinaus konnte er ihre Reaktion auf ihn nicht deuten.

„Die Straße runter zum ‚Southern Charm'. Mir passiert schon nichts, ich war schon oft da."

„Aber nicht mit einer Schusswunde."

„Danke für deine Fürsorge, aber das schaffe ich schon. Danach komme ich zurück und ruhe mich aus. Versprochen."

„Ich komme mit, das ist dir klar, oder?"

Sie musterte ihn einen Moment lang, dann nickte sie. „Einverstanden." In ihren grünen Augen zeigte sich ein Hauch von Dankbarkeit und Erschöpfung.

„Claire, du musst das nicht machen", sagte er. „Du musst dich nicht immer für alle anderen aufopfern."

„Ich weiß." Aber in ihrer Stimme schwang eine Spur Resignation mit.

Er ließ ihre Schulter los. „Du kannst auf Dauer nicht so leben, mit der ständigen Bedrohung im Nacken."

„Das ist mein Leben, und ich bin daran gewöhnt, ob du es glaubst oder nicht." Sie eilte zur Treppe, aber ihm war die Trostlosigkeit in ihrem Blick nicht entgangen.

---

CLAIRE SAß IN EINEM ZIMMER, das an den großen Gastraum des „Southern Charm" angrenzte, und untersuchte ihre Patientin. Die junge Frau saß teilnahmslos vor ihr auf einem Stuhl. Es war bereits Abend, und die Männer strömten zum Trinken in die einschlägigen Etablissements der Stadt. Einige von ihnen wären auch im „White Dove Saloon" eingekehrt, stellte Claire mit Bedauern fest.

Die meisten der Mädchen, die hier arbeiteten, leisteten ihnen

Gesellschaft, obwohl im Gastraum bereits lautstark nach ihnen verlangt wurde. Claire nahm an, sie waren neugierig auf sie, aber mindestens ebenso auf den Mann in ihrer Begleitung.

Sie war dankbar für Logans Begleitschutz – man konnte schließlich nie wissen, wann Sandoval das nächste Mal auftauchte –, aber andererseits gefielen ihr die Blicke nicht, die die Mädchen ihm zuwarfen. Unter dieser unterschwelligen Eifersucht und ihrer Sorge um Mary Beth lauerte jedoch vor allem der Wunsch nach Schlaf und einem bequemen Bett. Vielleicht würde sie sich sogar eine Dosis Laudanum gegen die Schmerzen gönnen. Das stetige Pochen in ihrer Seite ließ sie ihre Abneigung gegen die süchtig machende Droge überdenken.

Belle Mason, die Besitzerin des Saloons, war ebenfalls anwesend. Sie trug ein mit Fransen gesäumtes Kleid in einem kräftigen Gelbton, das bei jeder Bewegung über dem schwarzen Petticoat raschelte. Claire fand ihre Aufmachung furchtbar übertrieben, sie waren hier schließlich nicht in Denver. Der tiefe, mit schwarzer Spitze verzierte Ausschnitt betonte ihr Dekolleté. Aber sie stand längst nicht mehr in der Blüte ihrer Jugend, in ihrem hochgesteckten braunen Haar fanden sich bereits mehrere graue Strähnen. Weder Claires Mutter noch die Mädchen im „White Dove" hatten sich je so extravagant gekleidet. Aus dem Augenwinkel entdeckte sie Louisa und Alice und fragte sich, ob sie mit ihrer neuen Chefin glücklich waren.

Claire tastete hinter Mary Beths Ohren und bemerkte eine leichte Schwellung. „Hast du Schmerzen beim Schlucken?"

Die junge Frau nickte. Die Mädchen werden immer jünger, dachte Claire angewidert.

„Ich fühle mich schon seit drei Tagen nicht gut", erklärte Mary Beth.

Claire sprach es nicht laut aus, aber Mary Beths Gesichtsfarbe sah reichlich ungesund aus, und das Mädchen machte ganz allgemein einen erschöpften Eindruck. Sie legte ihr eine Hand auf die Stirn und fand ihre Vermutung bestätigt. Mary Beth hatte

Fieber. „Öffne bitte den Mund." Claire betrachtete Gaumen und Rachen und stellte eine starke Rötung fest.

Sie suchte in ihrer Tasche nach einer passenden Medizin und fand eine Mixtur aus Honig und rohem Knoblauch. „Davon nimmst du einen Teelöffel, viermal am Tag." Sie gab dem Mädchen die Flasche. „Das hilft gegen die Schmerzen und die Entzündung." Dann holte sie einen Beutel aus der Tasche, auf dem „Purpursonnenhut" stand. „Damit gießt du dir alle zwei Stunden einen Tee auf. In ein bis zwei Tagen solltest du dich besser fühlen, aber ich werde morgen noch einmal vorbeikommen und nach dir sehen."

„Danke." Das Mädchen lächelte. „Das ist sehr nett von dir."

„Das wird schon wieder", sagte Claire. „Ruh dich aus und trink viel Wasser, das hilft gegen das Fieber." Etwas leiser fügte sie hinzu: „Und keine Kundschaft in den nächsten Tagen."

Mary Beth nahm diese Bemerkung mit sichtlicher Erleichterung auf. Zwei der anderen Mädchen stützten sie, als sie den Raum durch eine Seitentür verließ.

„Alle anderen an die Arbeit", rief Belle und klatschte in die Hände.

Während Claire ihre Sachen zusammenpackte, leerte sich das Zimmer.

„Warte", sagte Belle. „Da gibt es noch jemanden, den du dir ansehen sollst."

„Wirst du sie denn dafür bezahlen?", fragte Logan.

„Wie bitte?"

„Erwartest du etwa, dass Claire das alles umsonst macht?"

„Hat sie bisher immer getan."

„Ist schon gut, Logan." Claire erhob sich. „Ist das Mädchen zu krank, um nach unten zu kommen?"

„Es ist keins der Mädchen. Komm mit."

Claire musste Logan nicht ansehen, um zu wissen, dass er verärgert war. Er verstand nicht, wie die Dinge hier liefen, dass Claire mit den Mädchen in diesem Teil der Stadt ein

Vertrauensverhältnis aufgebaut hatte. Belle mochte das ausnutzen, aber Claire empfand Mitleid mit ihnen. Vielleicht sollte sie das nicht – manche waren mit ihrer Situation und ihrem Beruf möglicherweise ganz zufrieden –, aber Claire sah die Leere in ihren Augen, und aus irgendeinem Grund zog es sie zu ihnen hin.

Maggie hatte das auch nie verstanden.

Sie folgten Belle durch die Bar und eine Treppe hinauf. Logan nahm Claire wortlos die Tasche ab, um sie für sie zu tragen. Dankbar atmete Claire einige Male tief durch, um den Schmerz in den Rippen unter Kontrolle zu bekommen. Bald würde sie in den „White Dove Saloon" zurückkehren, dann konnte sie sich endlich ausruhen.

Am Ende des Flurs klopfte Belle an eine Tür und trat ein. „Rosa, ich bin's."

Claire erkannte Rosa Brown und nickte dem Mädchen freundlich zu. Sie war nicht älter als zwölf oder dreizehn. Claire fragte sich, ob ihre Eltern Hyman und Pablita wussten, dass sie bei Belle war. Sie würde sich später danach erkundigen. Die Browns waren gute Leute – Hyman hatte Claire oft medizinische Fachbücher mitgebracht, wenn er Waren aus Kansas City holte.

Sobald sie im Zimmer war, veränderte sich Belles Miene völlig. Sie kniete sich neben das Bett und lächelte den kleinen Jungen liebevoll an, der dort lag. „Wie geht es ihm?"

„Er ist schläfrig."

„Das ist Dylan", sagte Belle zu Claire. „Er ist ungefähr achtzehn Monate alt."

„Ist er dein Sohn?", fragte Claire, erstaunt, dass Belle in ihrem Saloon ein Kind duldete. Die Tatsache an sich schockierte sie nicht. Sie und Jimmy waren schließlich auch an einem solchen Ort aufgewachsen. Aber die gerissene und selbstsüchtige Belle war Claire nie besonders mütterlich vorgekommen. Vielleicht hatten sie und Maggie ja doch mehr gemeinsam als ihren ewigen Zwist.

„Nein. Er wohnt bloß eine Weile bei mir."

„Was ist mit ihm?" Claire kam zum Bett, doch sie spürte

Logans Nähe immer noch überdeutlich. Aus dem Augenwinkel nahm sie wahr, wie er abwartend die Arme vor der Brust verschränkte.

„Er hat einen Ausschlag an Armen und Beinen, der immer schlimmer wird." Belle zog die Decke beiseite.

Dylans große braune Augen beobachteten Claire ängstlich, sein dunkles Haar stand ihm in Strähnen vom Kopf ab.

„Hallo, mein Kleiner", sagte sie. „Ich bin Claire." Behutsam untersuchte sie die roten Flecken auf der Innenseite seiner Arme. „Magst du Pfefferminzstangen?" Sie schob die Decke weiter nach unten, um sich seine Beine anzusehen. An einigen Stellen war die Haut aufgesprungen und wund. Claire dachte über die beste Behandlung nach.

Dylan nickte auf ihre Frage hin.

„Ich glaube, ich habe eine in meiner Tasche", sagte sie. Zwar behandelte sie nur selten Kinder, aber für Jimmy hatte sie immer ein paar Süßigkeiten dabei.

Sie gab sie Dylan und fing dann an, seine Beine mit Wasser und Seife zu waschen. Sie beeilte sich damit, denn er strampelte immer mehr und versuchte, sie wegzuschieben. Anschließend rieb sie die roten Flecken mit einer Mixtur aus Petroleumgallert und Borsäure ein. Sie hatte von dieser Behandlungsmethode erfahren, als der Arzt der Stadt einmal beim Kaufmann darüber geredet hatte.

„So, das war's schon." Sie strich Dylan das Haar aus der Stirn und versuchte, ihn zu beruhigen. „Versuch möglichst, nicht daran zu kratzen, egal, wie sehr du es möchtest."

Dylan antwortete nicht, sondern lutschte weiter an seiner Pfefferminzstange. Claire lächelte und wünschte sich insgeheim, diesen Teil von Jimmys Kindheit noch einmal erleben zu dürfen.

„Wird er wieder gesund?", fragte Belle auf dem Weg zur Tür.

„Ja." Claire gab ihr eine kleine Dose mit der Salbe. „Reib ihn zwei- bis dreimal am Tag damit ein. Achte darauf, dass die Risse in der Haut sauber bleiben, und lass ihn nicht draußen spielen, bis die

Haut abgeheilt ist, sonst entzündet es sich. Bis dahin sollte er auch keinen Kontakt zu anderen Kranken haben. Ich werde versuchen, morgen noch mal nach ihm zu sehen." Belle reichte ihr ein Tuch, und Claire wischte sich die Hände damit ab.

Logan blieb in ihrer Nähe, und Claire bemerkte, wie er Dylan zuzwinkerte. Der Junge streckte eine Hand nach ihm aus, und sie sah, dass Logan kurz zögerte, bevor er die kleinen Finger mit seiner großen Hand umfasste.

„Shriff?", fragte Dylan zu ihrer aller Erstaunen. Claire überlegte, wie viel der Junge im Allgemeinen sprach.

Logan war die Verwirrung deutlich anzusehen.

„Sheriff", flüsterte sie.

Logan hatte sie offenbar verstanden, denn er sagte zu dem Jungen: „Nein, nur ein Freund."

Dylan blickte ihn unverwandt an, während Logan behutsam seine Hand losließ.

„Erhol dich gut, Kleiner." Logan kniff ihn sanft in die Wange und grinste, dann folgte er Claire aus dem Zimmer.

Das Bild von ihm mit dem Jungen spukte ihr weiter durch den Kopf. Die Vorstellung, Logan könnte eines Tages Vater werden, gefiel ihr. Sofort war auch ein Bild da, von ihr mit einem Baby auf dem Arm, das ihr und Logan sehr ähnlich sah.

Kurz darauf standen sie wieder auf der Straße. Logan ergriff ihre Hand, und gemeinsam gingen sie zu dem einzigen Zuhause, das Claire je gekannt hatte.

## Kapitel Zehn

ls Claire das „White Dove" betrat, war von Betsy nichts zu
sehen, und auch Jack war nicht mehr da. Wohin er jedes
Mal verschwand, wusste Claire nicht. Logan stoppte die
Schwingtüren in ihrer Bewegung, schloss die Eingangstür und
verriegelte sie. Mit einem Streichholz zündete er die Öllampe auf
einem der Tische an.

„Vertraust du Belle Mason?", fragte er.

Claire stellte ihre Tasche auf der Theke ab. Das flackernde
Licht der Lampe erhellte den Raum nur spärlich. „Nein, natürlich
nicht."

„Warum zum Teufel rennst du dann jedes Mal sofort los, wenn
eines ihrer Mädchen krank wird?"

Sie musste unwillkürlich an etwas denken, das One-Eyed Jack
einmal gesagt hatte. Seine Begeisterung für die Bibel schwang in
jedem seiner Worte mit. *Du brauchst deine Absichten vor niemandem zu
rechtfertigen, Claire. Tu, was du tun musst, weil es richtig ist. Weil es gerecht
ist. Dein Lohn liegt in Gottes Hand, nicht in der der Menschen.*

Claire zögerte. Sie ahnte, dass das nicht die Antwort war, die
Logan hören wollte, und fragte sich gleichzeitig, ob er sie
überhaupt verstehen würde. Ihr selbst waren Jacks Bemerkungen

auch oft ein Rätsel, er war ein Tagträumer und trug den Kopf oft in den Wolken. Vielleicht hatte sie ihn gerade deshalb so gern.

Sie hatte nie jemandem erzählt, wie sehr sie es genoss, anderen Menschen zu helfen, wie stark das Bedürfnis war, Leid zu lindern. Sie wollte Ärztin werden und wusste doch ganz genau, dass ihre Hilfe für die Huren in der Stadt vielleicht die einzige Möglichkeit war, ihren Traum zu verwirklichen. Sie brauchten jemanden, der ihnen half, und wer könnte das besser als Claire?

„Ich kann nicht einfach danebenstehen und nichts tun", sagte sie. „Das Leben ist nicht so einfach, wie du es gern hättest."

„Aber hast du denn nie mehr gewollt als das hier?" Er ließ nicht locker und vertrieb damit schlagartig ihre Müdigkeit. Sie fühlte sich zugleich unbehaglich und voller Energie.

„Warum willst du mein Leben unbedingt verändern, Logan? Das ist nicht nötig." So ganz stimmte das nicht. Außerdem hatte sich ihr Leben bereits verändert, Logans Anwesenheit war der unumstößliche Beweis dafür.

Er kam zu ihr und stützte die Hände links und rechts von ihr auf den Bartresen. „Ich bin nicht gut darin, vom Bühnenrand aus zuzusehen."

Seine Wärme umfing sie und erinnerte sie an die vergangene Nacht, an das fiebrige Verlangen und seine Lippen auf ihrem Mund. „Das wird nicht gut gehen", flüsterte sie.

„Dann kannst du jetzt sogar in die Zukunft schauen?" Sein Mund war nur noch ein kleines Stück von ihrem entfernt.

„Ich erwarte kein Verständnis für meine Lage." Dermaßen in die Ecke gedrängt, verspürte sie den Drang, zu rebellieren, aber ein anderer Teil von ihr wollte der Versuchung nur zu gern nachgeben. War es noch von Bedeutung? Claire hätte beinahe laut aufgelacht, aber dann stieg Angst in ihr auf. Logans Nähe war gleichzeitig beruhigend und quälend. Sie begehrte ihn zu sehr, mit dem Herzen und mit ihrem Körper. Ein sicherer Instinkt, den sie seit ihrer Kindheit besaß, übernahm die Entscheidung: Sie musste sich selbst schützen.

„Du wirst irgendwann wieder gehen", sagte sie.

Logan starrte auf ihren Mund. „Wahrscheinlich. Aber jetzt bin ich hier und kann nicht aufhören, an dich zu denken."

Vorfreude pulsierte durch Claire. Logan könnte ihr eine völlig neue Welt zeigen, eine Welt voller Aufregung, Sehnsucht und endloser Möglichkeiten. Eine unwiderstehliche Kombination. Sein Mund verschmolz mit ihrem, und sie wies ihn nicht zurück.

---

LOGAN genoss das Gefühl ihrer Lippen, auch wenn er sich eine andere Antwort von Claire erhofft hatte. Er konnte die Finger einfach nicht von ihr lassen. Er wusste, dass sie erschöpft war, er wusste, sie brauchte Ruhe, aber für einen kleinen Augenblick wollte er ihr nahe sein. Da sie sich nicht widersetzte, vertiefte er den Kuss, hielt sein Verlangen aber unter Kontrolle. Er konzentrierte sich auf ihren Mund, ihre Wangen und ihren Hals. Als seine Entschlossenheit ins Wanken geriet, zog er sich rasch zurück.

Eine Hand in ihrem Haar vergraben, lehnte er seine Stirn gegen ihre und atmete tief durch. Was er wollte, war im Grunde recht simpel – er wollte mit ihr schlafen. Er wollte nicht an all die Gründe denken, warum sie das nicht tun sollten, warum er das nicht tun sollte. Die Sehnsucht war so groß, dass ein einziger Funke ausreichen würde, um das Feuer zwischen ihnen lichterloh zu entflammen.

Er atmete tief ihren Duft ein, fühlte sich davon an die Wälder, Berge und Flüsse erinnert – die Essenz von Freiheit, hier in seinen Armen. Ihm fiel wieder ein, was seine Ma einmal über den Geruch eines Babys gesagt hatte, wie intensiv sich die Mutter diesen einprägte und wie er die Verbindung zwischen ihnen stärkte. Es war lange her, dass er eine Frau so sehr begehrt hatte, dass das Verlangen eine tiefere Verbindung geschaffen hatte, die mehr war als nur der Wunsch, sie zu berühren und seine körperlichen Bedürfnisse mit ihr zu stillen.

Er wollte mehr von Claire. Sehr viel mehr. Sein Magen verkrampfte sich bei diesem Gedanken.

Er war nicht bereit dafür, eine Frau so sehr zu lieben wie dereinst Dee. Er war nicht bereit, sein Herz noch einmal auf einem Silbertablett zu präsentieren, nur um es dann wieder zerstückeln zu lassen, weder von den Launen des Schicksals noch von Claires Unentschlossenheit, sich auf ihn einzulassen.

Er machte einen Schritt zurück. „Du solltest dich ausruhen."

Sie sah ihn verwirrt an.

„Brauchst du Hilfe mit dem Verband?", fragte er.

„Nein. Ich wechsle ihn morgen früh." Sie wirkte nachdenklich. Es sah so aus, als wollte sie noch etwas sagen, dann aber schob sie sich wortlos an ihm vorbei.

Er ließ sie gehen.

„Gute Nacht", sagte sie leise und verschwand in Richtung Küche.

„Nacht", murmelte er und senkte den Blick auf den Bartresen.

---

CLAIRE BETRAT ihre kleine Hütte hinter dem Saloon, entzündete eine Lampe und verriegelte die Tür. Nach einem Blick auf die herrschende Unordnung nutzte sie die Gelegenheit, um ihre Gedanken von Logan abzulenken. Sie holte einen Lappen aus der Holzkommode, die in einer Ecke des Raums stand, und wischte über den Tisch und die beiden Stühle am Fenster. Schließlich zog sie die Vorhänge zu und hatte endlich das Gefühl, allein zu sein.

Mit Tränen in den Augen holte sie ein Nachthemd aus der Schublade, bevor sie langsam die Bettdecke zurückschlug. Der fadenscheinige Stoff der weißen Laken und die Tagesdecke reichten nie aus, um sie im Winter warm zu halten.

Sie blickte auf das kleinere Bett auf der anderen Seite des Raums, nahe der Tür, wo Jimmy sonst schlief. Darauf lag eine wollene Tagesdecke, die sie selbst gestrickt hatte. Sie strickte eigentlich nicht gern, was man dem Geschenk auch ansah, aber Jimmy sollte nicht frieren, also hatte Claire sich dieser Herausforderung gewissenhaft gestellt. Sie wischte sich die Tränen vom Gesicht, nahm die Decke und drückte sie an sich, als wäre sie ihr kleiner Bruder, dann ließ sie sich auf ihr Bett sinken.

Was, wenn sie ihn oder ihre Mutter nicht wiedersehen würde? Dieser Gedanke war ihr bislang tatsächlich nie gekommen. Was sollte sie dann machen? Sosehr sie sich auch ein anderes, respektables Leben erträumte, konnte sie sich ein Leben ohne ihre Familie nicht vorstellen. Maggie Waters war sicher kein einfacher Mensch, aber sie war trotz allem Claires Mutter. Und Jimmy …

Claire schloss die Augen, als immer mehr Tränen flossen. Sie dachte an ihren Bruder, seinen blonden Schopf, der ihrem so ähnlich war, sein Lausbubenlächeln und sein erstaunliches Talent, sich an seine Lebensumstände anzupassen und damit zufrieden zu sein. Sie würde es nicht ertragen, Jimmy nie wiederzusehen. Sie liebte ihn mehr als ihr eigenes Leben.

Er war ihr ein und alles.

Claire liebte auch ihre Mutter, hatte es aber nie geschafft, Maggies Ansprüchen zu genügen.

Plötzlich überkam Claire die Erkenntnis, dass sie sich immer gewünscht hatte, ihre Mutter wäre stolz auf sie, wenn sie den Huren half. Bedeutete das denn nicht, dass diese Frauen etwas wert waren? Und galt das dann nicht ebenso für ihre Mutter? Stolz und Scham rangen in Claire schon seit Jahren miteinander, aber vor allem wollte sie von ihrer Mutter geliebt werden. Danach hatte sie sich ihr Leben lang gesehnt.

Maggie war nicht eingeschritten, als Sandoval damals Claire angegriffen hatte. Dieses Ereignis hatte Claires Leben praktisch aus den Angeln gehoben. Vorher war sie trotz allem immer davon ausgegangen, dass Maggie ihre Kinder liebte und alles tun würde, um sie zu beschützen. Aber von solchen Träumereien hatte Claire sich nun verabschiedet. Mit dem Schließen der Vorhänge hatte sie einen Kokon der Sicherheit für sich schaffen wollen, aber nun kam es ihr vor, als würde ihr der Boden unter den Füßen weggezogen werden.

Warum war sie nicht einfach eines der leichten Mädchen geworden? Warum hatte sie nicht einfach ihren Verstand und ihr Herz verschlossen, so wie es die anderen Frauen taten, um dieses Leben zu überstehen? Claire wusste es nicht. Sie war entschlossen gewesen, durchzuhalten, sich selbst treu zu bleiben, trotz der widrigen Umstände. Claire wollte sich nicht verkaufen.

Aber unterschied sie sich denn wirklich so sehr von ihrer Mutter? Es gab Ereignisse in Maggies Leben, die Claire nicht aus eigener Erfahrung kannte, die aber dennoch ein Teil von ihr waren. War es vielleicht auch eine Art von Prostitution, wenn sie den Huren umsonst half? Oder, wenn sie sich im Hintergrund hielt und stets das Chaos aufräumte, das Maggie hinterließ?

Ihre Gedanken wanderten zu Logan, während sie Jimmys Decke auf ihrem Bett ausbreitete.

Sie sah die Welt nie so klar wie in den Augenblicken, wenn er sie küsste – ein Leben voller Möglichkeiten und Magie. Die Magie der Hoffnung. Was es dumm, solche Wünsche zu haben?

Sie setzte sich aufs Bett, doch ein Klopfen an der Tür scheuchte sie sofort wieder auf. Rasch entriegelte sie die Tür und öffnete sie einen Spalt.

Ellie Hicks.

Sie hatte gehofft, dass es Logan wäre.

---

LOGAN STÜTZTE sich auf die Fensterbank und starrte auf die Hütte, in der Claire wohnte. Er hatte Maggies Zimmer über dem Salon bezogen, dessen Wände mit einem Rosenmuster tapeziert waren. Auf dem Bett lag eine weiße Rüschendecke. Maggie hatte offenbar eine Vorliebe für ein weibliches Dekor und liebte ihre Kinder. Das schloss er zumindest daraus, dass ihr Zimmer ganz in der Nähe der kleinen Behausung ihrer Kinder lag. Vielleicht steckte mehr Güte in Maggie, als man auf den ersten Blick vermutete. Um Claires willen hoffte Logan das inständig.

Seine Gedanken kreisten ständig um Claire, und er wusste nicht, wie er mit dem brennenden Verlangen nach ihr umgehen sollte.

Er rieb sich die Augen und blickte erneut aus dem Fenster. Sofort war er hellwach, als er eine Gestalt vor Claires Tür entdeckte. Die Person klopfte und trat ein. Logan schnappte sich seinen Revolver und eilte die Treppe hinunter.

———

„ELLIE, was machst du denn hier?", fragte Claire. „Bitte, komm rein." Sie wich zur Seite, damit die Frau eintreten konnte. „Geht's dir besser?"

Ellie legte den bunten Schal ab, mit dem sie ihren Kopf bedeckt hatte. Ihr grau-rotes Haar war gekämmt und zu einem Knoten gebunden. Claire war froh, dass Ellies Wangen wieder mehr Farbe bekommen hatten und ihre Augen etwas wacher blickten. Nicht viel, aber immerhin etwas.

„Schon wieder ganz gut, Missy." Ellie rang sich ein steifes Lächeln ab. „Ich hab mich noch nich' richtig bei dir bedankt für die Hilfe. Du hast mir wohl das Leben gerettet."

Claire spürte die Traurigkeit der Frau und wäre am liebsten in Tränen ausgebrochen. „Es tut mir so leid, dass ich nicht mehr tun konnte."

Ellie winkte ab, aber ihre Augen wurden feucht, und der Anblick brach Claire das Herz. „Das Kind war 'n Fehler." Aber ihre Worte waren nur ein Flüstern. Ellie ließ den Kopf hängen, vergrub das Gesicht in den Händen und holte tief Luft. „Nein, eigentlich war's kein Fehler." Sie blickte zu Claire auf. „Ich wollt's haben, das Baby. Und mir ist klar geworden, dass ich das hier nich' mehr kann. Ich hätt' nie gedacht, dass ich mal wegwill von hier, ich dacht' immer, ich bin nich' gut genug zum Aussteigen, aber ich kann's einfach nich' mehr."

Claire stimmte ihr schweigend zu. Von all den Frauen, die ihre Mutter angeheuert hatte, war Ellie immer die stärkste gewesen. Starker Verstand, starker Geist und temperamentvoll im Umgang mit den Kunden. Sie nun so ausgelaugt und niedergeschlagen zu sehen, machte Claire nur allzu deutlich bewusst, was Ellie all die Jahre durchgemacht hatte. Es war eindeutig zu viel gewesen.

„Ich will dir nix Böses, Kindchen, grad jetzt", sagte Ellie. „Du hast sicher daran gedacht, den Laden wieder aufzumachen, wenn ich wieder arbeiten kann, aber … Ich kann's einfach nicht mehr. Es tut mir leid. Is' 'n schlechter Zeitpunkt, jetzt, wo Maggie weg is'. Wenn ich was anderes für dich tun kann, mach ich's bestimmt."

Zwar machte Ellies Eröffnung die Zukunft des „White Dove" noch ungewisser, aber sie stellte auch Claires Glauben an die Menschheit wieder her. *Selbst in tiefer Verzweiflung ist der Wille stark.* Etwas in der Art würde Jack wohl dazu sagen.

„Ich verstehe das", erwiderte Claire. „Ich komme schon irgendwie zurecht. Du kannst vorerst gern hierbleiben, aber ich weiß offen gestanden nicht, wie lange noch. Ich habe noch keine Ahnung, wie es weitergehen soll."

„Mags hat bei deiner Erziehung alles falsch gemacht, aber aus dir ist trotzdem was geworden." Ellie lächelte. „Ich hatt's nie so mit Gott, aber ich glaub, er hat dich runtergeschickt zu uns, wie 'ne Taube vom Himmel."

Mit diesen Worten wandte Ellie sich zum Gehen und ließ Claire zurück. Tief bewegt und überrascht von Ellies Worten starrte sie auf die geschlossene Tür. Sie hatte sich selbst nie als Retterin der Saloon-Mädchen gesehen.

Erneut wurde sie von einem Klopfen an der Tür aufgeschreckt. Zum Glück war sie noch nicht zu Bett gegangen. „Wer ist da?", fragte sie.

„Logan."

Sie öffnete die Tür. „Was machst du denn hier?" Sofort war da wieder dieses Kribbeln.

„Hab mir Sorgen um dich gemacht." Seine Augen funkelten. Das offene Hemd verdeckte halb das schwarze Holster um seine Hüfte und erlaubte ihr einen Blick auf seine muskulöse Brust. In der Hand hielt er einen Revolver. Er wirkte gefährlich und gleichzeitig viel zu attraktiv.

„Wer war eben bei dir?", fragte er und schloss die Tür.

Logan hatte sie beobachtet. Der Gedanke war auf seltsame Weise beruhigend.

„Das war Ellie."

„Gibt es ein Problem?"

„Nein. Tatsächlich eher einen Funken Hoffnung. Sie hat sich entschieden, den Beruf an den Nagel zu hängen."

„Klingt aber nicht gut für das ‚White Dove'." Er steckte die Waffe zurück ins Holster. Mit dem offenen Hemd sah er aus wie ein Bandit, der sie in die Wildnis entführen wollte. Rasch schüttelte Claire diese Vorstellung ab und fragte sich, warum ihre Fantasie solch wilde Blüten trieb, sobald es um Logan ging. Der Kuss vorhin hatte es auch nicht besser gemacht.

„Vielleicht nicht", sagte sie. „Aber für Ellie ist es besser, und darauf kommt es an."

Schweigen breitete sich zwischen ihnen aus, und Claire wurde sich seiner Nähe und seiner spärlichen Bekleidung überdeutlich bewusst. Sie bemühte sich, nicht zu sehr auf sein Brusthaar zu starren, aber ihre Augen wollten ihr nicht gehorchen.

Logan sah zu dem Regal über ihrem Bett. „Sind das alles deine Bücher?"

Claire warf einen Blick über die Schulter und nickte.

Er griff an ihr vorbei, nahm eins der Bücher vom Regal und schlug es auf. „So was hab ich ganz bestimmt nicht in der Schule gelernt." Er musterte sie amüsiert.

„Von Ärzten wird erwartet, dass sie Latein beherrschen." Sie fragte sich, wie er es schaffte, sie mit nur einem Blick wieder in seinen Bann zu ziehen.

Wieder griff er an ihr vorbei und nahm Grays „Atlas der Anatomie" in die Hand. Claire war enttäuscht. Sie hatte gehofft, er würde die Hand nach ihr ausstrecken, nicht nach einem Buch.

Logan blätterte darin, und etwas rutschte zwischen den Seiten heraus und fiel klappernd zu Boden. Claire bückte sich und hob einen Schlüssel auf.

„Ist das deiner?", fragte er.

Claire schüttelte den Kopf. „Nein." Sie nahm ihm das Buch ab, setzte sich auf die Bettkante und blätterte es durch. Schließlich fand sie einen kleinen Zettel, auf dem *BOX 23* geschrieben stand.

„Ich glaube, das ist die Handschrift meiner Mutter."

Logan setzte sich neben sie und nahm ihr den Schlüssel aus der Hand. „Könnte für ein Schließfach sein. Wie viele Banken gibt es in der Stadt?"

Claire zuckte mit den Schultern. „Zwei oder drei, ich weiß es nicht genau."

„Dem sollten wir morgen mal nachgehen." Er blickte zur Tür. „Schließ hinter mir wieder ab, ja?"

Sie wünschte sich, er würde bleiben, schalt sich jedoch gleichzeitig für diesen dummen Gedanken.

„Ich nehme den Schlüssel mit." Er stand auf.

Der Vorschlag überraschte Claire, er war damit sehr schnell gewesen. In ihrem Kopf schrillten Alarmglocken. Wusste er mehr als sie? Oder hoffte er, in der Box etwas Wertvolles zu finden?

„Ich denke, ich sollte ihn besser behalten", meinte sie und wollte nach dem Schlüssel greifen. Seine warme Hand hielt sie auf, und Claire blickte in seine blaugrünen Augen.

„Ich will ihn doch nicht stehlen", beruhigte er sie. „Ich gehe der Sache morgen nach. Allein."

„Aber …"

„Claire, die Bank wird wahrscheinlich keinem von uns einfach so Zugriff auf ein Schließfach gewähren."

Er sprach nicht weiter, und Claire dämmerte, was er damit sagen wollte. „Du willst einbrechen?"

Logan runzelte die Stirn. „Wohl kaum. Ich war mal ein Gesetzeshüter, das wäre nicht richtig." Er beugte sich vor, und sein Mund kam ihrem sehr nahe. „Vertrau mir. Ich finde einen Weg."

*Ihm vertrauen.* Konnte sie sich das erlauben? Und wie hoch war der Preis dafür?

„Ich komme zurück, sobald ich etwas herausgefunden habe", versprach er.

Er küsste sie sanft, seine Berührung war ein Versprechen.

Auf einmal kam Claire ein Bankangestellter in den Sinn, der oft im Saloon und in Maggies Zimmer zu Gast gewesen war.

*Vertrauen.*

Sie packte Logan am Arm. „Ich erinnere mich an einen Mann, Tannenhill heißt er, glaube ich. Er arbeitet in der ‚First National Bank'. Maggie hatte ihn häufiger als Kunden. Der Schlüssel gehört vielleicht zu einem der Schließfächer dort, und er kann dir womöglich helfen. Ich könnte mit ihm reden."

„Ich würde dich lieber da raushalten." Er nahm ihre Hände in seine. „Du brauchst Ruhe. Wenn es Probleme gibt, hole ich dich." Er ließ sie los. „Schließ die Tür ab."

Er verließ ihre Hütte, und sie schob den Riegel vor. Hoffentlich hatte sie das Richtige getan. Vielleicht hatte Magie Geld in einem Schließfach deponiert, und Claire konnte es nutzen, um den Saloon wieder flottzumachen. Oder vielleicht hatte sie einen Hinweis hinterlassen, wo sie und Jimmy sich aufhielten. Oder die Box war voll mit nutzlosem Kram, den Maggie über die Jahre von Männern als Dank für geleistete Dienste bekommen hatte.

*Männer, die dankbar waren für geleistete Dienste …*

Was wollte Logan von Claire?

Auch wenn es ihr schwerfiel, musste sie in Betracht ziehen, dass er womöglich nicht ohne Hintergedanken bei ihr blieb, ihr half und ihr den Hof machte.

Welche Gegenleistung erwartete er dafür? Und wäre sie bereit, diesen Preis zu zahlen?

# Kapitel Elf

Logan steckte den Schlüssel ins Schloss der länglichen Box, die Klappe ging auf und verschaffte ihm Zugang zum Inhalt. Es hatte einiges an Überzeugungskraft gekostet, Mr Tannenhill dazu zu bringen, die übliche Vorgehensweise der Bank zur Identifizierung des Eigentümers zu ignorieren und Logan den Bereich mit den Schließfächern betreten zu lassen.

Letztendlich hatte er an den Geschäftssinn des älteren Gentlemans appelliert und darauf hingewiesen, dass Maggies Tochter dringend Geldmittel benötigte, um die ausstehenden Rechnungen des Saloons begleichen zu können. Er hatte außerdem betont, dass sie die Hoffnung hegte, Maggie hätte etwas beiseitegelegt, um dem „White Dove" aus der Klemme zu helfen.

Die Haut um Tannenhills Augen war faltig und schlaff, doch sein Blick zeugte von Aufmerksamkeit und Intelligenz, während er immer wieder nervös zu der Schwellung über Logans Auge wanderte. Seltsamerweise hatte er der Bitte dennoch nachgegeben. Wahrscheinlich war die frühe Tageszeit ein zusätzlicher Vorteil, denn Logan und er waren allein in der Bank. Aber Logan spürte auch, dass der Angestellte eine Schwäche für den „White Dove Saloon" hatte, oder für Maggie Waters oder vielleicht für beide.

Tannenhill trug einen etwas altmodischen braunen Anzug aus Wollstoff und hatte sein schwarzes Haar zurückgekämmt, was seine Hängebacken und das Doppelkinn nur noch mehr betonte. Der Mann war sicher kein Frauenheld. Vielleicht hatte Maggie ihn mit Aufmerksamkeit überschüttet, wenn er in den Saloon kam, und auf diese Weise eine Loyalität in ihm geweckt, die sich nun für Logan auszahlte.

Er hob den Deckel der Box an und fand darin ein Blatt Papier, das er schnell überflog. Er musste es mehrmals lesen, bis ihm seine Bedeutung klar wurde, dann legte er es zurück in die Box und verschloss sie wieder.

Wusste Claire davon? Und falls ja, warum hatte sie es ihm nicht erzählt?

Und warum zur Hölle sollte Luttrell so etwas tun?

Auf dem Weg nach draußen kam er an Tannenhill vorbei.

„Haben Sie gefunden, wonach Sie gesucht haben?", fragte der Bankangestellte.

„Leider nicht." Er gab Tannenhill die Hand. „Aber ich bin Ihnen dennoch dankbar für Ihre Unterstützung."

Beim Verlassen der Bank sah Logan, wie ein paar Straßen weiter eine dunkle Rauchwolke aufstieg.

Die Erkenntnis traf ihn wie ein Hammerschlag. Der „White Dove Saloon" brannte.

---

CLAIRE STOLPERTE IMMER WIEDER über den Saum ihres Nachthemds. Sie presste sich einen Arm auf Mund und Nase, um sich vor dem Qualm zu schützen, der sich im oberen Stockwerk des Saloons ausbreitete und sie dazu zwang, ihre brennenden Augen zu schließen. Sie konnte nicht länger hierbleiben.

Sie hatte in Ellies Zimmer nachgeschaut, aber da war niemand – hoffentlich hatte Betsy ihr geholfen, nach draußen zu kommen. Allerdings war auch Logan nirgends zu sehen, und Claire rechnete mit dem Schlimmsten. Hitze schlug ihr entgegen, und das Holz, aus dem der Saloon zum überwiegenden Teil bestand, knackte und prasselte ohrenbetäubend, als es vom Feuer verschlungen wurde. Sie rannte den Flur hinunter und tastete sich mit den Fingern voran, um zur besseren Orientierung die Türen zu zählen, an denen sie vorbeikam. Ihre nackten Füße traten auf etwas Heißes, doch sie hastete weiter und öffnete eine Tür. *Bitte lass es die Richtige sein.*

„Logan!" Sie bedeckte ihr Gesicht und rang nach Atem, ihre Lungen gierten nach frischer Luft, die nicht da war. *Wo steckt er nur?*

Sie sank auf die Knie und kroch zum Bett. *Vielleicht ist er bewusstlos?* Sie musste unbedingt zu ihm, auch wenn sie in dem dichten Qualm nichts mehr sehen konnte und das Atmen schmerzte. Sie würde das Zimmer nicht ohne ihn verlassen.

Im selben Augenblick wurde ihr bewusst, dass sie das Zimmer wohl gar nicht mehr verlassen würde.

---

ZWEI FRAUEN SAẞEN im Staub vor dem „White Dove", als Logan angerannt kam. Er erkannte Betsy und vermutete Ellie in der anderen. Männer schrien durcheinander und kamen mit Wassereimern angelaufen, während Rauch durch die geborstenen Fenster aus dem oberen Stockwerk quoll. Er sah sich suchend um, konnte Claire aber nirgends entdecken. Panik schnürte ihm die Kehle zu, und er lief hinters Gebäude zu der Hütte, die Claire bewohnte.

Leer.

Er rannte ins Haus und lief instinktiv nach oben. Er wusste, dass Claire versuchen würde, Betsy und Ellie zu helfen. Hitze schlug ihm entgegen, und der Qualm machte es unmöglich, irgendetwas zu erkennen. Er bedeckte Mund und Nase mit einem Arm, um sich vor dem Feuer zu schützen, und stolperte die Treppe hinauf. Oben ging er auf die Knie und krabbelte auf allen vieren weiter. Er hielt die Luft an und betete darum, Claire zu finden. Lange würde er hier nicht durchhalten.

Schließlich schleppte er sich in sein Zimmer, obwohl er diesen Raum eigentlich ausgeschlossen hatte. Zu seinem Erstaunen stieß er auf dem Boden gegen Claires Körper. Wäre ihm nicht die Luft ausgegangen, hätte er wohl einen erleichterten Aufschrei von sich gegeben.

Mit letzter Kraft trug er sie den verqualmten Flur entlang und die Treppe hinunter. Seine Augen brannten, er strauchelte und prallte gegen die Wand. *Muss es nach draußen schaffen … weiter.*

Endlich erreichte er das Erdgeschoss. Er kämpfte sich bis zur Tür und trat sie auf. Hinter ihm stürzte eine Wand ein und riss ihn von den Beinen. Seine Ohren dröhnten, alles bebte, Glas regnete auf ihn herab, während er versuchte, Claires Körper mit seinem abzuschirmen. Frauen schrien, Hände packten ihn und zerrten ihn fort von dem brennenden Gebäude. Er konnte nichts weiter tun, als nach Luft zu schnappen. Einfach nur atmen. Er hustete und keuchte. Schwarzer Ruß bedeckte ihn von Kopf bis Fuß.

*Wo ist Claire?*

Er öffnete die Augen und entdeckte sie in der Nähe. Sie lag auf dem Boden. Ellie, Betsy und ein paar Mädchen aus dem „Southern Charm" waren bei ihr. Er kroch zu ihnen und schob die Frauen ungewollt ruppig beiseite, um nach Claire zu sehen. Er fühlte ihre Stirn, dann schob er ihr eine Hand in den Nacken und zog sie in eine sitzende Position. Sie fing an zu husten.

„Ganz ruhig", murmelte er. „Das wird schon wieder."

Sie hustete und keuchte, während sie gierig nach Luft schnappte. Er hielt sie an den Schultern fest und vergrub sein Gesicht in ihrem Haar, ungeachtet des Rußes, der in ihren blonden Strähnen und auf ihren Kleidern haftete.

„Logan", wisperte sie, lehnte sich an ihn und klammerte sich an sein Hemd.

Er hielt sie fest und blinzelte die Tränen fort. *Sie hätte sterben können.* Er hatte so viel Zeit in den anderen Zimmern vergeudet. Er hatte nicht einmal vorgehabt, in seinem Zimmer nachzusehen, in dem er lediglich eine einzige Nacht verbracht hatte. Warum zum Teufel riskierte sie ihr Leben für ihn? Er hatte sie erst in letzter Sekunde gefunden. Sie hätte tot sein können.

Er würde die Frauen nie verstehen, erst recht nicht, dass Claire offenbar nach ihm gesucht und versucht hatte, ihn zu retten. Aber es traf ihn bis ins Mark und ließ ihn an allem zweifeln, was er über Frauen zu wissen geglaubt hatte. Mit Claire in seinen Armen sah er zu, wie der „White Dove Saloon" endgültig zu Schutt und Asche zerfiel.

———

CLAIRE SASS IM „WAGNER HOTEL" in einem Zimmer, das Logan für sie gemietet hatte. Noch immer benommen von den Ereignissen, starrte sie blicklos auf ihre Hände. Der Saloon war zerstört und damit auch alles, wofür ihre Mutter so hart gearbeitet hatte. Vorräte, Möbel, Bilder, Erinnerungsstücke – alles ein Raub der Flammen. Dokumente und Geschäftsbücher – verbrannt. Geld? Höchstens ein paar Münzen könnten das Feuer vielleicht überstanden haben. Morgen würde sie hingehen und in der Ruine nach Verwertbarem suchen.

Claire schloss die Augen und versuchte, nicht daran zu denken, was sich alles in ihrer Hütte befunden hatte und nun auch nicht mehr existierte. Ihre Kleidung, die hölzerne Eisenbahn, die Jack ihrem Bruder zu seinem sechsten Geburtstag geschenkt hatte, all ihre medizinischen Fachbücher. Ihre Träume. Ihr war nichts mehr geblieben außer dem zerrissenen, dreckigen Nachthemd, das sie noch immer am Leib trug.

Ellie und Betsy hatten Gott sei Dank überlebt. Jemand hatte Reverend und Storm aus dem Stall hinter dem Haus befreit, bevor auch der abgebrannt war.

Claire sah hinüber zu dem Mann am Fenster. *Und Logan ist auch am Leben.* Der plötzliche Gedanke, ihn zu verlieren, hatte sie in blanke Panik versetzt. Alles andere war ihr egal gewesen …

Der Gedanke beschämte sie. Seit wann war Logan wichtiger als alles andere in ihrem Leben?

„In dem Bankschließfach befindet sich eine Besitzurkunde über ein Grundstück", brach Logan das Schweigen, den Blick auf die Straße gerichtet. Er war immer noch über und über mit Ruß bedeckt, was ihm eine beinahe bedrohliche Aura verlieh. „Weißt du irgendwas darüber?"

Claire schüttelte matt den Kopf. „Mehr war da nicht drin?" Ihre Lungen fühlten sich an, als wären sie voller Asche, und die Wunde an ihrer Seite pochte schmerzhaft.

„Nein."

„Was steht in der Urkunde?" Ihr Hals war wie ausgedörrt und das Schlucken fiel ihr schwer.

„Teddy Luttrell hat dir ein Geschenk hinterlassen."

„Mir?" Claire runzelte die Stirn. „Wovon redest du?"

„Zweihunderttausend Morgen Land außerhalb von Cimarron. Das Dokument war auf Dezember letzten Jahres datiert."

„Zweihundert…" Claire versagte die Stimme. „Das Land gehört mir?", fragte sie ungläubig.

„Mehr oder weniger. Luttrell hat eine Klausel hinzugefügt, dass nur dein Ehemann das Recht besitzt, das Land zu verkaufen oder darüber zu verfügen."

„Bist du sicher, dass die Urkunde nicht auf Maggie ausgestellt ist?"

„Ganz sicher. Ich hab sie zur Sicherheit in der Bank gelassen, aber wir können gern hingehen und nachsehen, wenn du mir nicht glaubst."

„So meinte ich das nicht. Ich verstehe es bloß nicht. Warum ich?"

„Claire, welche Art von Beziehung hattest du zu Luttrell?"

Irritiert von Logans frostigem Ton begriff sie erst einen

Moment später, was er meinte. „Ich kannte den Mann kaum. Wir hatten nur selten miteinander zu tun."

„Bist du verheiratet?"

Sie versteifte sich bei diesen vorwurfsvollen Worten.

„Nein! Meinst du wirklich, ich hätte dir das verheimlicht?"

„Warum sollte er denn sonst das ganze Land dir und deinem Ehemann überlassen, wenn der gar nicht existiert?"

„Woher soll ich das wissen? Du hast gesagt, der Vertrag stammt vom letzten Dezember. Das war vor sechs Monaten. Und jetzt höre ich zum ersten Mal davon. Der Mann ist gestorben …" Panik erfasste sie. „Könnten die Leute denken, *ich* hätte was damit zu tun gehabt?"

Logan musterte sie, seinen dunklen Augen fehlte die Wärme, die sie in den letzten Tagen stets darin gesehen hatte. „Und … hattest du?"

„Nein!" Seine Anschuldigung erschütterte sie.

„Hatte deine Mutter ein Verhältnis mit Luttrell?"

„Das weiß ich nicht. Kann sein. Möglicherweise." Steckte Maggie hinter alldem?

Ein Klopfen an der Tür unterbrach sie. Logan nahm einen Zettel vom Hotelpagen entgegen und gab ihn an Claire weiter.

„Für dich", sagte er.

Sie faltete das Papier auseinander und überflog den Inhalt. „Von Betsy." Die junge Frau hatte Ellie in Belles Saloon gebracht, und damit waren alle Mädchen vom „White Dove" zu ihr übergelaufen. Claire konnte ihnen wirklich keinen Vorwurf machen, wohin hätten sie auch sonst gehen sollen? Aber sie wünschte, sie hätte irgendetwas für sie tun können.

„Stimmt was nicht?", fragte Logan.

Sie blickte auf den Zettel. Betsy hatte außerdem geschrieben, dass ein Mann nach Claire suchte. „Sieht so aus, als wollte Shorty McClaren sich mit mir treffen."

„Reds Bruder?"

Claire verzog das Gesicht. Sie wurde nur ungern daran

erinnert, wie Logan mit dem Mädchen im „St. James" geflirtet hatte.

„Was weißt du über ihn?", fragte er.

„Nicht viel. Er war oft im ‚White Dove', schien ein Freund von meiner Mutter zu sein. Es sah so aus, als gehöre er zum Kreis um Griffin, vielleicht weiß er was. Er will mich um sechs treffen."

„Ich komme mit."

Claire atmete tief durch. Sie war sich nicht sicher, ob Logans Anwesenheit hilfreich oder eher hinderlich sein würde. Er wirkte noch immer gereizt, distanziert und verärgert. Sie schaute an sich runter auf ihr Nachthemd und schüttelte den Kopf.

„Ich muss dich um einen Gefallen bitten", sagte sie, blickte aber nicht auf. „Ich habe kein Geld mehr und auch nichts anzuziehen."

„Es muss dir nicht peinlich sein, mich um Hilfe zu bitten."

„Ich zahle es irgendwie zurück."

Er verharrte noch einen Moment am Fenster, dann schnappte er sich seinen Hut. „Ich lasse dir einen Badezuber und Wasser raufbringen. Geh nicht weg, bevor ich zurück bin."

Wie denn auch?, dachte sie. Ganz sicher würde sie nicht nackt durch die Straßen laufen.

Nachdem Logan fort war, schloss Claire die Augen und ließ entmutigt die Schultern hängen.

---

BETSY HATTE in ihrer Nachricht erwähnt, dass sich Claire mit Shorty bei den Stallungen hinter dem Hotel treffen sollte. Sie streichelte Storm und Reverend über die Nüstern, als sie mit Logan im Schlepptau an deren Boxen vorbeikam. Er sprach leise auf die Tiere ein.

Der Geruch nach Heu, Erde und Pferdemist stieg Claire in die Nase, und sie fragte sich erneut, warum Shorty sie sehen wollte. Ihre Verletzung schmerzte noch immer, und nach all dem Rauch, den sie in die Lunge bekommen hatte, fiel ihr das Atmen noch sehr schwer. Alles in allem war sie in keiner guten Verfassung. Sie hatte genug von den Spielchen ihrer Mutter, zumal sie die Regeln nicht kannte. Kurz erwog sie, einfach die Stadt zu verlassen, aber dann verwarf sie den Gedanken wieder. Sie wollte Jimmy nicht im Stich lassen. Aber zum allerersten Mal in ihrem Leben dachte sie daran, dass sie vielleicht … vielleicht ihre Mutter durchaus sich selbst überlassen durfte.

Sie gingen an einem Stallburschen vorbei und sahen schließlich Shorty am Ende des Stalles stehen. Hier waren sie ungestört, fern von den Menschen und dem Rattern der Wagen auf der Straße.

Der junge Mann stieß sich von der Wand ab, als sie sich ihm näherten, und musterte sie eingehend. Er war groß, drahtig und offenbar nervös. Sein Adamsapfel hüpfte, als er schwer schluckte, und er wischte sich die Hände an der Hose ab. Claire wunderte sich darüber, denn die wenigen Male, die sie ihm in Griffins Gesellschaft begegnet war, hatte Shorty vorlaut und selbstbewusst gewirkt, immer darauf bedacht, ein paar Worte mit ihrer Mutter zu wechseln. Und er hatte im „White Dove" oft Karten gespielt.

„Miss Claire." Er nickte und nahm seinen Hut ab. Sein Blick huschte zu Logan und wieder zu ihr zurück. „Schön, Sie zu sehen. War mir nich' sicher, ob Sie kommen würden."

„Dann wollen wir hoffen, dass es keinen Ärger gibt", sagte sie warnend. Nach den letzten Tagen ging sie lieber vom Schlimmsten aus. „Das ist Mr Ryan", fügte sie hinzu.

Shorty nickte, und sein Blick huschte erneut zwischen ihnen hin und her. Er beugte sich vor und senkte die Stimme. „Es wäre vielleicht besser, wenn wir allein reden."

„Ich ziehe es vor, zu bleiben", sagte Logan.

Claire dachte daran, was Logan ihr alles besorgt hatte – mehrere Kleider, Unterwäsche, eine Bürste und zwei Paar Schuhe. Das war viel zu viel, aber sie war ihm dankbar und nicht in der Position, seine Großzügigkeit auszuschlagen. Der Petticoat umspielte ihre Beine unter dem dunklen Baumwollkleid, und ihre flachen, schwarzen Stiefel saßen perfekt an den Füßen. Logan hatte sie wie eine respektable Frau eingekleidet. Ihn jetzt zum Gehen aufzufordern, war undenkbar.

„Warum wollten Sie mich sprechen?", fragte sie Shorty.

„Na ja." Er räusperte sich. „Ich bin nicht sicher, wie ich anfangen soll."

„Wissen Sie, wo meine Mutter ist?", fragte sie spontan.

Sein Blick zeigte Besorgnis. „Nein. Sie?"

Claire schüttelte den Kopf. Sie hatte keinen Grund, Shorty zu misstrauen, aber es gab auch keinen Anlass, ihm zu vertrauen.

„Das ist jetzt schwieriger als gedacht", murmelte er. „Ihre Ma und ich standen uns ziemlich nah. Wissen Sie Bescheid über das Land?"

„Was wissen Sie denn darüber?", fragte Logan.

Shorty nickte einige Male und kratzte sich an der Nase. „Also, Maggie hat mir alles erklärt und gefragt, ob ich bereit wäre, ihr zu helfen. Ihnen zu helfen", fügte er schnell hinzu.

„Wie denn?", fragte Claire.

„Sie brauchen einen Ehemann, um an das Land zu kommen. Darum bin ich hier." Er schaute sie erwartungsvoll an.

„Und wie genau wollen Sie mir helfen?", fragte sie.

„Ich bin hier, um Sie zu heiraten."

Claire blieb der Mund offen stehen. Sie hatte damit gerechnet, von Shorty bedroht zu werden oder von ihm zu hören, dass ihrer Mutter etwas Schlimmes zugestoßen war. Aber *das* hatte sie nicht erwartet.

---

LOGAN MACHTE einen Schritt nach vorn, seine Brust streifte Claires Schultern.

„Sie sind hier, um Claire zu heiraten?", fragte er, verblüfft von der Dreistigkeit dieses Kerls. Shorty war höchstens zwanzig.

McClaren nickte erneut, eine Geste, die Logan inzwischen fürchterlich auf die Nerven ging.

„Warum sollten Sie das tun?", fragte Logan.

„Maggie hatte Probleme mit der Besitzurkunde und Angst, dass Griffin das Land in die Finger bekommt. Es Claires Ehemann zu übertragen, schien ihr die beste Lösung zu sein, um Griffin daran zu hindern, es sich unter den Nagel zu reißen."

„Aber Sie arbeiten für Griffin", sagte Claire vorwurfsvoll.

„Ja, aber ich liebe Maggie."

„Wie bitte?", fragte Claire.

„Ich weiß, das klingt verrückt, aber sie und ich haben eine Abmachung."

Logan konnte sich gut vorstellen, was für eine Abmachung das war. Maggie Waters hatte solche *Abmachungen* sicher mit vielen Männern getroffen.

„Dann wissen Sie also, wo sie ist?", fragte Claire.

„Nein", erwiderte Shorty betrübt. „Ich habe sie seit Wochen nicht mehr gesehen. Aber wir haben über das Land geredet und darüber, was man tun könnte. Und als ich gehört habe, dass Sie wieder in der Stadt sind, bin ich sofort hergekommen."

„Wenn Sie Maggie lieben, wieso wollen Sie dann Claire heiraten?", fragte Logan.

Shortys Augen wurden groß. „Es wäre doch keine richtige Heirat, nur eine auf dem Papier. Ich übernehme das Land und gebe es an Maggie. Ich hoffe, sie kommt zurück, sobald sie davon erfährt."

„Und was ist mit Griffin?", fragte Logan. Er stützte sich mit einem Arm auf eine Boxentür und ließ Claire nicht aus den Augen. Das ganze Heiratsgerede ging ihm auf die Nerven. „Machen Sie sich gar keine Gedanken darüber, wie er auf all das reagieren wird?"

„Sicher. Ich bin bereit, Claire zu beschützen. Das ist Teil der Abmachung."

Logan hatte genug gehört. Eines war offensichtlich: Der Junge war vollkommen überfordert. Und Logan würde Claires Sicherheit bestimmt nicht seinen fragwürdigen Fähigkeiten überlassen.

„Wie ist Maggie an das Land gekommen?", fragte Claire.

Shorty zuckte mit den Schultern. „Weiß nicht. Sie ist eben 'ne clevere Lady."

„Luttrell ist letztes Jahr ermordet worden", sagte Claire. „Die Spur führt zu ihr und damit auch zu mir."

Shorty warf ihr einen entsetzten Blick zu. „Maggie hat ihn nicht getötet."

„Ihre Schwester ist anderer Ansicht", erwiderte Claire.

„Paulina?", fragte Shorty. „Sie hat kein Recht, so was zu behaupten. Ich weiß, dass Maggie so was niemals tun würde. Und Sie wussten doch gar nichts von dem Land, oder? Also hatten Sie auch keinen Grund, ihn umzubringen."

„Und was ist mit Ihnen?", fragte Logan.

„Ich habe ihn nicht um die Ecke gebracht." Shorty trat unruhig von einem Bein aufs andere, und sein umherhuschender Blick verriet, unter welcher Anspannung er stand. „Ich bin nur hier, um Maggie zu helfen, wie ich's versprochen hab."

„Ich werde Sie nicht heiraten", sagte Claire.

„Warum nicht?"

„Weil dieser ganze Plan einfach lächerlich ist." Sie verschränkte die Arme.

„Maggie war sich sicher, dass es so klappt. Und sie hat gesagt, dass Sie allem zustimmen."

„Warum sollte sie so was sagen?"

Logan stand nahe genug, dass er spürte, wie ein Ruck durch Claire ging. „Weil das Land dazu bestimmt ist, Ihnen Geld für'n Studium zu verschaffen. Sie sagte was davon, dass Sie Ärztin werden wollen."

Logan nahm die Veränderung in Claires Haltung sofort wahr. Sie stand so starr und reglos, dass er unwillkürlich befürchtete, sie würde das Atmen einstellen. Falls Claire ihn wegen Luttrell zum Narren hielt, war sie äußerst geschickt darin, denn allmählich glaubte er ihr, dass sie wohl wirklich nichts von dem Land gewusst hatte. Er hatte daran gezweifelt, weil er blind vor Wut war, dass

Luttrell ihm nicht nur Dee ausgespannt, sondern offenbar auch noch Claire weggenommen hatte.

Er legte ihr eine Hand auf die Schulter, um ihr zu zeigen, dass er ihre Reaktion richtig gedeutet hatte. Sie hatte wohl nicht erwartet, dass ihre Mutter ihre Träume so ernst nehmen könnte. Unwillkürlich stieg Maggie Waters ein wenig in Logans Ansehen, auch wenn er sich das nur widerstrebend eingestand.

„Claire kann Sie nicht heiraten", erklärte er Shorty.

Der junge Mann runzelte die Stirn und setzte sich den Hut wieder auf. „Wieso nicht?"

„Weil sie mich heiraten wird." Und damit beantwortete sich Logan selbst die Frage, was er mit Claire und seinen wachsenden Gefühlen für sie tun sollte. Er würde sie sich nicht wegnehmen lassen, so wie Dee.

Aber davon würde er sie zuerst überzeugen müssen.

# Kapitel Zwölf

Logan heiratete Claire am folgenden Nachmittag vor dem Friedensrichter. Es war eine schlichte Zeremonie, gut besucht vor allem von den Huren der Stadt, die sich offenbar freuten, mal nicht als Angeklagte vor Gericht zu erscheinen, sondern aus einem erfreulichen Anlass.

Claire wirkte äußerst unkonzentriert und stand steif wie ein Stock neben ihm, als sie sich das Jawort gaben. Logan legte ihr eine Hand auf die Taille, um ihr ein wenig die Nervosität zu nehmen. Sie trug eines der Baumwollkleider, die er ihr am Vortag gekauft hatte, ihr blondes Haar war hochgesteckt, doch ein paar Strähnen fielen ihr über die Schulter. Er war gleichermaßen erleichtert und besorgt, wenn er an die Zukunft dachte. Als ihr Ehemann konnte er das Land für sie verwalten und sie vor unerfahrenen Möchtegerns wie diesem Shorty McClaren bewahren, ebenso wie vor der ernsthaften Bedrohung durch Frank Griffin und Raul Sandoval. Claires neuer Besitz machte sie unweigerlich zum Ziel der Machenschaften dieser Männer. Logan wollte glauben, dass sie nichts davon gewusst und kein Verhältnis mit Teddy Luttrell gehabt hatte.

Wenn Luttrell nicht schon tot gewesen wäre, hätte Logan sich den Mann zu gern noch einmal vorgeknöpft.

Wie zu erwarten, hatte Claire gegen diese Heirat protestiert. Sie war der Ansicht gewesen, dass er ein solches Opfer nicht für sie bringen sollte, und sie verstand seine Beweggründe nicht. Er war sich ja selbst nicht sicher darüber gewesen, aber ein einziger Blick in ihre grünen Augen hatte ihm die Zukunft gezeigt, und das hatte gereicht. Er wollte sie, vielleicht sogar mehr, als er Dee jemals gewollt hatte. Daher ergriff er die Gelegenheit beim Schopf und machte das Beste daraus.

Claire waren relativ schnell die Argumente ausgegangen. Sie hatten das Zimmer in der vergangenen Nacht in einer Art Waffenstillstand geteilt, er auf dem Boden, sie im Bett, und waren in angespanntem Schweigen zur Zeremonie angetreten.

„Hiermit erkläre ich Sie zu Mann und Frau", sagte der Richter.

Logan küsste Claire sanft, doch sie schaute nur reichlich gequält drein.

„Lächle", sagte er. „Das ist unser Hochzeitstag."

Ihre einzige Reaktion war ein unsicherer Seitenblick.

Logan grinste. Trotz allem war es ein wirklich schöner Tag zum Heiraten. Die Sonne lachte, und Claire sah hinreißend aus. Ihrer Meinung nach könnte ihr kompliziertes Leben zu einer Last für ihn werden, aber er war nicht dieser Ansicht. Logan war zuversichtlich, dass sie das Rätsel um Maggies Verschwinden lösen und danach auch die Zukunft gemeinsam angehen würden. Er war von Natur aus optimistisch veranlagt, und die Aussicht, Claire an seiner Seite zu haben … nun, sie machte ihn glücklich. Ein wirklich schöner Tag.

Er dachte kurz an Texas. Irgendwann würde er *seine Ehefrau* nach Hause bringen. Mit diesem Gedanken kam ihm auch die Erkenntnis, dass er Claire um jeden Preis bei sich halten wollte. Er würde nicht zulassen, dass sie ihm entschlüpfte wie Dee.

„Herzlichen Glückwunsch, Claire." Betsy umarmte sie. „Ihnen auch meine Glückwünsche, Mr Ryan."

„Danke", antwortete Claire hölzern.

„Passen Sie gut auf die Kleine auf", mahnte Ellie. „Sie is' 'n guter Fang, dass Sie das ja nie nich' vergessen."

„Nein, Ma'am, das werde ich nicht." Logan hielt Claire fest an der Hand, während die Frauen nacheinander zum Gratulieren kamen. Einige kannte er aus dem „Southern Charm".

Louisa flüsterte Claire etwas ins Ohr, und seine Frau lief rot an, was ihn daran erinnerte, wie unerfahren sie war. Aber die Art, wie sie auf ihn reagierte, machte ihm Mut. Mit etwas Charme und Geduld würde er sie in sein Bett locken, und als ihr Ehemann hatte er auch jedes Recht dazu. Die Ehe würde ihr hoffentlich genug Sicherheit geben, dass sie sich ihm öffnete und mehr Nähe zuließ.

Die Gäste zerstreuten sich.

Tia und One-Eyed Jack, die als Trauzeugen fungiert hatten, kamen zu ihnen. Logan wusste, dass ihre Anwesenheit Claire wichtig war, und er hatte ein Nein des indianischen Paares nicht akzeptiert, trotz dessen Protesten, dass Claire sich vielleicht jemand anderen an ihrer Seite gewünscht hätte.

„Wir gehen jetzt", sagte Tia.

„Danke, dass ihr da wart." Claire umarmte die Indianerin.

„Jack." Logan reichte ihm die Hand.

„Pass gut auf unsere Claire auf", sagte Jack und umarmte sie. Logan sah zum ersten Mal an diesem Tag ein aufrichtiges Lächeln auf ihrem Gesicht.

„Nein", sagte Tia. „Sie werden aufeinander aufpassen." Sie ergriff Logans Hand und zog ihn näher zu sich. „Die Wahrheit kann man nicht anfassen. Dein Herz weist dir immer den richtigen Weg."

„Woher hast du das?", fragte Jack. „Hast du in meiner Bibel gelesen?"

Tia schüttelte den Kopf und winkte ab. „Ich lese das Buch nicht. Und ich weiß nicht, warum du die Nase so oft reinsteckst." Sie grinste Logan und Claire an, dann machten sie sich auf den Weg.

„Vielleicht ist ja was dran an dem, was die ganzen Christen hier so glauben."

„Jack, du kannst nicht mal lesen."

„Ich lese …" Der Rest seiner Antwort war nicht mehr zu hören.

Logan schob Claire Richtung Tür.

„Wer ist das?", fragte sie und sah zu einem Gentleman auf der anderen Seite des Raums hinüber.

Logan hatte ihn beinahe vergessen. „Er ist von der *Las Vegas Optic*." Er trat zur Seite, sodass sie vorausgehen konnte. „Sein Artikel über unsere Hochzeit wird in der morgigen Ausgabe erscheinen."

„Warum?", fragte Claire sichtlich beunruhigt.

Sie blieben auf der Freitreppe stehen, und Logan setzte sich seinen Hut auf. „Weil jeder in der Stadt es erfahren soll."

Claire sah ihn nervös an. „Was ist mit Sandoval?"

„Er weiß längst, dass du am Leben bist. Das dürfte sich inzwischen herumgesprochen haben. Das Feuer im Saloon war heute die Schlagzeile. Mit einem Bericht über unsere Hochzeit erfährt jeder, dass er an mir vorbeimuss, wenn er an dich herankommen will. Ich bin ein typischer, sturer Rancher, Claire. Ich beschütze, meinen Besitz und meine Familie."

Er beobachtete amüsiert, wie sie nach einer Antwort suchte.

„Es wäre mir eine Freude, Sie zum Essen ausführen zu dürfen, Mrs Ryan." Er bot ihr seinen Arm an.

Sie gab nach und legte ihre Hand in seine Armbeuge.

---

CLAIRE WAR mehr als nur ein wenig unbehaglich zumute angesichts der Hochzeit. Was machte sie hier eigentlich, und wie sollte es danach weitergehen? Der Stoff ihres Kleids und der ihres Petticoats raschelten mit jeder Bewegung, als sie in Richtung des großen Platzes um die nächste Hausecke bogen. Logan wirkte im

Gegensatz zu ihr vollkommen gelassen. Sie wollte – sie *brauchte* – ihn an ihrer Seite, aber sie konnte nicht glauben, dass er diese Heirat wirklich gewollt hatte. Sie hatten sich ein paarmal geküsst und fühlten sich zueinander hingezogen, aber Claire hatte eigentlich den Eindruck gehabt, dass Logan nicht der Typ Mann war, der sich gerne einfangen ließ.

Und nun hatte er ihre Ehe sogar in einem Zeitungsartikel verewigen lassen. Derart im Blick der Öffentlichkeit zu stehen, bereitete ihr Sorge. Claire war es gewohnt, sich zu verstecken – ihre Gedanken, ihre Träume, sich selbst.

Würde die Ehe sie in den Augen der Stadtgesellschaft respektabler machen? Oder würde sie unter den Verdacht geraten, etwas mit Luttrells Tod zu tun zu haben, wenn die Sache mit dem Land bekannt wurde? Konnte die Nachricht, dass ihre einzige Tochter geheiratet hatte, Maggie aus ihrem Versteck hervorlocken?

„Du siehst besorgt aus", sagte Logan, als sie die Pacific Street erreichten.

„Nur ein bisschen."

„Willst du darüber reden? Ich kann gut zuhören."

Claire blickte in seine blaugrünen Augen, und schlagartig wurde ihr bewusst: *Logan ist mein Ehemann.* Ihr Leben war mit einem Schlag komplett auf den Kopf gestellt worden, und plötzlich stand sie hier, neben dem Mann ihrer Träume. Ja, Logan war alles, was sie sich von einem Mann, insbesondere von einem Ehemann, nur wünschen konnte. Schon bald konnte alles Mögliche passieren, und Claire nahm nicht an, dass es etwas Gutes sein würde. Aber dieser Moment gehörte ganz ihnen.

„Lebe im Hier und Jetzt", hatte Tia ihr oft genug gesagt, aber Claire hatte es nie wirklich verstanden. Bis zu diesem Augenblick.

„Ich war noch nie verheiratet", platzte sie heraus.

„Das weiß ich, Claire."

Das hatten sie am gestrigen Abend schon geklärt, als Logan sie beschuldigt hatte, mit Luttrell verbandelt gewesen zu sein. Aus heiterem Himmel kam ihr ein Gedanke. „Du etwa?"

„Fast … einmal. Ist aber nichts draus geworden.“

Die Vorstellung war irritierend, aber Claire schob sie vorerst beiseite.

„Wir kriegen das schon hin“, sagte er. „Irgendwie.“ Sein Blick wurde sanfter, und er sprach leiser weiter: „Ich will dich nicht unter Druck setzen, aber du sollst wissen … Ich möchte, dass das eine richtige Ehe wird.“

Vorfreude erfasste sie. Sie war diesem Mann vollkommen und unwiderruflich verfallen. Wenn das der Preis dafür war, dann hatte er sie am Haken, denn sie wollte alles, was er ihr anbot – die Ehe, Sicherheit, ihn. Jeder Mensch hatte seinen Preis. Logan war ihrer.

„Ja.“ Die Aussicht, Logan zu bekommen, ließ sie ein klares Bekenntnis aussprechen. Es erfüllte sie mit Zufriedenheit, dass er vorübergehend sprachlos war.

Logan nahm ihre Hand und führte sie von der Straße fort zu einer etwas geschützten Ecke zwischen den Geschäften. Dort drängte er sie gegen die Holzwand und stützte sich mit einer Hand neben ihrem Kopf ab.

„Bist du sicher?“ Seine Stimme war wie ein Streicheln, ein Locken.

Ein Schauer lief ihr über den Rücken. „Ja.“

„Dann muss heute wohl mein Geburtstag sein.“

„Warum?“

Er lehnte sich zu ihr herab. „Weil alle meine Wünsche in Erfüllung gehen.“

Ihre Lippen fanden sich. Claire schloss die Augen, blendete den Lärm der Pferde und Wagen auf der Straße aus, ebenso die Unterhaltungen der Leute, die ihrem Tagesgeschäft nachgingen. Logans Mund war warm, zärtlich. Sein glatt rasiertes Gesicht roch nach Seife. Er hatte sich viel Mühe gegeben, um für die Hochzeit gut auszusehen, und Claire wurde etwas schwindelig, als sie sich fragte, wie es nun wohl weiterging.

*Nicht nachdenken.*

Sie legte die Arme um seinen Nacken, und er vertiefte den

Kuss. Erregung breitete sich in ihr aus, und Claire spürte das brennende Verlangen nach mehr. Sie küsste ihn voller Hingabe, und ihr wurde zum ersten Mal wirklich bewusst, wie sehr ihr Körper nach seinem verlangte – nach ihm –, und sie fühlte sich wie befreit in dem Wissen, dass sie Befriedigung finden würde, auf eine Weise, wie nur er sie ihr geben konnte.

Logan hielt sie fest in seinen Armen, und sie gab sich der Lust hin, die seine Berührungen in ihr weckten. Ihre Verletzung war kaum noch spürbar, der leichte Schmerz gut zu ignorieren. Sie konnte an nichts anderes mehr denken als daran, in Logans Armen zu liegen und ihn zu küssen, wie eine Frau, die wusste, was sie tat. Sie hatte keine Ahnung davon, jedenfalls nicht aus erster Hand, aber das schien Logan nicht zu stören. Und Claire störte es auch nicht.

Sie vergrub die Finger in seinen Haaren und sog gierig seinen vertrauten Duft ein. Es reichte nicht. Logan eroberte voller Leidenschaft ihren Mund, ihre Zungen spielten miteinander, doch Claire war von einer inneren Rastlosigkeit erfüllt.

„Claire", flüsterte Logan mit rauer Stimme und nahm ihr Gesicht in beide Hände. Die Nadeln, mit denen sie ihre Frisur für die Hochzeit hochgesteckt hatte, lösten sich aus ihrem Haar. Sie hatte sich viel Mühe gegeben, um hübsch auszusehen. Und sie wollte, dass Logan es bemerkte.

„Lass uns das Essen verschieben." Sie knabberte an seinen Lippen.

Er atmete etwas zittrig aus. „Soll mir recht sein, Liebling."

Er fuhr mit dem Daumen über ihre Unterlippe und grinste, was in ihrem Inneren ein Feuer entfachte. Er schaute sich kurz um, nahm ihre Hand und führte sie zurück auf die staubige Straße. Claire hatte Mühe, auf dem Weg über den Platz mit ihm Schritt zu halten. Beim „Wagner Hotel" angekommen, durchquerten sie rasch die Lobby und gingen auf ihr Zimmer.

Logan schloss die Tür so schnell auf, dass Claire sich fragte, ob er sie vorhin überhaupt abgeschlossen hatte. Sobald sie in dem abgedunkelten Zimmer waren, drängte Logan sie gegen die geschlossene Tür und küsste sie mit einer Leidenschaft, die sie erbeben ließ. Sie hatte das Gefühl, glatt das Atmen vergessen zu können.

In der Sicherheit des Hotelzimmers legte sie alle Hemmungen ab und überließ sich ganz ihren körperlichen Instinkten. Sie gab nur ungern die Kontrolle auf, die sie im Alltag stets bewahren musste, und sie zeigte anderen Menschen nur selten ihr wahres Ich. Aber in ihr brannte ein Verlangen nach Logan, das alles andere bedeutungslos machte.

Niemals hätte sie gedacht, dass es so sein könnte. Sie erzitterte unter seinen Berührungen, wollte ein Teil von ihm werden, jeder logische Gedanke war wie weggewischt.

Während sie sich küssten, Atem, Hitze und Verlangen miteinander teilten, half Claire Logan aus seinem Mantel und zog ihm den Hut vom Kopf. Beides fiel mit einem dumpfen Geräusch zu Boden. Seine Hände glitten über ihr Kleid, er öffnete die Knöpfe und schob es ihr von den Schultern.

Dann riss er sich die Schleife vom Hals, und sie zog ihm das Hemd aus der Hose. Anschließend folgte ihr Mieder, das er bis zur Taille öffnete. Ihre Brüste waren entblößt, die empfindliche Haut kribbelte, als er sie intimer berührte als je zuvor. Sein Mund wanderte über ihren Hals. Er kniete sich vor sie und liebkoste ihre Brüste mit dem Mund. Claire sog scharf die Luft ein, all diese Empfindungen waren beinahe zu viel für sie.

„Logan", keuchte sie.

„Ich werde vorsichtig sein." Seine Hand strich behutsam über den Verband um ihren Brustkorb.

„Das meine ich nicht." Sie konnte es kaum aussprechen.

„Ich weiß, Liebes." Er klang verzweifelt, beinahe erstickt. So wie sie selbst. „Ich kann auch nicht länger warten."

Er nahm sie in die Arme und eroberte erneut ihren Mund, dann schob er sie in Richtung Bett. Als Claire die Matratze in ihren Kniekehlen spürte, setzte sie sich dankbar auf die Kante –

ihre Beine trugen sie kaum noch. Logan knöpfte sein Hemd auf, die Hose und zog sich die Stiefel aus.

Schließlich stand er vollkommen nackt vor ihr.

Claires Benommenheit von ihrem Liebesspiel lichtete sich für einen Moment, und sie fragte sich, was sie da tat. Im Halbdunkel wirkte Logan übergroß und unwirklich, als gehörte er nicht hierher – ein Mann, der sie begehrte und damit ihr ganzes Leben veränderte. Ihr Mund war trocken, sie schluckte schwer, als sich ihre Nervosität wieder meldete.

Er kam zu ihr. Feuerfunken gleich hinterließen seine Finger eine heiße Spur auf ihrer Haut, als er ihr das Kleid und den Petticoat auszog.

Ihr wurde erst in diesem Moment richtig bewusst, wie verwundbar eine Frau in dieser Position war.

„Spreiz die Beine." Seine tiefe Stimme hallte in ihrem Inneren wider.

Wie konnte eine Frau so etwas ohne Vertrauen tun?

Vertraute sie Logan?

Falls nicht, kam ihr diese Erkenntnis etwas zu spät.

Am Rande ihres Bewusstseins meldeten sich weitere Unsicherheiten zu Wort, die sie allesamt verdrängte, während sie langsam die Beine spreizte. Logan beobachtete ihr Gesicht, während er eine Hand ausstreckte und sie an ihrer intimsten Stelle berührte. Ihr Becken kam ihm entgegen, als er mit einem Finger behutsam in sie eindrang. Sie keuchte auf und klammerte sich an die Bettdecke, um nicht ganz vom Bett abzuheben.

„Himmel, du bist bereit", sagte er. „Aber du bist so eng. Halt dich an mir fest."

Claire verstand nicht. Er stützte sich mit beiden Armen auf dem Bett ab und drang mit einem Stoß vollständig in sie ein. Das Gefühl traf sie vollkommen unerwartet. Sie grub ihre Finger in seine Schultern und verzog das Gesicht vor Anstrengung, um ihr Stöhnen zu unterdrücken.

Er hielt inne, beugte den Kopf und atmete einige Male tief

durch. Claire krallte sich an seine muskulösen Arme, bis er sie mit einer Zärtlichkeit küsste, die so gar nicht zu seinem angespannten Körper passen wollte.

Es hatte wehgetan, als er in sie eingedrungen war, aber sie wollte es ihm nicht sagen, aus Sorge, dass er sich dann zurückzog. Und nun, da ihr Körper sich allmählich an seine Größe gewöhnte, wollte sie auch nicht, dass er aufhörte. Langsam bewegte er sich in ihr, und sie spürte erneut die wachsende Anspannung, spürte, wie sein Oberkörper sich an ihren Brüsten rieb, spürte ihre erwachten Sinne und ihr stetig steigendes Verlangen nach ihm.

Logan legte sich Claires Beine um die Hüften. Wieder und wieder schob er sich in sie, die Arme um sie geschlungen, um sie noch enger an sich zu drücken. Claire klammerte sich vollkommen überwältigt an ihm fest und konnte die Tränen nicht länger zurückhalten, die ihr über die Wangen liefen.

Ihr Höhepunkt traf sie ohne Vorwarnung. Sie grub die Finger in Logans Rücken, und jeder Muskel ihres Körpers verspannte sich um ihn. Auch Logan erstarrte über ihr, während sie Welle um Welle der Ekstase auskostete, die sie schließlich vollkommen befriedigt zurückließ.

Logan vermied es sorgsam, ihre verletzte Seite zu berühren. Er küsste sie sacht und rieb mit der Nase über ihre Wange. Claire schloss die Augen, als er seine Stirn an ihre Schulter legte, denn sie konnte ihn noch immer in sich spüren. Es war ein sündiger Traum, alles, was ihr Körper gebraucht hatte, und noch viel mehr.

Nach einer Weile schob er sich von ihr herunter, stieg aus dem Bett und kehrte mit einem Handtuch zurück. Er wischte sie behutsam sauber, dann deckte er sie beide zu und nahm sie in die Arme. Claire war zu erschöpft, um zu reden, und schlief ein, während Logan in langsamen, kreisenden Bewegungen ihren Rücken streichelte.

LOGAN GENOSS ES, Claire in den Armen zu halten. Das gleichmäßige Heben und Senken ihrer Brust sagte ihm, dass sie eingeschlafen war.

Sie hatte sich ihm vorbehaltlos hingegeben, als begehre sie nichts sehnlicher als ihn.

Und dieses Gefühl war ihm seltsam vertraut.

Er hatte es bei Dee jedoch nie verspürt.

## Kapitel Dreizehn

Claire erwachte mitten in der Nacht. Die Decke war weg, und sie war vollkommen nackt. Aber sie schämte sich nicht dafür. Sie stützte den Kopf auf einen Arm und sah zu dem schlafenden Logan hinüber. Der Mond schien durch das Fenster und tauchte ihn in sein silbriges Licht. Dunkles Haar bedeckte seine Brust, seine sehnigen, muskulösen Schultern weckten in ihr das Verlangen, erneut in seinen Armen zu liegen. Ihr Blick wanderte über seinen Bauch und weiter nach unten. Der bloße Anblick ließ ihren Körper reagieren.

Er war nun ihr Ehemann. Es war nichts falsch an dem, was sie getan hatten, und es war auch nichts falsch daran, dass sie es gern wieder tun wollte. Sie schmiegte sich an ihn, und ihre Brust strich über seinen Arm. Es hatte sie erstaunt, wie sehr sie es genossen hatte und wie leicht es ihr gefallen war, sich ihm hinzugeben. Möglicherweise war dies der größte Fehler ihres Lebens, aber darüber wollte sie im Augenblick nicht nachdenken.

Sie wollte erneut von Logan berührt werden, wollte wild und leidenschaftlich sein. Sie küsste ihn auf die Wange, dann auf den Hals, und bald fing er an, sich zu regen. Zunehmend mutiger widmete sie sich seiner Brust, küsste sie und rieb mit der Nase über die feinen Härchen. Er umfasste ihr Gesicht mit beiden Händen und zog sie zu sich, um sie zu küssen. Sie schob sich auf ihn und spürte seine Erregung an ihrem Bauch.

Mit der Zunge eroberte er ihren Mund, dann schnappte er nach Luft. „Bist du sicher? Ich möchte nicht, dass du wund wirst."

Sie würde es morgen wahrscheinlich noch spüren, aber das störte sie keineswegs. Zärtlich knabberte sie an seinem Ohrläppchen. „Ich bin sicher."

Er drehte sich mit ihr in den Armen um, sodass er nun auf ihr lag, und strich über ihre Brust, bis hinunter zur Hüfte, dann hielt er inne, um sie zu betrachten. Logan faszinierte und erregte sie. Mit ihren erwachten Instinkten erkannte sie ihre eigene Macht und Schönheit, die wiederum ihn erregten. Das Liebesspiel mit ihm war berauschend. Die süßeste Medizin für jedes Leiden.

Logan fuhr sanft mit einem Finger zwischen ihren Brüsten entlang und küsste sie auf die Schulter, dann wanderte sein Mund zu ihrer rechten Brustknospe. Als er sie mit dem Mund umfing und mit der Zunge neckte, bog Claire den Rücken durch und keuchte auf, während ihre Finger sich in die Laken krallten. Logans linke Hand schob sich zwischen ihre Beine, streichelte und liebkoste sie. Sie stöhnte auf, eine heiße Woge der Leidenschaft riss sie mit sich.

Mit dem Mund an ihrer Brust und einem Finger in ihr brachte er sie dem Höhepunkt nahe. Aber dann zog er seine Hand zurück, was ihr ein Wimmern entlockte, und am liebsten hätte sie ihn angebettelt, nicht aufzuhören. Mit einem Seufzen wartete sie darauf, dass er vollendete, was er begonnen hatte, doch zu ihrer Überraschung richtete er sich auf und zog sie auf seinen Schoß.

Sie setzte sich rittlings über ihn und hielt sich an ihm fest, als er in sie eindrang. Ihr Körper antwortete mit einem wohligen Schauer, und Logan veränderte ihre Position ein wenig, sodass sie ihre Beine um ihn schlingen konnte. Mit einer Hand an ihrem Hinterkopf dirigierte er sie in einen weiteren Kuss, und ihre Lippen vereinten sich ebenso wie ihre Körper.

Sie klammerte sich an ihn, ihr Haar fiel ihr über den Rücken und kitzelte ihren nackten Po. Er hob sie ein wenig an und bewegte sich in ihr, doch es dauerte nicht lang, bis Claire der Woge der Ekstase erlag. Logan versank mit kurzen, gleichmäßigen Stößen in ihr, und sein Erschauern kam beinahe zeitgleich mit ihrem.

Claire bebte, und wieder liefen ihr Tränen über das Gesicht. „Schsch …", raunte Logan zwischen zwei Küssen. „Nicht weinen, Schatz."

Sie schloss die Augen und vergrub ihr Gesicht an seinem Hals. In dieser innigen Umarmung blieben sie eine Weile auf dem Bett sitzen. „Mir geht's gut", beharrte sie. So viel Emotionalität war ihr peinlich, und sie fragte sich, wo dieser Sturm der Gefühle auf einmal herkam.

Logan zog sie noch fester an sich, ihre nackten Körper schmiegten sich in der Dunkelheit aneinander. Der Geruch ihres Liebesspiels hing in der Luft, was ihr seltsamerweise ein Gefühl von Verbundenheit gab – nicht als Bekannte, nicht als Freunde, sondern als Liebende. Sehnsucht nach ihm durchströmte ihren Körper, selbst jetzt, wo er noch mit ihr vereint war.

„Davon hab ich geträumt", murmelte er. „Seit der Nacht vor ein paar Monaten, als ich dich in meinem Bett gefunden hab."

Sie schniefte und lachte, dann seufzte sie auf. Ihr Verstand und ihr Herz waren vollkommen durcheinander. Verblüfft von ihrem Verlangen nach ihm, küsste sie ihn hinter dem Ohr, kostete ihn, süß und gierig zugleich.

„Ich hatte ja keine Ahnung", murmelte sie. Es ließ sich nicht leugnen, dass er ihr seit ihrer ersten Begegnung nicht mehr aus dem Kopf gegangen war, aber sie hätte nie mit dieser Gier gerechnet, von der sie in dieser Nacht verzehrt wurde. Dass es so etwas zwischen ihnen geben konnte, hatte sie nicht erwartet. „Das hast du gut versteckt."

„Hätte ich es nicht versteckt, wärst du vielleicht auf der Ranch geblieben." Er lehnte sich zurück und sah sie fragend an.

„Ich musste hierher zurück", sagte sie leise.

Er küsste sie mit geöffneten Lippen, und ein paar ihrer

Haarsträhnen verirrten sich zwischen ihre Münder. „Dann ist es umso besser, dass ich dir gefolgt bin. Sonst wäre Shorty jetzt wohl hier bei dir." Seine Zunge schob sich zwischen ihre Lippen und erkundete leidenschaftlich ihren Mund.

Benommen von dem Kuss, vollkommen wehrlos, antwortete sie aufrichtig: „Ich bin froh, dass du bei mir bist, nicht er."

„Das ist doch ein guter Anfang."

Und zu ihrem großen Erstaunen und Vergnügen liebte er sie ein weiteres Mal.

---

CLAIRE SCHRECKTE AUS DEM SCHLAF. Logan stand, nur mit einer Hose bekleidet, an der geöffneten Zimmertür und ließ jemanden rein.

„Louisa!", rief sie erstaunt. Sie setzte sich auf und bedeckte mit dem Laken ihre Blöße. „Was machst du denn hier?"

Die temperamentvolle mexikanische Schönheit trug einen viel zu großen Mantel und einen Hut mit breiter Krempe. Als Claire auf ihre Füße blickte und die schweren Stiefel sah, wusste sie, dass etwas nicht stimmte. „Was ist passiert?"

Louisa schloss rasch die Tür hinter sich. „Entschuldigung, ich störe. Ist nicht viel Zeit. Der Besitzer, er wird gleich aufstehen." Sie deutete auf ihre Kleidung. Ihre sonst so verführerische Art war einer Ernsthaftigkeit gewichen, die Claire noch nie an ihr erlebt hatte.

„Ich habe Belle gehört, erst ohne Absicht – aber dann, *sí*, doch mit Absicht. Sie hat gesprochen mit Harry Myers. Er reitet nach Norden, will Frank Griffin suchen. Er redet über Maggie, als wenn er weiß, wo sie ist. Er sagt, er muss in die Berge, und prahlt, er weiß, wo er sie findet."

„Wo?", fragte Claire.

„Harry und Luttrell, sie waren *compadres*, du verstehst? Harry sagt, Luttrell hat in den Bergen einen Schatz versteckt. Er sagt,

Maggie kennt das Versteck. Sie ist in die Berge gegangen, um ihn zu holen."

„Wenn Harry und Teddy so dicke Freunde waren, wieso führt Harry Griffin dann nicht selbst dorthin?", fragte Logan und verschränkte die Arme vor der nackten Brust, was ihm einen anerkennenden Blick von Louisa einbrachte.

Selbst in ihrer aufgewühlten Verfassung konnte die Frau die Augen nicht von ihm lassen, was Claire reichlich ärgerte. Wäre sie selbst nicht gänzlich unbekleidet gewesen, hätte sie sich zwischen die beiden gestellt.

Louisa schüttelte den Kopf. „Ich weiß nicht. Aber viel mehr *importante*: Myers sagt, er und Griffin wollen Maggie töten, wenn sie sie finden."

Claire blieb das Herz stehen. Ihre einzige Hoffnung hatte darin bestanden, dass niemand Maggie bisher gefunden hatte. Vielleicht würde Myers das auch nicht gelingen. Claire hatte ihn nie als sonderlich clever eingeschätzt.

„Ich muss gehen", erklärte Louisa. „Wenn ich mehr erfahre, sage ich dir. Ich will nicht, dass Maggie was passiert, sie war immer gut zu uns." Sie wandte sich an Logan. „Schaust du bitte in den Flur? Ich will nicht, dass mich jemand sieht."

Logan half Louisa, unbemerkt zu verschwinden, dann schloss er die Tür wieder ab. Für einen Moment senkte sich Schweigen über das Zimmer.

„Ich kann mir vorstellen, was du denkst", meinte er schließlich vom anderen Ende des Zimmers her. „Und ich kann nur sagen: Nein."

„Was?"

„Du wirst Myers nicht folgen."

„Jemand muss es aber tun", entgegnete Claire.

„Ich werde das tun. Ich möchte, dass du bei Tia bleibst. Verlass die Stadt, und achte darauf, dass niemand weiß, wohin du gehst."

Claire zog die Knie an die Brust und umschlang sie mit den Armen. Sie hielt sich weiterhin mit dem Laken bedeckt, obwohl

Logan schon alles von ihr gesehen hatte, und schüttelte den Kopf. „Nein, ich will mitkommen."

„Ich bin dagegen. Es ist zu gefährlich."

„Du bist nicht verpflichtet, überhaupt etwas zu unternehmen. Du kennst meine Mutter ja nicht einmal und hast auch mit Myers oder Griffin nichts zu schaffen. Warum machst du das?"

„Du irrst dich", erwiderte er. „Ich stecke mittendrin. Du bist meine Ehefrau."

Diese Aussage traf sie wie ein Schlag, und sie starrte ihn wortlos an. Logan würde davonreiten, bis an die Zähne bewaffnet, um ihr zu helfen. Das mochte edel und schmeichelhaft sein, etwas, das sie nie von einem Mann erwartet hätte, aber es bereitete ihr auch Sorge. Falls Logan starb, wäre es allein ihre Schuld.

„Weil ich deine Frau bin", sagte sie langsam, „will ich dich begleiten. Ich kann – und ich *werde* – dich nicht allein lassen."

Logan fuhr sich durch die zerzausten Haare und blickte zu Boden, aber er kam nicht zum Bett zurück, nicht zu ihr. Claire wollte von ihm berührt werden, wie er es die ganze Nacht getan hatte. Sie wollte sicherstellen, dass er nicht einen Moment lang an Louisa dachte, auch wenn die in ihrem Aufzug wenig attraktiv ausgesehen hatte.

„Wir haben nicht viel Zeit", drängte sie mit rauer Stimme und eindeutigen Absichten. Frauen hatten schon immer ihren Körper eingesetzt, um zu bekommen, was sie wollten, warum sollte sie das nicht auch tun? Außerdem wollte sie ihn. „Komm zurück ins Bett." Sie zog das Laken weg.

Das Verlangen war ihm anzusehen, im Gesicht und auch tiefer, was seine Hose nicht verbergen konnte. Er durchquerte das Zimmer und blieb vor dem Bett stehen. Sein Blick glitt über sie, Hitze und erregende Erwartung breiteten sich in ihr aus.

„Dir ist doch klar, dass Myers und Griffin nach dir suchen werden, sobald sie die Zeitung von heute aufschlagen."

„Ich sag ja, uns bleibt nicht viel Zeit."

Er blickte ihr tief in die Augen, sein Missmut über ihre Sturheit war deutlich zu spüren.

„Du hältst dich nahe bei mir und tust, was ich sage." Er zog sich die Hose aus, berührte sie aber nicht.

Claire verstand, dass er nicht nur Myers meinte, sondern auch ihr Liebesspiel. „Einverstanden", willigte sie ein.

Er zog ihre Beine über die Bettkante. Erst als er ganz in ihr war, beugte er sich vor und küsste sie. Wild und ungestüm endete ihre Vereinigung schnell in Erfüllung.

## Kapitel Vierzehn

Als sie am Morgen die Stadt verließen, ritt Claire auf einem Pferd, das Logan ihr gekauft hatte, weil Reverend seiner Meinung nach noch etwas Ruhe brauchte. Sie nahmen den gleichen Weg wie vor ein paar Tagen, nach Norden, Richtung Cimarron. Damals hatte Claire nur vorgegeben, dass sie verheiratet sei. Nun war diese Behauptung Wirklichkeit geworden.

Logan schien eine ungefähre Ahnung davon zu haben, wohin es ging, und wusste offenbar, was er tat. Claire hing schweigend ihren Gedanken nach und fragte sich, ob die Suche nach Harry Myers wohl von Erfolg gekrönt sein oder sich als reine Zeitverschwendung entpuppen würde. Würden sie es schaffen, ihre Mutter finden, bevor es zu spät war? Würden sie Jimmy finden? Claire hoffte es inständig.

Die Sonne schien gleißend auf sie herab, und die weite Ebene der Prärie wirkte beinahe endlos. Claire fand es immer noch unfassbar, dass sie mit Logan verheiratet war. Erst vor einer Woche war er auf den Stufen des „White Dove" aufgetaucht. Es kam ihr so vor, als ob sie sich inmitten eines heftigen Sturms befand, der sie schwindelig machte und sie von den Füßen fegte. Die letzte Nacht bildete keine Ausnahme. Logans Leidenschaft hatte sie überwältigt, verschlungen, hatte all ihre Träume wahr werden lassen und eine Sehnsucht gestillt, von deren Existenz sie bis dahin keine Ahnung gehabt hatte – alles hinter dem respektablen Vorhang der Ehe.

Sie hielten sich westlich von Fort Union und ritten tiefer in den Wald, in dem die großen Kiefern und Zedern über alles zu wachen schienen. Hier kamen sie nur langsam voran.

War Myers vor ihnen? Vor ihrem Aufbruch hatten sie ihn nicht zu sehen bekommen, wofür sie dankbar war, aber das hieß nicht, dass der Mann die Stadt bereits verlassen hatte. Vielleicht hatten Logan und sie sogar einen Vorsprung, sodass sie Maggie und Jimmy zuerst finden würden. Der Gedanke gab ihr Hoffnung.

„Weißt du überhaupt, wo wir hinmüssen?"

„Ungefähr." Sie ritten nebeneinander, und er warf ihr einen Seitenblick zu.

In ihrem Magen breitete sich Hitze aus. Was stimmte nur nicht mit ihr? Sie hatten die ganze Nacht miteinander verbracht. Warum fragte sie sich, wann er sie erneut berühren würde? Und damit meinte sie nicht, wann er ihre Hand halten oder über ihre Wange streicheln würde, sondern wann er ihr die Kleider vom Leib reißen und ihren Körper vor Verlangen erbeben lassen würde.

„Ich will nicht unhöflich klingen, aber wie um alles in der Welt sollen wir Myers oder Griffin finden?", fragte sie. „Müssen wir den ganzen Weg nach Cimarron zurückreiten?"

Logans dunkler Blick ruhte erneut auf ihr. „Wir folgen Sandoval."

„Ach ja?" Sofort war sie von Angst erfüllt. Wie dumm von ihr. Natürlich war Sandoval auch in die Sache verwickelt, wenn Griffin die Finger im Spiel hatte. „Ich wusste nicht einmal, dass er wieder in der Stadt ist."

„Er hat sich bedeckt gehalten. Offenbar hast du ihn an der Schulter erwischt, als du auf ihn geschossen hast. Louisa hat es mir erzählt, als ich dir das Pferd gekauft habe."

Die beiläufige Erwähnung der verführerischen mexikanischen Hure ließ Claire aufhorchen. „Verstehe."

„Sandoval hat die schlechte Angewohnheit, die Tabakreste aus seiner Pfeife zu klopfen, wo er geht und steht."

Claire sah sich auf dem Boden um. „Hast du etwas davon entdeckt?"

Logan nickte.

„Du hast bessere Augen als ich." Sie fragte sich, ob er auch ein *Auge* auf Louisa geworfen hatte. Sie wusste nicht, was schlimmer war: die Todesangst vor Sandoval oder die Angst, Logan könnte sich einer anderen Frau zuwenden. „Woher weißt du, dass er Pfeife raucht?", fragte sie irritiert.

„Ich konnte es neulich an ihm riechen. Es ist eine sehr spezielle Mischung aus Tabak und anderen Zutaten, die man *kinnikinnick* nennt."

„Davon habe ich noch nie gehört."

„Das ist ein Rezept der Indianer. Der Tabak wird mit Weidenrinde oder Sumach-Blättern gemischt, manchmal auch noch mit anderen Sachen."

„Denkst du, er weiß, wo meine Mutter ist?"

„Schwer zu sagen, aber er hat eindeutig ein Ziel. Ich wette, er will sich mit Myers oder Griffin treffen. Also bleiben wir einfach noch eine Weile ein gutes Stück hinter ihm."

„Einverstanden", sagte sie zögernd. Hätte sie die Wahl, würde sie lieber nicht Raul Sandovals Spuren folgen. Logans Gelassenheit beruhigte sie zwar, aber nur ein bisschen. Sie wusste, er würde sie nie absichtlich in Gefahr bringen. Wenn ihr etwas zustieß, dann war sie selbst schuld, denn sie hatte darauf bestanden, mitzukommen. Sie sollte ihm vertrauen. „Wäre ich in Cimarron nicht angeschossen worden, hätten wir die Stadt nicht verlassen und meine Mutter und meinen Bruder vielleicht schon gefunden."

„Aber wir hätten den Schlüssel und die Urkunde nicht entdeckt." Er schob seinen Hut etwas in den Nacken.

„Meine Mutter kann überall hier in den Bergen sein", sagte Claire, entmutigt über das Ausmaß der Aufgabe, die ihnen bevorstand.

„Wir behalten einfach Myers und Griffin im Auge und folgen ihnen, dann schleichen wir uns an ihnen vorbei und sind zuerst bei ihr."

Claire nickte. Sie hoffte bloß, dass sie nicht zu spät kommen würden. Und sie betete, dass Jimmy wohlauf war.

---

DER ABEND DÄMMERTE BEREITS, als sie ein weiteres Mal in Cimarron eintrafen. Logan fragte sich, ob Sandoval zuerst zu dem Haus außerhalb der Stadt reiten würde, in dem Griffin wohnte und wo Claire angeschossen worden war. Er wollte sie nicht allein in der Stadt zurücklassen, daher trug er ihr auf, gut versteckt im Wald zu warten, während er sich auf der Farm umsah. Aber das Haus wirkte verlassen. Die Spuren dreier Pferde führten davon weg, was darauf schließen ließ, dass Sandoval sich mit Griffin und Myers getroffen hatte. Nordwestlich der Stadt fand er ihre Spur wieder. Er holte Claire, und sie machten sich auf den Weg in die Berge.

Nach Einbruch der Nacht sah er sich gezwungen, mit seiner Ehefrau eine Rast einzulegen. Ihm gefiel der Klang dieses Wortes – Ehefrau. Er hatte zwar sein Herz nie wieder einer Frau schenken wollen, doch er wusste, dass Claire es wert war. Er hätte gern mehr Zeit gehabt, damit sie beide sich besser an ihr neues Leben gewöhnen konnten, aber angesichts der aktuellen Situation war dieser Wunsch wohl von Anfang an vergebens gewesen.

Für ihn war das Leben schon immer ein reines Glücksspiel gewesen. Und dieses Mal war er ein hohes Risiko eingegangen. Aber im Grunde hatte er keine Wahl gehabt – Claire bedeutete ihm zu viel, weshalb er nicht riskieren wollte, dass sie noch einmal aus seinem Leben verschwand.

Er errichtete ein Zelt und kümmerte sich um die Pferde, während Claire ihre Sachen auspackte. Ein Feuer konnten sie nicht machen, was Claire ohne Murren akzeptierte. Als er die Pferde anband, wehte auf einmal eine Brise durch die Zweige der

Kiefern, und er genoss diesen stillen Moment. Mit Claire an seiner Seite konnte Logan seine Zukunft fast bildlich vor sich sehen.

Schließlich setzte er sich ihr gegenüber auf einen flachen Stein und bot ihr Brot und Käse an.

„Es fühlt sich immer noch seltsam an, plötzlich verheiratet zu sein." Sie blickte auf das Essen in ihren Händen.

Logan nahm seinen Hut ab. „Bereust du es?"

„Nein. Aber ich wette, du hattest nicht die Absicht, dir eine Frau zuzulegen, als du nach Las Vegas gekommen bist, um dich nach meiner Gesundheit zu erkundigen."

„Nein, eigentlich nicht." Er trank einen Schluck Wasser aus seiner Feldflasche.

„Ich habe auch nie gedacht, dass ich jemals heiraten würde."

„Wegen deiner Ma?"

Sie nickte.

„Das wäre ein ziemlich einsames Leben, meinst du nicht?", fragte er.

Claire riss ein Stück Brot ab und aß es. „Vielleicht. Aber die Mädchen im Saloon … Sie leben auch eine ganz eigene Art von Freiheit."

„Wie das?"

„Sie können kommen und gehen, wie sie wollen. Da war mal eine Frau, die eine Weile im ‚White Dove' gearbeitet hat – sie nannte sich Bronco Betty. Sie war ein echtes Original und hat tolle Geschichten erzählt, über Orte, an denen sie gewesen ist, und Dinge, die sie erlebt hat."

„Höre ich da etwa Fernweh in deiner Stimme, Claire?"

Ein wehmütiges Lächeln huschte über ihr Gesicht. „Ich wollte immer gern auf Reisen gehen, um zu sehen, was die Welt sonst noch zu bieten hat. All die Orte und Menschen. Über ein paar Sachen habe ich in Büchern gelesen und stelle es mir großartig vor."

„Du bist eine Romantikerin", sagte er.

„Nein", erwiderte sie etwas zu schnell. „Nur von Natur aus neugierig, schätze ich."

„Du musst dich nicht wie Bronco Betty verkaufen, um die Welt zu sehen."

„Das stimmt. Was die Frauen jede Nacht im ‚White Dove' durchmachen mussten, war alles andere als romantisch, aber den Rest der Zeit über konnten sie tun und lassen, was sie wollten. Sie gehen nicht durch die Stadt und machen sich die ganze Zeit Sorgen, was die Leute wohl über sie denken, weil ohnehin jeder schon das Schlimmste von ihnen annimmt."

„Klingt, als würdest du sie bewundern."

Claire kaute langsam an einem Stück Käse. „Sie waren wohl schon so was wie meine Vorbilder, und sie sind keine schlechten Menschen. Sie haben einfach nur gelernt zu überleben."

„Also belastet es dich, dass du verheiratet bist." Logan fragte sich, warum ihm das nicht früher aufgefallen war. Claire schätzte ihre Freiheit.

„Dich denn nicht?"

Wenn dem so war, war es ihm nicht wichtig. Für ihn überwogen die Vorteile eindeutig die Nachteile. „Nein, eigentlich nicht", erwiderte er. „Ich weiß nicht recht, wie wir an diesen Punkt gekommen sind, aber ich bin ein ehrlicher Kerl, und ich werde dich gut behandeln."

„Du hast viel geopfert."

„Ich bringe keine Opfer."

„Das wirkt aber anders. Du bist schließlich nach Texas zurückgegangen, um deinen Eltern zu helfen."

„Das war für mich kein Opfer. Es war an der Zeit, wieder nach Hause zurückzukehren." Logan blickte zum wolkenlosen Nachthimmel auf. „Aber du hast viel aufgegeben und musstest einiges durchmachen, nur wegen deiner Ma. Du solltest endlich deinem Herzen folgen."

„Tust du das denn?"

Logan zögerte. In den letzten Jahren hatte sein Herz keine

Ruhe gefunden. Die Rückkehr zur heimatlichen Ranch hatte ihm Zeit zur Erholung verschafft und ihm Gelegenheit gegeben, über den Schmerz von Dees Verrat hinwegzukommen. Er antwortete so ehrlich, wie er konnte. „Du bist wie ein Feuer in meinem Blut, Claire. Ich möchte, dass das mit uns gut wird."

Claire sah ihn schweigend an, und Logan stellte sich vor, wie sie als Kind in einem ganz ähnlichen Wald wie diesem hier gesessen hatte und der Taube begegnet war, wie es ihm Tia erzählt hatte. Claire opferte sich für alle auf – ihre Mutter, ihren Bruder, die Frauen im Saloon, denen sie helfen wollte –, aber gleichzeitig verbarg sie ihr Innerstes vor allen um sich herum. Es musste ein kostbarer Moment gewesen sein, als die Taube sich dem Mädchen genähert hatte, das damals für einen winzigen Moment seine Wachsamkeit ablegte.

„Wie geht es weiter, wenn das alles hier überstanden ist?", fragte sie leise.

Er rückte näher zu ihr und strich ihr sanft übers Gesicht. „Ich würde dich gerne mit nach Texas nehmen. Vielleicht finden wir einen Weg, wie du Ärztin werden kannst."

„Dann würdest du also doch ein Opfer bringen. Für mich?"

„Nennen wir es einen Kompromiss."

„Was erwartest du im Gegenzug?"

Er zog sie näher zu sich heran. „Ein Kind oder zwei. Ein gemeinsames Leben."

Er küsste sie, bevor ihr ein Widerspruch über die wundervollen Lippen kommen konnte.

„Dir ist vielleicht nicht bewusst, was hier vor sich geht." Seine Lippen wanderten von ihrem Mund zum Hals, dann sah er sie an und genoss ihr leichtes Erschauern. „Aber diese Magie zwischen uns ist höchst ungewöhnlich."

„Wie die meisten Männer", flüsterte Claire, „misst du Bettgeschichten zu viel Bedeutung bei."

„Bettgeschichten hatte ich vorher, Liebling. Jetzt hätte ich lieber das hier." Seine Küsse wurden leidenschaftlicher, und sein

Verlangen steigerte sich ins Unermessliche, obwohl er sie kaum angefasst hatte. Er wollte sie berühren, eins mit ihr werden und ihr seine Zuneigung zeigen, auf die einzige Weise, die er kannte.

Abrupt stand er auf, suchte nach den Decken und breitete sie auf dem Boden aus. Das Zelt brauchten sie nicht. Er wollte sie sofort, unter freiem Himmel, umgeben vom Duft der Kiefern, während das Feuer der Begierde durch seine Adern pulsierte.

Wortlos kam Claire zu ihm hinüber. Sie küssten sich, und er zog sie fest an sich. Ihr Verlangen war ebenso stark wie seins, als sie die Hände in seinen Haaren vergrub und den Kuss vertiefte. Ineinander verschlungen sanken sie zu Boden. Logan kniete vor ihr und entledigte sich ungeduldig der störenden Kleidung.

Er entblößte ihre Brüste und liebkoste sie mit den Händen und dem Mund. Claire stöhnte lustvoll auf, als er ihr beim Hinlegen half und ihr den Rock und das Unterkleid auszog. Er beugte sich über sie, bereit, in ihr zu versinken.

„Du scheinst zu glauben, dass das hier alles leichter macht", sagte sie atemlos. „Aber es macht alles nur schwerer."

„Du denkst zu viel."

Sie hob den Kopf und küsste ihn, die Hände um sein Gesicht gelegt. Er schob sich auf sie und genoss das Gefühl ihrer Brüste und Oberschenkel an seinem Körper. Dann eroberte er sie mit einem sanften Stoß und sie umfing ihn gierig, nahm ihn in sich auf. Er verlor sich in der Lust ihrer Berührungen, und die Nähe gab ihm beinahe den Rest.

Logan packte ihren Po mit einer Hand, ihr Haar mit der anderen und war nicht in der Lage, seinen Höhepunkt noch lange zurückzuhalten. Mit jedem Stoß füllte er sie aus, rang nach Luft, hauchte ihren Namen. Er wollte das Ende gern hinauszögern, er kämpfte dagegen an.

Er hatte ihr nicht gesagt, dass er sie liebte. Er sagte nie etwas, das er nicht meinte. Aber bei Gott, sie war wie ein Inferno, ein Feuer, das sich in jeden Winkel seines Verstandes und seines

Herzens brannte. Er lehnte den Kopf an ihre Schulter, und für einen Moment überwältigte ihn die Angst, sie zu verlieren.

Er sog ihren Duft ein – sie roch nach Verführung und Sinnlichkeit –, leckte die Stelle zwischen ihren Brüsten, schmeckte Salz und Schweiß. Er blickte an ihren Körpern hinab, zu dem Punkt, an dem sie immer noch miteinander vereint waren, und die Woge der Ekstase riss ihn ein letztes Mal mit. Voller Glut neckte er ihre Brustknospe, verwöhnte sie mit der Zunge, während ihre Finger sich in sein Haar krallten.

Er schützte sie mit einer festen Umarmung vor der nächtlichen Kühle, und ein Urinstinkt ergriff Besitz von ihm. Er wollte, dass sie sein Kind in sich trug, eine unwiderrufliche Verbindung, für alle Zeit. Energisch schob er den Gedanken beiseite, dass sie vielleicht gar nicht bei ihm bleiben wollte. Tief in ihr versenkt fragte er sich, ob sie eine Ahnung davon hatte, wie kopflos er handelte. Benommen von Lust redete er sich ein, dass er das Recht hatte, ihren Körper für sich zu beanspruchen.

Er hatte jedes Recht der Welt, ihr Herz zu beanspruchen.

# Kapitel Fünfzehn

Im Nebel der anbrechenden Morgendämmerung ließ Claire das warme Lager und den schlafenden Logan zurück und stieg auf einen Hügel, um allein zu sein. Sie zwang sich, nur an den Aufstieg zu denken, aber ihre Gedanken schweiften immer wieder zurück zu ihren nächtlichen Aktivitäten.

Logan hatte sie mit einer Intensität geliebt, die sie verängstigt und überwältigt hatte, ihr Verlangen nach ihm aber nur noch verstärkte. Ehrlicherweise musste sie zugeben, dass ihre eigene Leidenschaft seiner in nichts nachgestanden hatte. Sie wollte ihn in sich spüren, wollte dem Feuer erliegen, das seine Berührungen in ihr auslösten.

Der Wald war ruhig, die Stille beinahe erdrückend. Dunst stieg von den Bäumen auf und umwaberte die hohen Kiefernstämme. Claire blieb stehen, schloss die Augen und atmete tief ein. So wie der Nebel den ganzen Wald durchzog, hatte sich Logan mit ihrem Leben verwoben. Aber es waren ihre eigenen Bedürfnisse, die sie an diesen Punkt gebracht hatten.

Logan war davon überzeugt gewesen, das Richtige zu tun, als er sie heiratete, aber sie hätte ihn ohnehin gewählt. Ihre festen Überzeugungen waren ins Wanken geraten, und die Eheschließung war gerade zur rechten Zeit gekommen, die Anziehung zwischen ihnen hätte sich nicht mehr lange verleugnen lassen. Ihre Hilflosigkeit und die Unfähigkeit, einen klaren Gedanken zu fassen, wenn er bei ihr war, frustrierten und irritierten sie. Es schien unvermeidlich, dass ihre Ehe und dieser Traumzustand eines Tages wie ein Kartenhaus in sich zusammenfallen würden. Umso mehr sollte sie es genießen, solange es dauerte, und sich erst später Sorgen darüber machen.

Sie öffnete die Augen und stieg weiter den dicht mit Kiefern, Tannen und Fichten bewachsenen Berghang hinauf. Die Anstrengung half ihr dabei, nicht ständig an den Mann zu denken, in den sie sich sicher verlieben könnte, falls sie es nicht schon längst getan hatte.

An einem Rinnsal, das über einen Felsen hinablief, spritzte sie sich etwas kaltes Wasser ins Gesicht. Plötzlich hörte sie einen überraschten Aufschrei und dann einen halb erstickten Laut. Es klang wie ein Kind. Sie blickte sich um und versuchte, die Richtung zu ermitteln, aus der der Schrei gekommen war. Aus dem Augenwinkel bemerkte sie ein kleines Bein, das hinter einem Felsen verschwand.

„Jimmy?" Der Name entschlüpfte ihren Lippen wie ein atemloses Flehen.

Sie schlängelte sich zwischen den Bäumen hindurch und fragte sich, warum sie den Jungen nicht sehen konnte, sie war doch direkt hinter ihm. Claire verlor zunehmend die Orientierung, Logan würde sich bestimmt schon fragen, wo sie steckte, aber sie war besessen von dem Gedanken, den Jungen zu finden, und rannte ihm nach, bevor er spurlos im Wald verschwinden konnte.

„Warte!", schrie sie.

Sie duckte sich unter einem Zweig weg, rannte um einen Baum herum, ein Ast klatschte ihr auf den Rücken, Haarsträhnen klebten ihr im Gesicht. Die Wunde an ihrer Seite begann zu schmerzen, aber sie wollte nicht stehen bleiben und nachsehen, ob sie wieder blutete.

Ihr Haar blieb an etwas hängen, vielleicht an einem Ast, und riss ihren Kopf schmerzhaft nach hinten. Sie strauchelte, und versuchte, noch im Fallen den Sturz mit den Händen abzufangen. Abgewetzte Stiefel tauchten in ihrem Blickfeld auf, und süßlicher Tabakgeruch stieg ihr in die Nase. Eine Welle der Übelkeit und Panik erfasste sie.

Sandoval packte sie an den Armen und zerrte sie hoch, doch ihre Knie drohten sofort wieder unter ihr nachzugeben. Grinsend entblößte er eine Reihe braun verfärbter Zähne, und seine Augen funkelten bösartig. „Ich hab, was du suchst." Er drehte sie herum und schleifte sie hinter eine Baumgruppe.

„Mach mich los!", schrie der Junge und strampelte, um sich von den Fesseln zu befreien, mit denen man ihn an eine dünne Kiefer gebunden hatte.

*Jimmy!*

„Lass mich frei, hörst du?" Er brüllte wie ein Tier, das dem Jäger in die Falle gegangen war.

Claire riss sich aus Sandovals Griff los und rannte zu ihrem Bruder. Sein blondes Haar war schmutzig, seine braunen Augen starrten sie verängstigt an. Tränen verschleierten ihren Blick.

„Jimmy, ich bin's, Claire."

Er blickte zu ihr auf, als sie zaghaft die Hand nach ihm ausstreckte.

Er zuckte zurück. „Du bist nich' Claire, meine Schwester is' tot."

Sie sah eine geradezu wilde Kreatur vor sich – zerrissenes Hemd, dreckige Hose, abgewetzte Mokassins –, und es war schwer, in ihr den kleinen Jungen wiederzuerkennen, für den sie Geschichten von fremden Ländern und über Helden mit einem Herzen aus Gold erfunden hatte.

„Ich bin nicht tot", sagte sie mit gesenkter Stimme, da Sandoval nur wenige Schritte entfernt stand. „Ich bin hier, um dich zu holen."

Jimmys Blick huschte zu Sandoval und wieder zurück zu ihr. Er hatte Gewicht verloren und war ein Stück gewachsen. Als sie diesmal die Hand nach seiner Wange ausstreckte, zuckte er nicht zurück.

„Ich würde dich nie im Stich lassen", flüsterte sie. „Ich habe in Las Vegas auf dich und Mama gewartet, aber als ihr nicht gekommen seid, habe ich nach euch gesucht. Was machst du denn hier oben?"

In seinem wilden Blick rangen Eifer und Angst miteinander. „Mama sucht nach der Farbe", antwortete er kaum hörbar.

Claire verstand nicht, was er meinte.

Das Klicken eines Revolvers, der entsichert wurde, beendete ihr Gespräch.

„Keine Geheimnisse", sagte Sandoval.

Claire drehte sich zu dem Mexikaner um und stellte sich zwischen ihn und ihren Bruder.

„Ich sag dir gar nichts, du Dreckskerl!", keuchte Jimmy, der sich wieder gegen seine Fesseln wehrte.

Claire bemühte sich, trotz des Ausbruchs ihres Bruders die Ruhe zu bewahren.

„Maggie ist irgendwo hier oben", sagte Sandoval. „Ich werde sie finden." Er sah Jimmy in die Augen. „Sag mir, wo du sie zuletzt gesehen hast, *cadajón*."

„*Du* bist ein Haufen Pferdescheiße!", schrie Jimmy. „Und sie ist genauso verrückt wie du. Der Fluch wird euch beide treffen." Seine kindliche Stimme klang anklagend.

„Das alberne Gerede einer *ambularia*", murmelte Sandoval. „Luttrell macht mir aus seinem Grab heraus keine Angst."

„Du warst ja nicht dabei." Jimmy zerrte energisch an den Fesseln. „Du warst nicht dabei, als die Spinnen kamen!"

„Wovon redest du?", fragte Claire, beunruhigt von der Vorstellung.

„Mama sucht nach Luttrells Schatz. Er hat ihr gesagt, dass er ihn hier in den Bergen versteckt hat, aber als er krank geworden ist, hat er ihn von einer Hexe mit einem Fluch belegen lassen. Wir werden alle hier oben sterben." Er verzog das Gesicht vor Anstrengung und kugelte sich beinahe die Arme aus. „Ich glaub, wir sind nahe dran, denn da waren überall dicke, schwarze Spinnen mit Haaren. Ich bin gerannt, so schnell ich konnte, aber das war gestern. Ich weiß nicht, wo Ma ist", sagte er zu ihr, dann schaute er Sandoval an. „Ich weiß nicht, wo ich war und wie ich hergekommen bin. Ich kann dich nicht zu ihr bringen."

Er verstummte und rang nach Luft, als endlich der achtjährige Junge in ihm wieder zum Vorschein kam. „Sie hat es wahrscheinlich nicht geschafft", flüsterte er.

Zorn und Angst erfüllten Claire, und sie verfluchte ihre Mutter im Geiste für all das hier. Vielleicht geschah es ihr recht, von unaussprechlichen Schrecken heimgesucht zu werden, dachte sie, schämte sich aber sogleich dafür. *Lass es ihr bitte gut gehen*. Jimmy hätte alles Mögliche zustoßen können hier in der Wildnis. Und sie waren noch nicht in Sicherheit.

Sandoval hatte seine Waffe direkt auf sie gerichtet.

„Du musst dir schon etwas mehr Mühe geben, *cadajón*", sagte er. „Was ist mit dir, *puta*? Irgendeine Idee, wo sie ist, *tu madre*?"

Claire dachte an Logan und wusste, er würde nach ihr suchen. Sie klammerte sich an diesen Gedanken, während sie versuchte, einen Fluchtplan zu schmieden. „Mein Ehemann und ich sind dir gefolgt", sagte sie.

Sandoval lachte. „Nur ein *maleficio* könnte dir 'nen Ehemann verschaffen."

Claire zuckte zusammen bei der Unterstellung, sie hätte Logan mit einem bösen Zauber belegt.

„Hast du ihm deine ganzen *medicinas* gezeigt, damit er seinen Schwanz vor deinem Jähzorn schützen kann?"

„Rede nicht so vor Jimmy."

Sandoval hob den Arm und richtete seine Waffe auf ihr Gesicht. Claire hielt den Atem an.

„Treib es nicht zu weit, Señora", zischte er. „Ich puste dir dein kleines Hirn weg und werfe es deinem Bruder zum Fraß vor. Du musst sowieso noch für meine Schulter büßen."

Claire war starr vor Entsetzen. Ihr Herz zog sich in ihrer Brust schmerzhaft zusammen, und sie unterdrückte mit aller Macht ein Wimmern. Wenn er ihr ins Gesicht schoss, würde sie nicht überleben. Würde es auch nicht wollen.

„Bitte, Raul." Der Klang ihrer Stimme erstaunte sie selbst, sie wirkte beinahe freundlich. „Lass uns nach Las Vegas zurückreiten. Das Geld oder Gold oder was auch immer dieser Schatz sein soll, ist uns egal. Jimmy ist noch ein Kind. Zeig ein wenig Gnade, nur ein einziges Mal in deinem Leben."

Sandovals dunkle Augen wurden zu schmalen Schlitzen. „Gnade?" Er verzog spöttisch das Gesicht und zielte weiterhin auf sie. „War mein Vater etwa gnädig, wenn er mich verprügelte, nur weil die Sonne am Himmel stand oder ich in die falsche Richtung geschaut hatte? Du weißt nicht, was Leid ist", sagte er wütend. „Du lässt die Männer nicht ran, aber du hast immer noch nicht kapiert, dass du zu nichts anderem taugst."

Er drückte ihr den Lauf der Waffe gegen die Stirn, und sie taumelte gegen Jimmy.

„Du bist nichts, *ramera*. Aber du hältst dich für was Besseres."

Ihre Schultern begannen zu zittern, dann auch ihre Arme und Beine. Sosehr sie sich auch zusammenriss, das Beben wurde mit jedem Atemzug schlimmer.

Er schnüffelte an ihrem Haar. „Ich kann deine Angst riechen." Seine Stimme war nicht leise genug, dass Jimmy seine Worte nicht mitbekam. Sein böses Lächeln glich eher einer Fratze, und sein Gestank widerte sie an. „Da muss ich an *chapete* denken."

Sie verstand, was er meinte, und Tränen schossen ihr in die Augen. Sie würde den Verstand verlieren, wenn er sie vergewaltigte. Jede Hoffnung, jeder Traum, dass am Ende Gut über Böse triumphieren würde, zersprang in tausend Stücke. Viele hielten sie für stark, aber das stimmte nicht. Sie konnte weder sich selbst noch Jimmy beschützen.

„Ich zeig dir, wo meine Ma ist", rief Jimmy. „Ich versuch, mich zu erinnern. Ich versuch's wirklich, aber nur, wenn du die Finger von meiner Schwester lässt."

Sandoval sah zufrieden aus. „*Cadajón* eilt zu deiner Rettung." Er machte einen Schritt zurück. „Aber nur für den Augenblick. Du wirst für deine Sünden bezahlen, *vagamunda*. Ich will meine Rache, und ich vergesse nie etwas. Ich nehme dir jedes deiner neun Leben."

„Die Sünder werden in der Hölle schmoren", wisperte sie, und Tränen liefen ihr übers Gesicht.

Sandoval lachte verächtlich auf. „In der Hölle? Wir werden alle in *dieser* Welt brennen." Er starrte sie hasserfüllt an. „Manche mehr als andere."

Wie betäubt erkannte Claire, dass Sandoval sie nicht einfach töten würde, sondern etwas viel Schlimmeres mit ihnen vorhatte. Sie musste um jeden Preis eine Möglichkeit finden, damit Jimmy entkam.

Sandoval zwang sie beide, auf das zweite Pferd zu steigen, das er mitgebracht hatte. Claire saß hinter ihrem Bruder, ihre Hände waren, wie die ihres Bruders, am Sattelknauf festgebunden. Sandoval hielt die Zügel in der Hand und ritt voraus.

„Weißt du, wo Mama ist?", flüsterte sie in Jimmys Ohr.

Jimmy schüttelte den Kopf und warf ihr einen Blick über die Schulter zu. Er hatte sichtlich Angst. „Es sieht alles so gleich aus."

Sandoval hörte ihn. „Das Problem löst sich von allein, sobald Maggie bemerkt, dass ich ihre beiden Welpen habe."

Dessen war Claire sich nicht so sicher, doch sie musste sich darauf konzentrieren, Jimmy zu befreien. Sie fragte sich, wo Logan steckte und ob er schon bemerkt hatte, dass ihr etwas zugestoßen war. Folgte er ihnen bereits?

Erst war Logan nur verärgert, dann erfasste ihn Panik. Hinter Claires Verschwinden am frühen Morgen musste mehr stecken als der Wunsch nach ein wenig Ruhe. Zwar wollte er nicht glauben, dass sie ihn freiwillig verlassen hatte – immerhin war ihr Pferd noch da –, aber ganz sicher konnte er sich nicht sein. In der vergangenen Nacht hatten sie das Band zwischen ihnen noch ein wenig fester geknüpft, aber vielleicht war das für Claire zu viel gewesen. Möglicherweise hatte er zu viel Druck auf sie ausgeübt, um ihr Herz für sich zu gewinnen.

Er umrundete zu Pferd in immer weiteren Kreisen das Lager und suchte nach einer Spur von Claire. Er war so abgelenkt, dass er die anderen Pferde erst hörte, als er sie beinahe schon erreicht hatte. Zu seinem Erstaunen traf er auf drei Reiter. Frank Griffin starrte ihn misstrauisch an, Harry Myers schien ehrlich verblüfft, als er in Logan den Mann wiedersah, der ihn bedroht hatte, und Dees Gesicht verlor jegliche Farbe, als sie in ihm den Liebhaber erkannte, den sie vor zwei Jahren hatte sitzen lassen.

„Das kann nicht wahr sein …" Dees Stimme versagte. „Wie zum Teufel hast du mich gefunden?"

„Ich hab schon vor Monaten aufgehört, nach dir zu suchen."

Sie trug dunkelbraune Reitkleidung, ein Hut hing ihr auf den Rücken. Ihr dunkles Haar und der blasse Teint waren noch immer so attraktiv wie früher, aber Logan entging die Traurigkeit nicht, die sich in ihre Züge gegraben hatte.

Er hatte sich oft ausgemalt, ihr noch einmal zu begegnen. Jetzt fühlte es sich jedoch so seltsam an, dass Logan keine Worte fand, um all das auszudrücken, was er so lange mit sich herumgetragen hatte. Er ermahnte sich, dass ihr Wohlergehen nicht mehr seine Sorge war.

„Schön, dich nach der Schießerei in Cimarron wiederzusehen", sagte Griffin mit deutlichem Sarkasmus in der Stimme. „Und woher kennst du meine Schwester?"

„Das ist Logan Ryan", meinte Dee.

„Der Deputy, den du in Virginia City am Hals hattest?"

Sie nickte. „Was machst du hier draußen?", fragte sie, ihre Stimme klang noch immer leicht besorgt.

„Ich suche nach Claire. Sie ist meine Frau." Logan ließ den Blick über die drei Reiter vor ihm schweifen, und ihm wurde klar, dass er sich bei der dritten Hufspur getäuscht hatte. Offenbar gehörte sie doch nicht zu Sandoval. Er schob die Angst beiseite, die ihn gepackt hatte, und zwang sich zu einem neutralen Gesichtsausdruck. Hatte der Mexikaner Claire erwischt?

Griffin lachte. „Erzähl mir nicht, dass du Claire Waters damit meinst."

„Deine Frau?", flüsterte Dee. „Seit wann?"

„Seit Kurzem", erwiderte Logan.

„Und wo ist Ihre entzückende Ehefrau jetzt, Mr Ryan?", höhnte Griffin. „Weggelaufen? Du hättest mich fragen sollen, bevor du sie geheiratet hast. Ich hätte dir sagen können, dass die Waters-Frauen schlüpfrige Schlangen sind. Wie die meisten Huren."

„Ist das deine miese Erklärung dafür, dass du deinen Sohn vernachlässigt hast?", fragte Logan.

Frank stieß einen leisen Fluch aus. „Ich kümmer mich um den kleinen Scheißer. Hab seine Mutter geheiratet."

„Was?", rief Dee. „Du bist mit Maggie verheiratet?"

„Es ist nicht gerade 'ne Traumehe", brummte Frank. „Aber Maggie ist oft ganz nützlich."

In Logans Kopf fügten sich die Teile endlich zu einem Ganzen zusammen. Wenn Luttrell sein Land Maggie überschrieben hätte, wäre es letztendlich Frank in die Hände gefallen. Also hatte Maggie den Plan gefasst, Shorty mit Claire zu verheiraten, um sie später beide nach ihren eigenen Wünschen manipulieren zu können. Ihre Taktik schmeckte Logan nicht, aber er musste zugeben, dass sie offenbar wusste, wie sie bekam, was sie wollte. Auch Claire besaß eine gehörige Portion dieser Sturheit.

Als Logan an seine Frau dachte, wurde ihm bewusst, dass ihre Zukunft ungewiss war, sogar sehr.

„Eine große, glückliche Familie", murmelte Logan zunehmend unruhiger.

„Vielleicht weiß Claire, wo Maggie steckt", sagte Dee. „Vielleicht ist sie deshalb weggelaufen."

„Tja, ist alles besser, als dir zu folgen, Myers", sagte Griffin und warf Harry einen Blick zu.

„Ich weiß, wo's langgeht", behauptete Myers. Er kniff die Augen zusammen und pulte sich mit einem schmutzigen Fingernagel zwischen den Zähnen herum. „Bin mir auf jeden Fall ziemlich sicher, aber ich kann ja nichts dafür, wenn die Weiber alle wie aufgeschreckte Hühner durch die Gegend rennen."

„Wieso bist du so versessen darauf, Maggie zu finden?", wandte sich Logan an Griffin. „Klingt nicht unbedingt so, als würdest du sie wiederhaben wollen, um sie nach Hause zu bringen."

„Sie hat was, das uns gehört … also, Dee gehört."

Dee wurde erneut leichenblass, und sie sank in ihrem Sattel zusammen, was Logan verwunderte. Während ihrer gemeinsamen Zeit in Virginia City war sie voller Leben und Energie gewesen und hatte sich nie von etwas einschüchtern lassen.

„Vertraust du Claire?", fragte Dee ihn.

„Wieso?"

„Es steht so viel auf dem Spiel, und ich will nicht, dass sie dich nur benutzt. Maggie ist so. Nur auf ihren Vorteil bedacht. Sicher hat ihr Charakter auf ihre Tochter abgefärbt."

Logan weigerte sich, das zu glauben.

„Jetzt pass mal gut auf, Ryan", sagte Griffin. „Es ist mir egal, ob du's früher mal mit meiner Schwester getrieben hast. Sie ist sowieso nichts mehr wert, konnte ja nicht mal Luttrell bei der Stange halten, und nur deshalb stecken wir jetzt alle in diesem Schlamassel. Wenn du dich einmischst, leg ich dich um und die schlüpfrige Schlange Claire gleich mit. Maggie hat das Mädchen immer versteckt, und jetzt glaubt sie, sie wär' was Besseres. Nur dass das klar ist: Halt dich da raus."

„Da hast du wohl was nicht richtig verstanden. Ich hätte gedacht, dass du klüger bist."

„Und was soll das bitte heißen?"

„Luttrell hat das Land Claire überschrieben, und da ich ihr Ehemann bin, befindest du dich offiziell auf meinem Land. Alles hier oben gehört mir."

„Blödsinn!", erwiderte Griffin. Er zog seinen Revolver, aber Logan war schneller und hielt seinen bereits in der Hand. Sie starrten einander an.

„Du kannst deine Eier drauf verwetten, dass da nichts draus wird", sagte Griffin. „Dafür werde ich sorgen."

„Ich schieße erst auf Eindringlinge und stelle danach Fragen. Nur damit du Bescheid weißt", entgegnete Logan.

„Das ist das letzte Mal, dass Maggie mich über den Tisch zieht." Griffin senkte die Waffe und sicherte sie wieder. Er lachte, aber es klang bitter. „Du solltest besser aufpassen. Denn wenn Claire unerwartet zur Witwe wird, dann könnte der gute Harry hier in deine gar nicht mal so edlen Schuhe schlüpfen und deinen Platz einnehmen."

„Zu viele Zeugen", meinte Logan.

„Wie gesagt, dass du's mit meiner Schwester getrieben hast, bedeutet gar nichts, stimmt's, Dee?" Griffin lächelte.

Aus dem Augenwinkel sah Logan, wie Dee matt nickte und den Kopf senkte.

„Hier draußen gibt's keine Zeugen", betonte Griffin.

Ein unangenehmes Gefühl breitete sich in Logans Magen aus. Es würde sehr schwer werden, Claire vor Raul Sandoval und Frank Griffin zu beschützen, während er gleichzeitig selbst zur Zielscheibe geworden war. Und wo steckte Claire überhaupt? Sandoval hatte sie vielleicht längst … hatte vielleicht … Bei diesem Gedanken zog sich alles in ihm zusammen.

„Ich werde euch begleiten, solange ihr auf meinem Land seid", sagte Logan. Die Chancen, Claire und Sandoval zu finden, standen besser, wenn er bei Griffin blieb.

„Nur zu. Du reitest voraus, Myers."

Die Bösartigkeit in Griffins Blick strafte seine scheinbare Umgänglichkeit Lügen. Offenbar dachte er, er könnte Logan benutzen, um so Claire und letztendlich auch Maggie aufzuspüren.

Harry wandte sich nach Norden, Griffin bildete die Nachhut. Logan gefiel diese Konstellation zwar nicht, aber er reihte sich mit Claires Pferd neben Dee ein.

Schweigend ritten sie tiefer in den Kiefernwald, wo die grüne Eintönigkeit nur hier und da von den gelben Blättern und der weißen Rinde einer Espe unterbrochen wurde.

„Ich sollte dir wohl gratulieren", sagte Dee nach einer Weile leise. „Lebst du noch in Virginia City?"

„Nein, ich bin wieder bei meinen Eltern in Texas."

„Dann bist du kein Deputy mehr?"

„Nein."

„Schon seltsam", murmelte sie. „Du warst mit solcher Hingabe bei der Sache."

Sie wandte den Blick ab, aber ihm entging nicht, dass sie die Augen zusammenkniff. Zorn erfasste ihn.

„Und wofür hast du dich so hingegeben?", fragte er brüsk.

„Du hast keine Ahnung, was ich durchgemacht habe." Sie presste die Lippen aufeinander.

„Du hast dich nicht mal verabschiedet. Meinst du nicht, ich hätte wenigstens eine Erklärung verdient?"

Sie ritten über eine Ebene, nachdem sie den Hügel überquert hatten, auf dem er in der vergangenen Nacht sein Lager mit Claire aufgeschlagen hatte. Es war bereits Mittag und brütend heiß. Logans Gereiztheit stieg von Minute zu Minute. Normalerweise nahm er das Kommen und Gehen der Menschen in seinem Leben gleichmütig hin, aber Dees Verschwinden hatte ihn tief erschüttert, ebenso wie Claires. Er hatte keine Ahnung, was er für sich daraus schließen sollte.

„Dafür war keine Zeit", erwiderte Dee. „Es tut mir leid. Vielleicht hätten wir es doch noch hingekriegt."

„Reue wegen Luttrell?"

Dee blickte nach vorn. „Ich bereue eine Menge."

„Ja, ich auch", antwortete er aufrichtig.

Dee betupfte sich mit ihrem dunkelblauen Schal die Stirn. „Ich bin schon ein bisschen neugierig, wie du Claire kennengelernt hast. Sie ist vor ein paar Monaten einfach so verschwunden, und die Leute in der Stadt sind schon vom Schlimmsten ausgegangen. Hattest du was damit zu tun?"

Logan sah sie an, ihre Worte erstaunten ihn. Unsicherheit stand ihr ins Gesicht geschrieben, ein Gesicht, das ihm einst so vertraut gewesen war. Unerwartet traf ihn die Reue, über die sie gerade noch gesprochen hatten.

„Nein", sagte er. „Aber ich werde die Bastarde töten, die dafür verantwortlich waren."

Er war umgeben von gefährlichen Männern und einer ehemaligen Verlobten, deren Anblick ihn noch immer wütend machte, aber Logans Gedanken kreisten einzig und allein um seine größte Angst: Claire zu verlieren. Er wollte sie um jeden Preis unverletzt aus diesen Bergen rausbringen, doch er konnte nur beten, dass sie noch am Leben war. Denn falls nicht, würden Logans Vorstellungen von Recht und Gesetz ihn dieses Mal nicht davon abhalten, diese Männer nach allen Regeln der Kunst zum Teufel zu schicken.

# Kapitel Sechzehn

S andoval trieb sie gnadenlos an, weiter in die Berge hinein. Claire hatte keine Ahnung, wo sie waren, und konnte nur hoffen, dass Jimmy irgendetwas in der Landschaft wiedererkennen würde, aber es war auch verständlich, warum er solche Schwierigkeiten hatte, ihre Mutter zu finden. Im Sangre-de-Cristo-Gebirge ähnelten sich die Waldgebiete sehr und boten daher eine hervorragende Zuflucht. Wenn ihr und Jimmy die Flucht gelingen sollte, in welche Richtung sollten sie sich wenden? Sie war so erschöpft und kurz davor, einfach aufzugeben.

Eineinhalb Tage waren sie schon unterwegs, und nur selten gab es Essen und Wasser. Jimmy hatte ihr erzählt, dass Maggie mit ihm auf der Suche nach dem Schatz die Berge durchstreift hatte. Sie wollte das Land absuchen, das Luttrell im Zuge der Maxwell'schen Landschenkung bekommen hatte. Jimmy hatte ihr das bei einer Rast unter dem nächtlichen Sternenhimmel zugeflüstert, und Claire war stolz auf die Reife in seiner Stimme, den Umfang seines Wissens. Er war erst acht Jahre alt, aber den kleinen Jungen, der er einst gewesen war, gab es nicht mehr. Sie hatte seine blinde Wut bereits miterlebt, und es hatte ihr Angst gemacht. Einer dieser Wutausbrüche könnte ihn womöglich verletzen oder gar töten.

Jimmy hatte ihr berichtet, dass er tagelang mit ihrer Mutter unterwegs gewesen war, vielleicht sogar wochenlang, er erinnerte sich nicht mehr so genau. Dann war da die seltsame Geschichte mit den Spinnen gewesen, und er war weggelaufen, hatte sich dann aber in den Bergen verirrt – er versicherte ihr, dass es nicht allzu lange gewesen sein konnte –, bis Sandoval ihn erwischte. „Und dann kam dein Geist durch die Bäume", hatte Jimmy gesagt.

Claire hatte ihn fest in die Arme genommen. Trotz seines großspurigen Auftretens war Jimmy immer noch ein kleiner Junge, abergläubisch und leicht zu beeindrucken von den guten und den bösen Dingen der Welt.

Für Claire wurde offensichtlich, dass Sandoval keineswegs die Absicht hatte, sich mit Frank Griffin oder Harry Myers zu treffen. Der Schatz musste enorm sein, wenn er ihn nicht teilen wollte. Er hielt sich von ihr und Jimmy fern, aber Claire war nur mäßig dankbar dafür, denn sie wusste, dass sich das schnell ändern konnte. Er gab ihnen nur wenig zu essen und fesselte sie an Händen und Füßen, wenn sie im Sattel saßen. Ihre Kräfte ließen langsam nach. Sie musste etwas unternehmen.

An diesem Tag regnete es in Strömen, und Claire versuchte, ihren zitternden Bruder im Sattel vor sich abzuschirmen, auch wenn ihr selbst eiskalt war. Das einzig Gute am Regen war, dass er ihnen den Dreck abwusch. Die grauen Wolken hingen sehr tief, und sie ritten durch dichten Nebel. Als sie sich der Bergspitze näherten, entdeckte Claire links von ihnen eine Lichtung zwischen den Kiefern. Die Bäume boten ihnen zumindest etwas Schutz vor dem Regen, aber Claire sehnte sich nur noch nach Trockenheit und Wärme.

„Wir müssen anhalten." Sie war selbst erstaunt über ihren nachdrücklichen Tonfall.

Sandovals Desinteresse an seinen Gefangenen hatte sie mutiger gemacht. Ihr war ein wenig schwindelig, und sie musste beinahe lachen. Sie hatte immer nur Angst vor ihm gehabt. Die Vorstellung, ihn zu besiegen, war berauschend.

„Nein, wir werden verfolgt."

Erleichterung füllte ihr Herz. *Logan.*

„Claire", flüsterte Jimmy und verdrehte den Hals. „Das hier kommt mir bekannt vor."

„Schsch. Er soll dich doch nicht hören."

„Die Kapelle." Er nickte nach rechts.

Claire kniff die Augen zusammen und versuchte, in den Nebelschwaden etwas zu erkennen. „Ich glaube, da ist tatsächlich ein Gebäude. Woher weißt du, dass es eine Kapelle ist?"

„So hat Ma es genannt. Sie hat mir gesagt, ich soll da nicht hin, aber ich hab's trotzdem gemacht und da gebetet."

„Wofür?"

„Für dich und deine Seele im Himmel. Ich hab ihr gesagt, dass du die Sterne küsst und auf uns aufpasst. Aber meine Gebete haben noch viel besser gewirkt. Sie haben dich zurückgebracht."

Claire spürte einen dicken Kloß im Hals. Jimmys Worte brachen ihr beinahe das Herz. Ihre Mutter musste verrückt geworden sein. Wut brodelte in ihr hoch. Es war doch Wahnsinn, Jimmy mit in die Wildnis zu nehmen und ihn dann auch noch zu verlieren. Für Claire war das unverzeihlich, wie so vieles, was Maggie ihr und Jimmy zugemutet hatte.

Claire warf einen Blick über ihre Schulter und versuchte, irgendetwas zu erkennen, irgendjemanden. Sandoval hatte dafür gesorgt, dass sie nicht vom Pferd springen und weglaufen konnte, indem er ihre Beine an die Steigbügel gebunden hatte. Ihre Hände waren ebenfalls gefesselt, so wie Jimmys, aber seine Füße waren frei.

Wenn Logan ihnen folgte, wie weit hinter ihnen mochte er wohl sein?

Nicht allzu weit, vermutete sie, denn Sandoval hatte es immerhin bemerkt.

Sie nahm allen Mut zusammen und hoffte inständig, das Richtige zu tun.

„Jimmy", flüsterte sie ihm ins Ohr. „Ich will, dass du fliehst. Ein

Mann namens Logan folgt uns. Lauf den Weg zurück, auf dem wir gekommen sind, und such nach ihm."

Jimmy zuckte nicht mit der Wimper, er drehte sich nicht um und erhob auch nicht die Stimme.

„Ich lasse dich vorsichtig vom Pferd rutschen", flüsterte sie. „Versteck dich, bis wir außer Sichtweite sind, dann renn, so schnell du kannst."

Jimmys schmale Schultern hoben und senkten sich, dann nickte er, und sein Kopf stieß dabei gegen ihr Kinn. Claire hielt den Blick auf Sandovals Rücken gerichtet, während sie weiter durch das schlammige Gelände ritten und der Regen auf sie einprasselte. Mit ihren gefesselten Händen mühte sie sich damit ab, Jimmys Bein über den Sattelknauf zu heben, er drehte sich im Sattel nach rechts. Regenwasser lief ihr in die Augen und machte es schwierig, sich auf das dichte Gebüsch in der Nähe zu konzentrieren. Sie drückte Jimmys Bein zum Zeichen, dass er sich bereithalten sollte.

Mit einer schnellen Bewegung ließ sie ihn zu Boden gleiten. Ihre Arm- und Bauchmuskeln protestierten schmerzhaft, ihr Herz raste vor Aufregung. Sie hielt sich weiter aufrecht, als wäre nichts gewesen, und fixierte Sandovals Rücken mit ihrem Blick. Fast unbemerkt verschwand Jimmy hinter einem Busch. Zitternd versuchte Claire, keine Aufmerksamkeit zu erregen. Mit jeder weiteren Sekunde wuchs die Chance, dass Jimmy entkommen konnte.

Claire blinzelte heftig, und ihre Tränen mischten sich mit dem Regen auf ihrem Gesicht. Sie musste sich darauf einstellen, dass Sandoval sie bestrafen würde, sobald er Jimmys Flucht bemerkte, doch sie musste ihrem Bruder so viel Zeit wie möglich verschaffen. Hoffentlich würde es reichen.

Ihr war schlecht vor Angst bei der Vorstellung, was Sandoval ihr antun würde. Ihr Mut verflog. Ihre Gedanken schweiften zu Logan. Sie hatte von einem glücklichen Ende geträumt, und einen kurzen Augenblick lang hatte ihr Herz geglaubt, es mit ihm zu bekommen. Panik erfasste sie, ebenso wie Bedauern. Am Ende war es doch dumm gewesen, darauf zu hoffen.

---

HARRY MYERS und Frank Griffin waren gefährlich, doch für Logan bedeutete Dee das größere Risiko. Auf die beiden Männer hatte er Tag und Nacht ein wachsames Auge, aber Dees trauriges Gesicht und ihre neugierigen Fragen nach seinem Leben in den letzten zwei Jahren setzten ihm mehr zu, als die Männer es konnten.

Logan liebte Dee nicht, aber sie wiederzusehen und Zeit mit ihr zu verbringen, brachte jede Menge Bedauern mit sich, das er längst überwunden geglaubt hatte. Er würde ihr nie wieder vertrauen können, aber sie wirkte so hilflos. Das lag offenbar auch an ihrem Bruder. Frank behandelte sie schlecht, und Logan fühlte sich ihr gegenüber irgendwie immer noch verantwortlich. Sehr zu seinem eigenen Missfallen. Und er fragte sich, ob er wohl ein weiteres Mal in seinem Leben an der Nase herumgeführt wurde.

Neben diesen verwirrenden Gefühlen war sein drängendstes Bedürfnis aber, Claire zu finden. Sobald sie wieder an seiner Seite war, würde er auch wieder klar denken können. Mit jeder Stunde, in der er nicht wusste, ob es ihr gut ging, schwand seine Geduld mehr, und seine Wut wurde stärker.

Der Regen ließ schließlich nach, und das trübe Licht nach dem Sturm verlieh dem Wald ein unwirkliches Aussehen, als wären die Bäume ihrer Farben beraubt worden. Feuchtigkeit hing schwer in der Luft, und Logans Kleidung klebte ihm am ganzen Körper. Er warf Dee einen Seitenblick zu, als sie sich das nasse Haar aus dem Gesicht strich. Die feuchte Luft im Wald machte ihnen allen zu schaffen.

Eine Bewegung zwischen den Bäumen erregte Logans Aufmerksamkeit, und er zog seinen Revolver, während Griffin vom Pferd stieg. Ein dürrer, verwildert aussehender Junge kam aus dem Nebel, und Frank packte ihn. Der Bengel schrie wie am Spieß.

„Jimmy!", rief Griffin. „Verdammt, jetzt beruhig dich."

„Nein! Nein!" Jimmy strampelte, um sich aus Franks Griff zu befreien.

Griffin verpasste dem Jungen eine Ohrfeige, die den schmächtigen Körper zu Boden schickte. Mit wenigen Schritten war Logan bei ihnen, stellte sich schützend vor Claires kleinen Bruder, und seine Faust traf Frank zielgenau am Kiefer. *Verdammt, fühlt sich das gut an.*

Myers wollte ihn von hinten überwältigen, aber Logan rammte ihm den Ellbogen ins Gesicht und riss ihm den Revolver aus der Hand. Er trat ihm in den Magen, dann richtete er die Waffe auf Myers. Der rang nach Atem, und Blut lief ihm übers Gesicht.

Logan hörte ein Klicken und sah, dass Griffin nun die Oberhand hatte. Er hatte Jimmy an den Haaren gepackt und hielt ihm seinen Revolver an den Kopf. Jimmys Hände waren gefesselt, aber der trotzige Blick des Jungen verriet Logan, dass er leichtsinnig genug war, es selbst mit Griffin aufnehmen zu wollen.

„Weg damit", sagte Griffin.

Logan ließ die beiden Revolver fallen.

Myers beeilte sich, sie aufzuheben. „Ich hoff für dich, dass du mir nich' die Nase gebrochen hast", jammerte er.

Er fasste einen der Revolver am langen Lauf und schlug Logan damit ins Gesicht, dann grunzte er zufrieden. Es kostete Logan größte Anstrengung, nicht zurückzuschlagen, sondern Myers nur mit einem grimmigen Blick zu durchbohren. Myers machte verunsichert einen Schritt nach hinten.

„Sag uns, wo Maggie ist", forderte Griffin den Jungen auf.

Logan musterte Jimmy. Er sah Claire sehr ähnlich, dasselbe blonde Haar, das kantige Gesicht, dieser Ausdruck in ihren Augen, der von einem Leben zeugte, das ihnen übel mitgespielt hatte.

„Ich hab nach ihr gesucht, konnte sie aber nicht finden", erwiderte Jimmy. Sein Blick huschte über die Anwesenden. „Bist du Logan?"

Logan nickte.

„Ich hab gebetet, aber ich glaub, es hilft nich'. Er wird sie umbringen."

„Wovon zum Teufel redest du?", fragte Griffin.

„Sandoval hat Claire", sagte Jimmy.

Logan gefror das Blut in den Adern. „Wo?"

„Vor uns. Ich bin gerannt, aber wenn du den Weg entlanggehst, auf dem ich gekommen bin, findest du sie bestimmt. Aber du musst dich beeilen!"

„Also ich renne sicher nicht hinter Claire her, wenn Maggie nicht bei ihr ist", erklärte Griffin. „Von mir aus kann Sandoval sie behalten. Sag mir, wo deine Mutter ist, James, dann tue ich dir auch nicht weh." Er packte fester zu, und Jimmy zuckte vor Schmerzen zusammen.

„Ich hab doch gesagt, ich weiß es nicht." Tränen traten dem Jungen in die Augen. „Ich hab sie schon vor Tagen verloren, da, wo die Spinnen waren."

„Ach ja?", erwiderte Griffin. „Das ist einen halben Tagesritt von hier entfernt."

„Siehst du, ich habe doch gesagt, ich weiß, wo wir hinmüssen", mischte sich Myers ein.

„Werden wir sehen", murmelte Griffin. „Ich glaub nicht, dass sie da noch ist, Jimmy. Wo ist sie danach hin?"

„Weiß ich nicht." Das Gesicht des Jungen drückte pure Verzweiflung aus.

„Das ist Blödsinn!" Griffin schlug Jimmy erneut ins Gesicht.

„Hör auf damit!", schrie Dee. „Hör auf, ihn zu schlagen, Frank!" Sie glitt aus dem Sattel.

Als sie einen Schritt nach vorn machte, sah Logan die Waffe in ihrer Hand. Sie zitterte und nahm die zweite Hand zu Hilfe.

„Denkst du wirklich, du bekommst die Antwort, wenn du ihn verprügelst?", fragte sie. „Wir verschwenden hier nur unsere Zeit. Wir sollten versuchen, Sandoval und Claire zu finden. Wenn Harry Maggie nicht aufspüren kann, dann können sie uns vielleicht zu ihr führen. Wir dürfen nicht zulassen, dass die beiden zuerst bei ihr sind, oder?"

Griffin starrte sie an. „Steck die Waffe weg, Dee. Ich sag's nicht noch mal."

Angst stand ihr ins Gesicht geschrieben, und sie schluckte schwer. „Schon gut, tut mir leid." Sie ließ langsam die Hände sinken. „Aber er ist doch noch ein Kind."

„Sag mir nie wieder, was ich zu tun habe." Er schubste Jimmy in ihre Richtung. „Wenn dir so viel an ihm liegt, dann kümmere du dich doch um ihn."

Griffin machte einen Schritt nach vorn und grinste Logan hämisch an. „Ich habe dich wegen Dee mitkommen lassen, aber wenn du mir noch mal eine reinhaust, ist es damit vorbei. Ich werd den Leuten wehtun, die dir am wichtigsten sind."

„So wie du denen wehtust, die dir nahestehen?"

„Wenn sie nicht tun, was ich sage." Er ging zu Dee und riss ihr die Waffe aus der Hand. „Ich denke, nur Myers und ich sollten Waffen tragen." Er zog auch Logans Gewehr aus dem Holster an Storms Sattel.

Logan blieb reglos stehen und hoffte, Griffin würde ihn nicht abtasten.

„Mach doch wenigstens die Fesseln ab", bat Dee und schlang einen Arm um Jimmys Schultern.

Griffin blieb stehen und musterte seinen Sohn kurz. Dann zog er ein Messer aus dem Gürtel und schnitt die Fesseln von seinen Handgelenken. „Wir suchen nach Sandoval." Er ging zu seinem Pferd, während Myers sich weiter vorsichtig im Hintergrund hielt.

„Jimmy kann bei mir mitreiten", sagte Logan.

Dee hatte die wunde Haut an Jimmys Handgelenken untersucht und sah Logan nun an. „Lass mich das zuerst verbinden."

„Dann beeil dich besser damit", rief Griffin.

Logan hatte es ebenfalls eilig. Für Claire zählte jede Sekunde. „Ich erledige das unterwegs."

„Ich weiß nicht, wie du in das Ganze reingeraten bist", murmelte Dee. „Aber du willst Frank nicht zum Feind haben." Sie holte ein paar Streifen Stoff aus ihrer Satteltasche und reichte sie ihm. „Machst du das alles ihretwegen?"

„Es gab mal eine Zeit, da hätte ich das auch für dich getan."

Einen Moment lang hingen Logans Worte zwischen ihnen, dann hob er Jimmy auf Storms Rücken und stieg hinter ihm auf. Er hatte zwar auch noch Claires Pferd, aber Jimmy wirkte zu schwach, um allein zu reiten.

„Wer bist du?", fragte Jimmy.

Logan trieb sein Pferd an.

„Halt die Zügel, während ich dich verbinde. Ich bin Claires Ehemann."

Jimmy packte die ledernen Zügel. „Das macht dich dann zu meinem … Bruder?"

Logan verband rasch die Handgelenke des Jungen. „Ja, so in der Art. Du gehörst jetzt zu meiner Familie."

Logan nahm ihm die Zügel wieder ab, und Jimmy rieb sich über die Wange, auf die Griffin ihn zweimal geschlagen hatte.

„Das ist gut. Ich wünsch mir schon lange eine neue Familie."

„Es wird sich einiges ändern, Jimmy. Ich werde dafür sorgen."

Der Junge verrenkte sich den Hals, um ihn ansehen zu können. „Claire muss dich ganz schön lieben. Sie hat nämlich immer behauptet, sie würde nie heiraten."

Logan war sich da zwar nicht so sicher, aber es gab ihm immerhin ein wenig Hoffnung.

# Kapitel Siebzehn

Claire ging zu Boden, als Sandoval ihr ins Gesicht schlug.
„Wo ist er?", schrie er.

Ihr war schwindelig, die Bäume schienen sich um sie zu drehen. Sie hockte auf allen vieren und versuchte, nicht an das letzte Mal zu denken, als sie in dieser Position gewesen war. Die Angst ließ Übelkeit in ihr aufsteigen, und sie musste sich heftig übergeben, obwohl sie kaum etwas im Magen hatte.

Tränen tropften ihr von der Nase. Mit zittrigen Fingern wischte sie sich den Mund ab und stellte fest, dass sie blutete. Sie unterdrückte ein Schluchzen.

Sandoval packte sie an den Armen. „Hast du ihn losgeschickt, damit er Hilfe holt? Der Kleine findet sich nicht mal in einem Scheißhaus zurecht. Du hast ihn in den sicheren Tod geschickt."

„Du bringst uns doch sowieso um", sagte sie und betete, dass sie Jimmy genug Zeit verschafft hatte. Die untergehende Sonne verriet ihr, dass er mindestens eine Stunde Vorsprung hatte, wenn nicht sogar mehr.

Sandoval starrte sie einen Moment lang an, dann schüttelte er lachend den Kopf. *„Puta."* Sein Gesicht kam ihrem viel zu nah. „Hure. Du bist nichts. Du solltest auf Knien um dein Leben betteln. Damals hast du vielleicht dein *ponsión negra* auf mich gezaubert, aber wo sind deine Zaubertränke jetzt, he?"

„Du hast Luttrell ermordet, nicht wahr?" Sie war verzweifelt bemüht, ihn abzulenken.

„Luttrell war eine dreckige Ratte, und Maggie hat für ihn die Beine breit gemacht. Aber das nützt ihr jetzt auch nichts mehr. Willst du für mich die Beine breit machen?" Er grinste und streichelte ihr über die Wange, dann blickte er an ihr hinab. „*Sangre.*" Sein nach Tabak stinkender Atem strich ihr heiß übers Gesicht, und sie bog den Kopf so weit wie möglich nach hinten, um jeglichen Kontakt zu vermeiden. „Du blutest", sagte er angewidert.

Sie sah den roten Fleck auf ihrem Hemd und rang nach Luft wie eine Ertrinkende, als sie sich der Schmerzen in ihrer Seite wieder bewusst wurde. Sie schloss die Augen und fragte sich, wie schnell sie wohl ihr Ende finden würde.

---

„WIE WEIT VOR uns sind sie wohl?" Logan drehte sich zu Jimmy.

„Ein Stück. Bin mir nich' sicher. Die Sonne ist weiter, seit Claire mir gesagt hat, ich soll loslaufen und nach dir suchen."

„Wo ist deine Ma?", fragte Logan und suchte den Boden weiter nach Spuren ab. Er wollte keine Zeit verschwenden und sichergehen, dass sie nicht in die falsche Richtung unterwegs waren. Auf Franks Fähigkeiten im Spurenlesen wollte er sich nicht verlassen.

Jimmy schwieg einen Moment, dann antwortete er so leise, dass Logan ihn kaum verstehen konnte. „Ich glaube, die Spinnen haben sie erwischt."

„Spinnen? Ist sie verletzt worden?"

Jimmy zuckte mit den Schultern, und es wirkte, als hätte er ein schlechtes Gewissen. „Das ist der Fluch von Luttrell. Der Schatz ist verflucht."

„Was hat Luttrell denn hier oben versteckt?"

„Weiß ich nicht", antwortete Jimmy. „Gold, Juwelen, Geld. Meine Mama wusste es auch nicht, aber sie wollte den Schatz unbedingt finden." Er richtete sich ein wenig auf. „Sind wir auf dem richtigen Weg?"

„Das hoffe ich. Ich habe einige deiner Spuren entdeckt. Bist du auf geradem Weg von Claire und Sandoval weggelaufen?"

Jimmy nickte. „Er hat sie schon mal umgebracht. Ich hasse ihn. Als ich sie gesehen hab, dachte ich, sie wär' ein Geist."

Logans Magen verkrampfte sich. „Hat Sandoval euch wehgetan?"

„Er wollte Claire wehtun, aber ich habe gelogen und gesagt, ich könnte Mama finden, um sie zu retten. Das hat geklappt. Aber ich weiß nicht, wo Mama ist, weil doch die Spinnen sie bestimmt geholt haben." Jimmys Stimme zitterte. „Seit wir hier sind, haben wir nur Pech."

„Für mich gibt es so was nicht", sagte Logan. „Und ein Fluch soll den Leuten nur Angst machen. Leute, die Angst haben, laufen davon."

„Ich hatte Angst", sagte Jimmy niedergeschlagen. „Ich bin weggelaufen."

„Aber dann bist du umgekehrt. Jeder hat mal Angst, Jimmy. Und jeder läuft irgendwann in seinem Leben mal davon. Es kostet Mut, stehen zu bleiben und zu versuchen, ein Unrecht wieder in Ordnung zu bringen. Es war mutig von dir, nach mir zu suchen."

„Schon möglich. Ich will einfach nur nach Hause."

„Ich auch."

---

CLAIRE ÖFFNETE DIE AUGEN. Die Bäume um sie herum schienen irgendwie schief zu stehen. Ihr Kopf befand sich in einem seltsamen Winkel. Vorsichtig bewegte sie die Beine. Sie fühlten sich taub an. Ihre Arme waren nach hinten um einen

Baumstamm gefesselt. Im schwindenden Tageslicht zogen sich lange Schatten über die orangefarbene Schicht getrockneter Nadeln auf dem Waldboden. Sie stöhnte auf, als sie versuchte, sich aufzurichten. Ihr Nacken war steif von der unbequemen Haltung.

Muhsam versuchte sie, sich daran zu erinnern, was passiert war.

Sandoval hatte ihr einen Schlag mit dem Kolben seiner Waffe verpasst. Zumindest nahm sie das an. Ihre eingeschränkte Sicht kam wohl davon, dass ihr linkes Auge zugeschwollen war. Er musste sie niedergeschlagen und gefesselt haben, während sie bewusstlos gewesen war. *Wo ist er jetzt?* Sie schluckte mehrmals, um die Trockenheit in ihrem Mund zu vertreiben.

Als sie ihre Position verändern wollte, bemerkte sie, dass ihre Bluse aufgerissen war. Ihre Brüste waren entblößt, und der Rock war ebenfalls zerrissen.

Übelkeit stieg in ihr auf. Das Atmen fiel ihr schwer. Ein Schluchzen entrang sich ihrer Kehle, ein gequälter Aufschrei, dann sah sie sich hektisch um, ob Sandoval in der Nähe war und sie beobachtete. *Er hat mich vergewaltigt.* Ihr Körper wurde von einem Zittern erfasst. Sie rang nach Luft, die Wahrheit war ihr unerträglich. Ihr Kopf sank gegen den Baumstamm. Sie unterdrückte ihr Schluchzen und starrte ins Leere. Ihr Körper war so kalt wie der feuchte Wald um sie herum.

Durch den Nebel kam ihre Mutter auf sie zu.

*Ich muss wohl tot sein.*

Ihre Mutter blieb ein paar Schritte von ihr entfernt stehen. Sie wirkte etwas ungepflegt, nicht so sorgsam gekleidet, wie sie es normalerweise in Las Vegas war. Der ehemals weiße Saum ihres langen Rocks war ausgefranst, eingerissen und vollkommen verdreckt, und darüber trug sie einen schweren Ledermantel, der ihr über die Hüften reichte. Ihr Haar war aufgesteckt wie immer, und Claire wunderte sich darüber, dass sie sich in der Wildnis solche Mühe damit gab.

„Wer bist du?", fragte Maggie und schaute sie misstrauisch an. „Warum hat Sandoval so lange mit dir rumgespielt?"

Claire war einen Moment lang sprachlos. „Du hast zugesehen?", fragte sie kaum hörbar. „Warum hast du mir nicht geholfen?" Sie brachte die Worte nur mit Mühe heraus.

„Ich bin doch nicht blöd." Maggies Blick war voller Bitterkeit. Claire hatte angenommen, sie könnte nicht noch mehr verletzt werden, aber das Verhalten ihrer Mutter verletzte sie so sehr, als würde sie bei lebendigem Leib gehäutet.

„Raul ist ein gefährlicher Mann", sagte Maggie. „Ich lege mich für niemanden mit ihm an."

„Warum bist du dann jetzt hier?" Claire konnte die Verachtung nicht länger aus ihrer Stimme verbannen.

Die Sekunden dehnten sich zu Minuten. Als Claire den Kopf hob, bemerkte sie die Angst in den Augen ihrer Mutter.

„Claire." Maggies Stimme durchbrach die Stille. „Claire?" Sie machte einen Schritt nach vorn, kniete sich hin und sah sie fragend an. „Wir haben dich nicht finden können", sagte sie gequält. „Wir haben nach dir gesucht, dich aber einfach nicht gefunden." Sie legte Claire eine Hand auf die Wange. „Wo warst du denn? Was ist mit dir passiert?"

„Ich habe nach dir gesucht."

Maggie schüttelte ihre Schockstarre ab und holte ein Messer aus der Manteltasche. Dann schnitt sie Claires Fesseln durch und zog sie an sich. Claire sank ihr in die Arme, war wieder ein Kind, getröstet von der Berührung der Frau, die so viele widerstreitende Gefühle in ihr hervorrief.

„Ich wusste nicht, dass du es bist", sagte Maggie aufgewühlt. „Andernfalls hätte ich nicht einfach zugelassen, dass er dir wehtut."

Alles, was Claire so lange unterdrückt hatte, brach sich nun in Form von Tränen Bahn. Sie konnte nicht aufhören zu weinen, wurde von ihren Gefühlen überwältigt. Ihre Gedanken kreisten um das Wort *Vergewaltigung*, bis sie es schließlich laut aussprach.

„Was hast du gesagt?", fragte Maggie und lehnte sich zurück, um sie anzusehen. „Wurdest du bei dem Überfall in Albuquerque vergewaltigt?"

„Nein. Hier … eben." Tränen rannen ihr in Strömen über das Gesicht.

„Nein, Claire." Maggie nahm ihr Gesicht in beide Hände. „Sandoval war grob zu dir, aber er hat dich nicht vergewaltigt. Mein Gott, du dachtest, ich hätte das mit ansehen können, ohne dir zu helfen?"

„Bist du dir da sicher?"

„Ich bin mir absolut sicher." Maggie nahm sie erneut in die Arme.

Die Verzweiflung, die von Claire Besitz ergriffen hatte, ließ ein wenig nach. Ihre Mutter mochte ihr vielleicht nicht beigestanden haben, aber irgendjemand hatte es getan. *Aber durch die Gnade des Herrn wandeln wir auf Erden* – Jacks Worte. Claires Seele fühlte sich etwas getröstet.

„Du blutest", sagte Maggie und untersuchte Claires Oberkörper.

„Ist nicht so schlimm. Wir müssen hier weg. Jimmy war bei mir, aber er konnte entkommen."

„Gott sei Dank. Wo ist er jetzt? Ich bin fast wahnsinnig geworden, seit er weggelaufen ist."

„Wir wurden verfolgt. Ich habe ihn losgeschickt, damit er Hilfe holt."

„Verfolgt von wem?", fragte Maggie. Sie klang gleichermaßen besorgt und vorwurfsvoll.

„Von Logan Ryan. Er ist mir aus Texas hierher gefolgt."

„Texas?"

„Lange Geschichte." Claire setzte sich auf und wischte sich das Gesicht ab.

Maggie zog ihren Mantel aus und reichte ihn Claire.

„Ich weiß Bescheid über die Urkunde und den Landbesitz", sagte Claire. „Und über den Schatz, den Luttrell hier in den Bergen versteckt hat."

Maggie hielt inne. „Hat Shorty McClaren dich gefunden?"

„Ja."

Maggies Augen leuchteten auf. „Hast du ihn geheiratet?"

„Nein, ich habe einen anderen geheiratet." Claires Ton war ein wenig rebellisch.

In der Ferne ertönte eine Stimme. „Mama."

Claire und Maggie drehten sich um und sahen Jimmy auf sich zurennen.

Maggie stand auf und ballte die Hände zu Fäusten. „Verdammter Mist!"

Claire entdeckte Frank Griffin, aber direkt hinter ihm auch Logan. Sie hatte immer noch Angst, war aber auch erleichtert, ihren Ehemann zu sehen, und musste sich zusammenreißen, ihm nicht entgegenzulaufen.

„Jimmy." Maggie nahm ihn fest in die Arme. „Ich hatte solche Angst um dich."

„Tut mir so leid." Er vergrub sein Gesicht in ihrem Rock. „Ich bin froh, dass die Spinnen dich nicht erwischt haben."

Claire stand auf und knöpfte den Mantel zu, um ihre Blöße und das getrocknete Blut auf ihrer Bluse zu verbergen. Dann entdeckte sie auch Harry Myers und eine Frau, die sie auf den ersten Blick nicht erkannte.

„Wer ist der Mann bei Frank?", wollte Maggie wissen, als die Gruppe sich ihnen näherte.

„Das ist Claires Ehemann", sagte Jimmy.

Maggie warf Claire einen misstrauischen Blick zu.

Logan stieg vom Pferd und kam zu ihnen. „Geht's dir gut?", fragte er Claire.

Sie nickte, unendlich dankbar, ihn zu sehen. Ein Lächeln stahl sich auf ihre Lippen. Sie wäre ihm am liebsten in die Arme gesunken, aber etwas an seiner Haltung ließ sie zögern. Er nahm ihre Hand und drückte sie. Die Schwellung auf seinem Gesicht war unübersehbar, aber bevor sie sich danach erkundigen konnte, meldete Frank sich zu Wort.

„Hab nach dir gesucht, Mags." Griffin legte das Gewehr quer vor sich über den Sattel. Er zügelte sein Pferd wenige Schritte entfernt von ihnen. Myers und die Frau brachten ihre Pferde links und rechts von ihm zum Stehen.

„Du bist hier nicht willkommen", sagte Maggie. „Das Land gehört jetzt mir."

Griffin lachte. „Ach ja? Mr Logan Ryan hier scheint zu denken, dass es ihm gehört."

Maggie blickte Claire und Logan an. „Hast du ihn wirklich geheiratet, Claire?"

„Ja, hat sie", antwortete Logan. „Und euer gieriges Spielchen endet hier und jetzt, bevor noch jemand zu Schaden kommt."

„So spricht der Mann, der alle Trümpfe in der Hand hält", sagte Griffin mit einem spöttischen Auflachen. „Wo ist das Geld, Mags?"

„Weiß ich nicht."

„Blödsinn", knurrte er. „Du bist seit Wochen hier oben. Erzähl mir nicht, dass du nichts gefunden hast."

„Selbst wenn, würd' ich's dir bestimmt nicht sagen."

„Aus dir ist wirklich 'ne hinterlistige kleine Schlampe geworden. Ich wette, du hast den Saloon selbst angezündet."

„Wovon redest du da?", fragte Maggie.

„Oh, Moment", fuhr Griffin fort. „Claire hatte ja das Sagen, bloß wusste gar keiner von uns, dass sie noch am Leben ist. Sandoval hat sich fast in die Hose geschissen, als er ihr begegnet ist." Er lachte. „Ist also wohl kein Wunder, dass der Laden vor ein paar Tagen in Flammen aufgegangen ist, oder? Dafür bist du mir was schuldig."

„Stimmt das?", hakte Maggie nach.

Claire nickte. „Es tut mir leid. Ich weiß nicht, wie es passiert ist."

„Wurde jemand verletzt?"

„Nein. Es waren nur noch Betsy und Ellie im Haus, und die konnten sich retten."

Maggie wandte sich wieder an Griffin. „Woher soll ich wissen, dass du den Saloon nicht angezündet hast? Du hättest jemanden umbringen können."

„So wie du Luttrell umgebracht hast?", fragte Griffin.

„Ich hab ihm kein Haar gekrümmt."

„Das vielleicht nicht. Aber der Richter wird sich wahrscheinlich schon dafür interessieren, wie du den Mann meiner Schwester verführt hast, um an sein Geld und sein Land zu kommen."

„Du musst ja grad reden. Ich weiß über dich und Belle Bescheid." Maggies Stimme bebte vor Zorn.

„Wenn eine Hure einen nicht mehr befriedigt, dann sucht man sich halt eine andere."

„Ich hab dich geheiratet, weil ich dich geliebt hab, Frank."

„Was?", japste Claire. „Du bist mit ihm verheiratet?"

„Das am besten gehütete Geheimnis der Stadt", meinte Griffin. „Genau wie deine Loyalität, Mags."

„Ich mag es eben nicht, wenn mich jemand hintergeht", entgegnete Maggie. „Ich hab getan, was ich tun musste."

„Billige Ausreden, gebrochene Versprechen. Dafür kann man sich in diesem Leben nichts kaufen." Griffin hob das Gewehr und richtete es auf Maggie.

Claire sah, wie Logan blitzschnell eine kleine Pistole unter seinem Hemd hervorzog und auf Frank zielte. Er schob Claire hinter sich, während Maggie sich vor Jimmy stellte. Claire konnte in der zunehmenden Dunkelheit des Waldes kaum noch etwas erkennen.

„Ich will das Geld", verlangte Griffin. „Ich wollte es schon vor Monaten, aber du hast ja unbedingt dieses Spielchen mit mir treiben wollen. Sandoval hat beinahe deine kostbare Claire um die Ecke gebracht, aber sogar danach wolltest du nicht hören. Es ist mir egal, ob Ryan das Land gehört. Wenn ich euch alle töten muss, mach ich das."

„Dann stirbst du auch", sagte Logan.

„Du hältst dich für so schlau", höhnte Griffin. „Ich bezweifle, dass das kleine Ding überhaupt geladen ist."

„Es gibt nur einen Weg, das herauszufinden."

Claire hatte plötzlich die Vision von einem blutenden Logan am Boden. „Gib ihm das Geld, Mama", flüsterte sie. „Das alles ist es nicht wert."

„Warte." Die Frau auf dem Pferd neben Harry Myers mischte sich ein. „Da gibt es noch etwas, das du wissen solltest, Frank."

Claire schaute sie sich genauer an – das war die Frau, die sie in dem Haus außerhalb von Cimarron gesehen hatte, Franks Schwester Dee. Darauf hätte sie auch früher kommen können.

„Ich hab's dir nie gesagt, weil es keinen Grund dafür gab", erklärte Dee mit matter Stimme. „Als du mich gezwungen hast, Luttrell zu heiraten, war ich schon schwanger."

Claire spürte das Zögern der Frau, selbst das Pferd tänzelte unruhig hin und her und schnaubte.

„Logan und ich hatten uns in Virginia City verlobt." Ihr Blick ging ins Leere.

*Verlobt?* Claire wurde von einer Eiseskälte erfasst. *Logan hätte beinahe Griffins Schwester geheiratet?* Ihr wurde übel.

„Dylan ist nicht Luttrells Sohn", sagte Dee, „sondern Logans."

Niemand sprach ein Wort.

Claire stand hinter Logan, seine breiten Schultern schirmten sie vor Dee ab. Er bedeutete ihr so viel – sie hatte sogar an Liebe gedacht –, aber nun hatte alles einen bitteren Beigeschmack, und das letzte bisschen Hoffnung verschwand. Sie war so dumm gewesen, zu glauben, dass Logan anders als andere Männer war.

„Was?", rief Logan entsetzt.

„Es tut mir leid, ich hätte es dir erzählen sollen." Dee wandte sich an ihren Bruder. „Du solltest ihm nichts tun, Frank. Wir bekommen auch so, was wir wollen."

„Du lügst", stellte Logan fest.

Dee musterte ihn traurig. „Nein", flüsterte sie. „Ich dachte, ich sehe dich nie wieder, Logan. Aber verstehst du denn nicht? Wir finden eine Lösung, von der wir alle profitieren. Willst du das denn nicht für Dylan, Frank?"

Der Name des Jungen ließ Claire stutzen. Sie hatte ihn in Belles Saloon behandelt.

Was wusste sie sonst noch alles nicht? Was hatte Logan ihr noch verschwiegen? Offenbar gab es gute Gründe dafür, dass er ihr seine Vergangenheit nicht im Detail erzählt hatte, aber das interessierte sie im Moment nicht. Wenn er sie absichtlich belogen hatte, dann hatte sie sich ohnehin in ihm getäuscht. Hatte sie ihn wirklich so falsch eingeschätzt?

„Wär' dann wohl am sinnvollsten, Claire abzuknallen", sagte Frank.

Claire schaute ihn entsetzt an.

„Denk nicht mal dran", knurrte Logan.

Frank sprach von ihrer Ermordung, als wollte er einem Pferd den Gnadenschuss verpassen, weil es nicht mehr richtig laufen konnte. Er grinste fies. „Du willst sie beide? Kann ich verstehen." Er schaute Maggie an. „Aber wir kommen keinen Schritt weiter, solange du nicht sagst, wo der Schatz versteckt ist, Liebchen. So lange ist das Täubchen kein Gewinn für irgendjemanden."

Jimmy rannte plötzlich los. Entsetzt musste Claire mit ansehen, wie Harry Myers seinen Revolver zog und abdrückte. „Jimmy! Nein!" Sie warf sich nach vorn, um ihn zu schützen, aber Logan packte sie am Arm und riss sie hoch. Ein stechender Schmerz durchbohrte ihre Schulter.

Mehrere Schüsse wurden abgefeuert, und Logan änderte schnell seine Taktik. „Lauf!" Er schubste sie von sich weg.

Sie zögerte und blickte dorthin, wo ihre Mutter und Jimmy gerade eben noch gestanden hatten. Beide waren fort.

„Lauf, Claire!", brüllte Logan und versetzte ihr einen Stoß in Richtung Wald. Trotz ihrer Verwirrung fiel ihr auf, dass er nicht geschossen hatte.

Die Erkenntnis traf sie wie ein Schlag. Er wollte Dee nicht versehentlich verletzen.

In der Dunkelheit liefen alle durcheinander, es wurde geschrien und geschossen, die Pferde wurden nervös und wieherten.

Claire rannte los.

Sie lief in die Richtung, in der sie ihre Mutter und Jimmy vermutete. Der schwere Mantel machte sie langsamer auf ihrem Weg bergab. Im kalten Mondlicht wirkte der Pfad vor ihr beinahe gespenstisch. Links von ihr, ein Stück den Berg hinauf, entdeckte sie ihre Mutter. Claire änderte die Richtung und folgte ihr.

Ein rascher Blick über die Schulter bestätigte ihr, dass sie allein war, niemand folgte ihr. Nicht einmal Logan. Sie sah nach vorn, dann noch einmal hinter sich. Sollte sie auf ihn warten?

Bestimmt kümmerte er sich um Dee. Vielleicht war die Frau getroffen worden, brauchte Hilfe, alles Mögliche konnte passiert sein. Sie verdrängte die aufkommenden Tränen. *Ich war so unglaublich dumm.* Rasch folgte sie ihrer Mutter.

# Kapitel Achtzehn

Sobald Claire verschwunden war, schlug Logan einen Bogen, um Frank Griffin und Harry Myers abzupassen. Irgendwo in den Wäldern war ein dritter Mann versteckt, und er bezweifelte nicht, dass es sich dabei um Sandoval handelte. Logan hatte nicht geschossen, da Dee sich zwischen ihnen befand. Trotz aller Bedenken und Fragen, die ihm durch den Kopf gingen, könnte er es sich niemals verzeihen, wenn er die Mutter seines Kindes erschoss.

*Dylan.* Der Junge im „Southern Charm". Ein Sohn, von dessen Existenz er keine Ahnung gehabt hatte.

Es war durchaus denkbar, dass Dee gelogen hatte, aber der Zeitpunkt ihrer Beziehung passte zum Alter des Jungen.

Zorn und Verwirrung nagten an ihm, und sein Herz war erfüllt von dem Drang, das Kind zu beschützen. Logan würde nicht zulassen, dass man ihm nahm, was zu ihm gehörte. Der Junge würde Luttrells Namen fortan nicht mehr tragen. *Dee lügt. Verdammt. Es muss eine Lüge sein.* Aber die Saat des Zweifels war längst aufgegangen, und er würde das nicht einfach ignorieren können.

Logan suchte die Umgebung ab, konnte aber nichts entdecken. Alle waren verschwunden.

Er fand Dees Pferd an einer Kiefer angebunden, löste die Zügel und ließ es laufen. Dann suchte er weiter. Endlich entdeckte er etwas Blut an einem Felsen, als hätte sich jemand mit einer blutenden Schulter dagegengelehnt. Hier fand er auch eine kaum sichtbare Spur und folgte den Männern, die ihm alles nehmen wollten.

---

CLAIRE ERREICHTE die Hügelkuppe und entdeckte die Gestalt ihrer Mutter zwischen den Kiefern. Sie wollte sie auf keinen Fall aus den Augen verlieren, doch sie schwitzte stark, und sie atmete viel zu laut.

Ein kleines Gebäude kam in Sicht, und sie nahm an, dass es die Kapelle war, von der Jimmy erzählt hatte. Es wirkte kaum wie ein Ort, an dem Gott geehrt wurde, sondern war lediglich eine schlichte, rechteckige Behausung mit einem zugenagelten Fenster. Maggie verschwand durch den Hintereingang im Gebäude. Claire lief zur Tür, schob sie vorsichtig auf. Der Geruch nach feuchter Erde und modrigem Holz kam ihr entgegen. Prall gefüllte Leinensäcke lagen auf dem dreckigen Boden.

Claire sah auf und blickte ihrer Mutter direkt ins Gesicht. Aus einer dunklen Ecke erschien plötzlich Dee.

---

LOGAN FOLGTE DER BLUTSPUR, was in der nächtlichen Dunkelheit schwierig, aber nicht unmöglich war, bis er auf die Leiche von Harry Myers stieß. Der Schuss hatte ihn in die rechte Brust getroffen, und er war daran verblutet.

Logan suchte den Leichnam nach Waffen ab, er fand seinen eigenen Revolver und zwei Messer, aber Myers' Gewehr war nirgendwo zu entdecken. Er machte den Revolver bereit und sah sich kurz in der näheren Umgebung um, fand jedoch keinen weiteren Hinweis auf Griffin.

———

„Wo ist Jimmy?", fragte Claire in gedämpftem Ton.

„Er ist wieder weggelaufen", erwiderte Maggie. „Aber wir werden ihn schon finden. Ich wusste nicht, dass du mir gefolgt bist."

Dee und Maggie wirkten verunsichert, und die Stimmung zwischen ihnen war angespannt.

„Was geht hier vor?" Claire deutete auf die Säcke. „Ist das Luttrells Schatz?"

Maggie nickte.

„Sag mir, was hier vor sich geht, Mama", verlangte Claire.

„Wir wussten nur, dass Luttrell irgendeinen Schatz in einer Kapelle versteckt hat." Maggies Augen leuchteten auf. „Natürlich hatte ich etwas … Glanzvolleres erwartet." Sie deutete auf ihre Umgebung und sah dann Dee an. „Das war mein erster Fehler: dass ich das Gebäude nicht sofort als das erkannt habe, das er meinte."

„Ich hatte es dir beschrieben", meinte Dee sichtlich verärgert. „Die Kapelle in den Bergen, so hat er es genannt."

„Aber du bist nur ein einziges Mal hier gewesen, Dee", wisperte Maggie gereizt. „Versuch mal, eine Weile allein hier zu leben. Ich gebe jedoch gern zu, dass ich bei der Suche ein paar Sachen vermasselt hab."

„Wie die Spinnen?", fragte Claire und versuchte zu verarbeiten, dass ihre Mutter und Griffins Schwester – Logans frühere Geliebte – gemeinsame Sache machten.

„Tja, nun, Jimmy ist durchgedreht, als ich dort gesucht habe", meinte Maggie. „Das Geld war nicht in der Kapelle, wie Dee behauptet hatte, also musste ich woanders weitermachen. Erinnerst du dich an Spider Hole, wo ich vor Jahren mal mit dir war?"

Bei der Erwähnung kamen ihr vage Erinnerungen an einen stillgelegten Minenschacht mit ein paar schiefen Holzstützen am Eingang in den Sinn. Claire war damals noch ein kleines Mädchen gewesen und hatte den Modergeruch nicht gemocht, ebenso wenig wie das beklemmende Gefühl, dort in der Falle zu sitzen. „Ich erinnere mich aber nicht an Spinnen."

„So viele waren da auch gar nicht. Ich glaube, Jimmys Fantasie ist mit ihm durchgegangen. Ich wollte erst gar nicht da suchen, aber dann dachte ich, dass Teddy das Geld wohl an einem Ort versteckt hätte, den man nicht so leicht entdeckt. Und ich hatte recht. Ich war so verdammt aufgeregt, weshalb ich erst gar nicht gemerkt hab, dass Jimmy weg war. Ich hab das Geld in die Kapelle geschafft, damit es da wäre, bevor Dee auftaucht. Dann bin ich ihn suchen gegangen." Sie wandte sich an die Frau neben ihr. „Und warum zum Teufel musstest du Frank mitbringen?"

„Ich hatte keine Wahl." Dee wurde wütend. „Ich habe alles versucht, um die anderen von dir wegzuführen."

„Du hast Jimmy gesagt, dass ihr einen Schatz sucht", sagte Claire abwesend, denn ihr wurde gerade bewusst, unter welchen Umständen Luttrell offensichtlich zu Tode gekommen war.

„Für einen kleinen Jungen klingt's aufregender, wenn er denkt, dass es sich um 'nen Haufen glänzendes Zeug dreht." Maggie richtete ihren Blick auf Claire, ihre Augen leuchteten stolz. „Bevor du mir jetzt 'ne Moralpredigt hältst, Claire, denk nach. Wir können unseren Anteil nehmen und abhauen. Wir können nach San Francisco gehen. Du kannst richtig studieren und Ärztin werden, wie du's immer gewollt hast."

„Unseren Anteil?", fragte Claire.

„Dee und ich wollen halbe-halbe machen."

Claire fragte sich, wie eng die Partnerschaft der beiden wohl gewesen war. „Luttrells Tod … Was hast du getan, Mutter?"

„Alles, was ich getan hab, hab ich für uns getan."

„Du hast mich für tot gehalten." Claires Stimme zitterte. „Du hast zugelassen, dass Sandoval mich zusammengeschlagen hat, nicht einmal, nein, zweimal. Aber was ist mit dir?" Sie wandte sich an Dee. „Was ist mit deinem Sohn? Wenn ihr beide ins Gefängnis wandert, wie soll das dann Dylan oder Jimmy helfen?"

„Es gibt durchaus Dinge, die ich bereue", sagte Dee wütend. „Aber Luttrell war ein Bastard. Er hat mich bei jeder Gelegenheit verprügelt."

„Warum hast du ihn nicht verlassen?", fragte Claire, aber sie kannte die Antwort längst. Aus demselben Grund, aus dem sie nie den Saloon im Stich gelassen hatte. Keine Entscheidung zu treffen, war auch eine Entscheidung.

„So einfach war das nicht", entgegnete Dee. „Ich war Frank was schuldig. Er hat sich um mich gekümmert. Als ich noch jünger war, da habe ich Dinge getan, auf die ich nicht gerade stolz bin. Er meinte, dass er mich nicht mehr beschützt, wenn ich Teddy nicht um den Finger wickle. Außerdem hat er mir erzählt, dass Logan nicht genug Geld hätte."

„Jetzt schon", meinte Maggie. „Schon komisch, wie das Leben manchmal spielt."

„Luttrell hat den Tod verdient", flüsterte Dee. „Er wollte mir nichts abgeben. Maggie hat mir geholfen, das zu bekommen, was mir und meinem Sohn zusteht."

„Niemand bekommt irgendetwas, wenn wir weiter hier herumstehen und plaudern", meinte Maggie.

„Du willst das ganze Geld bis nach Las Vegas schleppen?", fragte Claire.

„Ist der Saloon wirklich hinüber?", vergewisserte Maggie sich.

Claire nickte.

„Dann würde ich sagen, wir machen uns direkt auf den Weg nach San Francisco. Dee, du kannst dich uns anschließen."

„Ich will zurück nach Virginia City. Ich hab dort Freunde, die mir helfen werden, aber zuerst muss ich Dylan finden."

„Du weißt nicht, wo er ist?", fragte Claire.

„Frank hat ihn mir weggenommen, um mich zu zwingen, ihm zu helfen."

„Genauso hat er es auch mit mir gemacht", sagte Maggie. „Nachdem Sandoval uns überfallen hatte, dachte ich, du wärst tot. Ich wollte zum Bezirkssheriff gehen, der Marshall in der Stadt wäre reine Zeitverschwendung gewesen. Aber Frank hat Jimmy bedroht, seinen eigenen Sohn, verdammt."

„Frank und Raul haben sich in Cimarron gestritten", mischte Dee sich ein. „Es ging um eine Lieferung gestohlener Rinder und darum, dass Frank die Nase voll hatte von Sandovals ungerechter Verteilung der Beute. Der Himmel weiß, wo die beiden noch ihre Finger im Spiel haben. Als Sandoval abgehauen ist, hab ich Angst bekommen. Er ist extrem nachtragend, und ganz offensichtlich ist er hier, um eine alte Rechnung zu begleichen."

Claire fing an zu verstehen, was die beiden Frauen hatten durchmachen müssen. „Dylan ist bei Belle Mason im ,Southern Charm'."

„Du hast ihn gesehen?" Auf Dees Gesicht zeigte sich der erste Hauch eines Gefühls, seit Claire die sogenannte Kapelle betreten hatte. „Wie geht es ihm?"

„Gut."

Dee schloss die Augen und seufzte erleichtert auf.

„Warum überlasst ihr es nicht Logan, die Sache in Ordnung zu bringen, anstatt wegzulaufen?", sagte Claire. „Er kann dem Bezirksrichter alles erklären. Warum macht ihr das nicht alles offiziell?"

„Du verstehst das nicht", sagte Maggie. „Franks Einfluss reicht weit. Und was mit Luttrell passiert ist, sollte besser nicht offiziell werden. Die Wahrheit ist: Es war ein Unfall. Der Dummkopf war krank und hat zu viel von dem Wildkirschenrinden-Tee getrunken, den du hergestellt hast, um Husten zu behandeln. Und bevor du mir die Schuld dafür gibst: Keine von uns hat ihm zu viel davon verabreicht. Ich verwette meinen letzten Dollar, dass es Frank war."

„Wenn du wusstest, dass er davon zu viel getrunken hatte, warum hast du ihm dann nicht geholfen?" Claire war erleichtert, dass ihre Mutter keine kaltblütige Mörderin war, aber es bereitete ihr Übelkeit, dass weder sie noch Dee etwas unternommen hatten, um ihm zu helfen. „Du hättest ihm Brechwurz geben können", sagte sie wie betäubt.

„Nein, Claire." Maggies Ton duldete keinen Widerspruch, ihr Gesicht zeigte Entschlossenheit. „Du musst mir in dieser Sache einfach vertrauen." Sie wechselte das Thema. „Wie viel wisst ihr beide denn über diesen Logan Ryan? Vertraut ihr ihm?"

Claire wusste nicht, was sie darauf antworten sollte, denn sie war sich selbst nicht mehr so sicher.

„Woher sollen wir wissen, dass er bei der Hochzeit mit Claire keine Hintergedanken gehabt hat?", fragte Maggie. „Wusste er vorher von der Abtretungsurkunde?"

„Ja", antwortete Claire zögernd.

Hatte Logan sie nur benutzt? Ein Teil von ihr fand diesen Gedanken unvorstellbar, was sicher ein Beweis für ihre Leichtgläubigkeit war. Was war sie doch für eine romantische dumme Gans gewesen. Sie hatte tatsächlich geglaubt, er würde sie lieben und ihr ein Leben lang treu ergeben sein.

„Dann ist es beschlossene Sache", meinte Maggie. „Wir nehmen das Geld und hauen ab. Ich hab drei Maultiere in der Nähe versteckt. Wir müssen sie mit den Säcken beladen."

Ein Schuss durchschlug die Wand der Hütte. Claire hielt sich die Ohren zu und ließ sich zu Boden fallen, Dee schrie laut auf und ging ebenfalls zu Boden.

Maggie kroch um sie herum und öffnete die Tür einen kleinen Spalt.

„Nein!" Claire packte den Arm ihrer Mutter.

Weitere Schüsse trafen die Wand des Gebäudes.

„Ich habe auch Waffen", sagte Maggie. „Bin gleich wieder da." Sie krabbelte hinaus.

Die Schüsse verstummten. Claire zögerte eine Sekunde, dann rannte sie ihrer Mutter nach.

Sie betete, dass sie nicht getroffen wurde. Mit der Angst im

Nacken lief sie zwischen den Bäumen hindurch, über den Hügel, und schließlich entdeckte sie die Maultiere. Claire nahm den Revolver entgegen, den Maggie ihr reichte. Mit zitternden Fingern prüfte sie die Patronen in den Kammern. Die Trommel war voll. Maggie hatte ein Gewehr und führte zwei der Maultiere am Zügel, Claire übernahm das dritte.

„Halt die Augen auf", sagte Maggie leise.

Binnen weniger Minuten hatte Claire sie aus den Augen verloren. Sie zerrte das Maultier hinter sich her, aber das störrische Biest weigerte sich, weiterzugehen. Sie konnte es ihm nicht verübeln. Es war der reine Wahnsinn, zu der Kapelle zurückzukehren, nur um sich dort erschießen zu lassen. Und alles nur, weil sich alle Beteiligten erhofften, ein paar Säcke Geld würden ihre Probleme lösen.

Wo steckte Jimmy?

Panik schnürte Claire die Kehle zu. Sie sah sich suchend um. Seit sie ihrer Mutter nachgelaufen war, hatte niemand mehr geschossen, und es war ihnen seltsamerweise auch niemand gefolgt. Das Klicken eines Revolvers ließ sie aufschrecken.

„Na schön, *puta*. Wo ist das Geld?"

Sie blieb abrupt stehen, Sandoval in ihrem Rücken. In der rechten Hand hielt sie ihre Waffe, er konnte sie unmöglich sehen. Sie hielt den Griff fest umklammert und hoffte, dass er nichts bemerkt hatte.

„Ich habe es satt, dir hinterherzujagen", schimpfte er. „Ich habe dich satt."

Sie würde nur eine einzige Chance haben. Ihr Herzschlag dröhnte ihr in den Ohren. Sie durfte nur keine Angst haben. Sie wollte einfach keine Angst mehr haben.

Sie fuhr herum, aber etwas erwischte sie und warf sie zu Boden. Ihre Mutter schrie und landete auf ihr, Schüsse peitschten durch die Luft.

Dann war es vorbei. Claires Ohren dröhnten.

„Mama?", flüsterte sie. Sie rollte Maggie auf die Seite und richtete sich mühsam auf.

Sandoval lag verdreht am Boden, sein Gesicht war von Erstaunen verzerrt. Logan näherte sich dem Toten und nahm ihm die Waffen ab.

„Claire, er hat dich nicht erwischt, oder?", fragte Maggie mit rauem Flüstern.

Claire beugte sich über ihre Mutter. „Nein. Warum bist du zurückgekommen?"

„Um es wiedergutzumachen, all die Male, die ich nicht für dich da war."

Maggies angestrengtes Atmen jagte Claire einen kalten Schauer über den Rücken. Sie untersuchte sie schnell, weigerte sich aber, der Tatsache ins Auge zu sehen.

„Nein, nein, nein." Sie schüttelte den Kopf.

„Dann ist es wohl schlimm, was?" Maggies Lippen zitterten, ihr Atem ging schnell und stoßweise. „Halb so wild, Claire. Sei stark. Das warst du doch schon immer. So stark, wie ich gern gewesen wäre."

„Schsch, nicht reden", sagte Claire und versuchte, die aufsteigende Panik zu verdrängen. „Ich helfe dir. Ich kann dir helfen." Sie schluchzte hilflos auf.

„Ich denke nicht." Maggies Blick glitt ins Leere, und sie stöhnte auf. „Ich weiß, dass du es immer versucht hast. Schon bei deiner Geburt warst du ein Wunder. Ich dachte, du wärst tot. Ich war so jung und hatte furchtbare Angst, ich wusste nicht, was ich tun sollte. Und dann hast du doch angefangen zu atmen." Sie blickte zu den Sternen hinauf, ein Lächeln stahl sich auf ihre blassen Lippen. Ihr Körper erschauderte, und sie sank noch mehr in sich zusammen. „Du hast geatmet und meine Welt ein bisschen heller gemacht. Ich war nie so glücklich wie in diesem Moment."

Weinend schüttelte Claire den Kopf. Sie nahm die Hand ihrer Mutter und wünschte sich verzweifelt, sie könnte die Zeit zurückdrehen.

Maggie sah sie an. „Sag Jimmy, dass ich ihn liebe."

Claire zitterte am ganzen Körper, als der Tod sie umfing. Ihr Innerstes bäumte sich dagegen auf.

Maggie schloss die Augen. „Der Sonnenuntergang ist violett", hauchte sie. „Wie damals, als ich noch ein kleines Kind war."

„Nein", schrie Claire. „Geh nicht! Lass mich nicht allein!" Verzweifelt schlang sie die Arme um ihre Mutter, aber Maggie rührte sich nicht mehr.

Verzweiflung schüttelte sie. Sie konnte doch nicht einfach gehen. Nicht ihre Mutter. Wie konnte ein Leben innerhalb weniger Sekunden einfach vorbei sein?

Claire hielt ihren leblosen Körper in den Armen. Das musste ein Irrtum sein. Vielleicht konnte man die Kugel aus dem Bauch ihrer Mutter entfernen. Mit zitternden Händen untersuchte sie die Verletzung, aber in der Dunkelheit und durch den Tränenschleier hindurch konnte sie nichts sehen.

Es war alles ihre Schuld. Sie hätte Sandoval schon eher töten sollen.

„Claire, sie ist tot. Und irgendwo da draußen ist Griffin noch unterwegs. Wir müssen hier weg."

Sie ignorierte Logan, aber er zerrte sie auf die Beine.

*Die Kugel war für mich bestimmt. Mama hat mich gerettet.*

*Verdammt, Mama.* Claire konnte nur noch schreien. Dieses Opfer war einfach zu viel, sie wollte es nicht. Sie wollte nur ihre Mutter zurückhaben. Der Schmerz über den Verlust saß tief, so tief, dass sie beinahe daran erstickte.

Logan schlang die Arme um sie, selbst als sie sich dagegen wehrte, und hielt sie fest. „Wir müssen gehen, Claire. Wir müssen Jimmy finden, bevor Frank es tut." Diese Aussage und sein ernster Ton drangen durch den Nebel ihrer Trauer zu ihr durch.

Sie strauchelte, als er sie vom leblosen Körper ihrer Mutter fortzog. Endlich konnte sie sagen, was ihr seit ihrer Kindheit nicht mehr über die Lippen gekommen war. „Ich liebe dich, Mama." Aber die Worte kamen zu spät.

# Kapitel Neunzehn

Claire wartete in Tias Hütte auf Logan. Regen trommelte auf das Dach, und das gleichmäßige Prasseln war das einzige Geräusch, das sie in ihrem betäubten Zustand wahrnahm. Die letzten drei Tage hatte sie wie durch einen Schleier erlebt. Es war, als bekäme sie nicht genug Luft, als sei sie von einem Zug bei voller Fahrt erfasst worden. Sie konnte nur von einem Moment zum nächsten taumeln.

Der Tod ihrer Mutter hatte Claire vollkommen unvorbereitet getroffen. Wie durch einen Nebel kamen ihr in ihrer Trauer Erinnerungen ins Gedächtnis, und sie fragte sich, ob manches anders hätte laufen können, wenn sie andere Entscheidungen getroffen hätte. Das Echo der Vergangenheit umgab sie tage- und nächtelang und verursachte ihr Kopfschmerzen. Die Beerdigung an diesem Morgen hatte ihr nicht die ersehnte Ruhe gebracht, sondern nur noch mehr Salz in die Wunde gestreut. Sie fühlte sich schuldig, wütend und allein. Shorty McClarens schockiertes Gesicht und Jimmys endlose Tränen hatten ihr nur noch mehr zugesetzt.

Nach der Schießerei hatten sie Jimmy schließlich in der

Kapelle gefunden. Er hatte auf das Gebäude geschossen, mit dem Revolver des toten Harry Myers.

In der Waffe waren nur noch vier Patronen gewesen, und Jimmy hatte sie kurz nacheinander abgefeuert. Claire war sehr erleichtert, dass ihr Bruder sich bei seinem halsbrecherischen Versuch, ihnen zu helfen, nicht selbst verletzt hatte. Er hatte angenommen, dass Frank sich in der Kapelle aufhielt. Als er erfuhr, dass Claire und ihre Mutter dort gewesen waren, stand ihm das Entsetzen ins Gesicht geschrieben. Schweren Herzens hatte sie ihm vom Tod der Mutter erzählt und ihn anschließend zu Tia gebracht.

In der ganzen Zeit ignorierte sie Logans stille Verzweiflung. Sie wies ihren Ehemann zurück und begrub alle Gefühle, die sie je für ihn empfunden hatte. Sie redete sich ein, dass es so am besten war. Widerstrebend hatte er sich ein Zimmer im „Wagner Hotel" genommen.

Harry Myers und Raul Sandoval waren tot, Frank Griffin saß im Gefängnis. Logan hatte ihn erwischt, als er versucht hatte, sich heimlich in die Kapelle zu schleichen. Frank hatte keine nette Behandlung von ihm zu erwarten gehabt, was Claire nur recht gewesen war. Hatte Griffin wirklich etwas an Maggie gelegen? Falls ja, dann hoffte sie, dass der Verlust ihn für den Rest seines Lebens heimsuchen würde.

Claire hatte keinerlei Mitgefühl mehr übrig. Griffin war des Mordes an Teddy Luttrell angeklagt worden, und sie hoffte, dass er schuldig gesprochen wurde. Es war zwar sehr wahrscheinlich, dass er es getan hatte, aber das musste vor Gericht auch bewiesen werden. Ihre Mutter und Dee hatten zwar mehr oder weniger zugegeben, mitschuldig an Luttrells Tod zu sein, aber darüber hielt Claire den Mund. Frank Griffin verdiente es, dafür zur Rechenschaft gezogen zu werden, sie hatte deshalb keine Bedenken über ihr Vorgehen.

Claire wäre es reichlich egal gewesen, ob Dee im Gefängnis landete, aber es ging nicht nur um sie. Bestimmt würden sie immer

Gewissensbisse plagen, wenn sie der Mutter von Logans Kind den Sheriff auf den Hals gehetzt hätte. Diese Art von Rachsucht war nicht Claires Art. Dee war mit einem Sack voll Geld unbemerkt aus dem Sangre-de-Cristo-Gebirge verschwunden. Sie hatte sich sofort auf den Weg zum „Southern Charm" gemacht, wo sie Belle mit gezückter Waffe gezwungen hatte, ihr ihren Sohn zurückzugeben. Danach war sie spurlos verschwunden. Was auch immer sie mit Maggie verbunden hatte, es war nichts im Vergleich zu dem Bedürfnis, ihren Sohn zu schützen. Wusste Dee überhaupt, dass Maggie tot war?

Logan würde ihr sicher folgen, und Claire fragte sich, warum er es nicht längst getan hatte. Ellie und Louisa hatten ihr erzählt, dass er ihnen bei der Organisation der Beerdigung geholfen hatte. Er war am Morgen auch bei der kleinen Trauerfeier auf dem Friedhof am Rande der Stadt dabei gewesen. Tia versuchte, Claire aus ihrer Starre zu reißen, damit sie sich endlich mit Logan aussprach, aber Claire wusste, dass es sinnlos war. Sie ahnte, wie das Gespräch ausgehen würde, und wollte es einfach nur hinter sich bringen.

Hufgetrappel kündigte einen nahenden Reiter an, und Claire öffnete die Tür. Der Regen hatte nachgelassen, und blasser Dunst hing in der Luft. Logan stieg ab und zog sich den feuchten Regenmantel aus, den er über seinem schwarzen Beerdigungsanzug mit Weste und Schleife getragen hatte. Sein Hut warf einen Schatten über sein grimmiges Gesicht, als er auf sie zukam.

In der Ferne grollte Donner und jagte Claire einen Schauer über den Rücken. Von den Bergen hallte das Echo bis hinunter ins Tal und über die Ebenen. Sie würde sich immer an das erinnern, was diesen Mann im Kern ausmachte, trotz des gebrochenen Herzens und der Enttäuschung, denn Logan war es wert, dass man sich an ihn erinnerte.

„Wir müssen reden." Er hielt den Blick fest auf sie gerichtet.

Claire nickte und machte einen Schritt zur Seite, um ihn reinzulassen. Sie ging zum Stuhl neben der Feuerstelle, strich sich das dunkelblaue Baumwollkleid glatt und setzte sich. Logan nahm den Hut ab und ließ sich nur wenige Schritte von ihr entfernt ebenfalls auf einem Stuhl nieder.

„Wie geht es dir?", erkundigte er sich.

„Ich komme zurecht." Sie wappnete sich für das niederschmetternde Gespräch, das er offenbar noch hinauszögern wollte. „Ich bin froh, dass du gekommen bist, wir müssen die Scheidung besprechen."

Logans hitziger Blick traf sie, und die Anspannung in der Hütte schien plötzlich greifbar zu sein.

„Wovon redest du?", fragte er in scharfem Ton.

„Angeblich kommt Frank Griffin bald frei. Du solltest besser Dee und deinen Sohn finden, bevor es zu spät ist."

Logans Gesicht wurde starr, ein Muskel in seiner Wange zuckte. „Ich hatte nie die Absicht, meine Vergangenheit vor dir zu verbergen. Es hat sich bloß nie der richtige Zeitpunkt für ein Gespräch ergeben."

„Sieht so aus, als hätte sich alles zu deinem Vorteil entwickelt."

„Ich weiß nicht, worauf du hinauswillst, aber nichts davon war geplant."

„Wir spielen nur die Karten aus, die wir auf der Hand haben."

„Man kann Karten neu mischen", sagte er.

„Willst du sie etwa nicht finden und deinen Sohn anerkennen?"

Logans Schweigen war Antwort genug. „Ich habe dich nicht wegen des Geldes oder des Lands geheiratet, Claire."

„Dann macht es dir sicher nichts aus, wenn ich die Hälfte davon haben möchte. Ich habe auch nicht die Absicht, nur mit dem Blatt zu spielen, das mir in die Hand gegeben wurde. Ich teile Geld und Land zur Hälfte mit Dee."

„Und wenn ich einer Scheidung nicht zustimme?"

„Ich denke, das ist nicht verhandelbar."

„Was zwischen uns war, bedeutet dir also nichts?"

Claire kämpfte gegen die aufsteigenden Tränen an. Sie hatte schon so viel geweint. Wie konnte sie überhaupt noch Tränen übrig haben? „Natürlich hat es mir etwas bedeutet", sagte sie. „Aber du bist nicht frei für diese Ehe, du warst es nie. Und mit weniger will ich mich nicht zufriedengeben."

Mit diesen Worten änderte sich auf einmal ihre Wahrnehmung. Sie hatte nie erfahren, wie es war, für sich selbst einzustehen, Dinge in ihrem Leben einzufordern, Dinge, die sie haben wollte. Sie betrachtete ihn voller Bedauern und Sehnsucht, war sich bewusst, wie schmerzhaft dieser Verlust sein würde. Aber ihre Zuversicht wuchs mit jedem Tag. Unter all der Trauer schimmerte ein Funken Hoffnung hervor, und sie würde sich der Zukunft stellen. Für Jimmy.

„Verdammt." Er fuhr sich mit der Hand über das Gesicht. „Ganz ehrlich, Claire, ich weiß nicht, was mit Dee los ist. Ich weiß nicht mal, wo sie steckt."

„Versuch es in Virginia City", gab sie zurück.

Er sah sie an und verarbeitete diese Information. Ihr war klar, was er tun würde. Ihm offenbar auch.

„Liebst du mich?", fragte er unerwartet.

Die Frage erwischte sie kalt. Wenn sie es zugab, würde er dennoch gehen und nach der anderen Frau suchen, die einst einen besonderen Platz in seinem Herzen eingenommen hatte.

„Nein." Mit reiner Willenskraft hielt sie bei dieser Lüge seinem Blick stand.

Schmerz huschte über sein Gesicht. „Was ist, wenn du schwanger bist?"

Claire zögerte. „Dazu ist es zu früh, wir waren nicht lange genug zusammen dafür." Sie hoffte es zumindest. Andererseits wäre ein Kind von ihm ein kostbares Geschenk.

„Dann war's das also?", fragte er. „Das ist das Ende?"

Claire stand auf. „Wag es ja nicht, mir die Schuld für alles zu geben. Ich habe nie von dir verlangt, dass du mich heiratest, und das hat dich erst in die Sache reingezogen."

„Ich wollte dich beschützen", sagte er. „Du hattest es bitter nötig. Ich bin nicht der Bösewicht, für den du mich offensichtlich hältst."

Sie stand dicht an einem Abgrund, in dem nur Trauer und Elend auf sie lauerten. Ein winziger Stoß würde genügen, um ihr den Rest zu geben. Aber sie wollte nicht, dass Logan das mitbekam, daher riss sie sich zusammen.

„Ich weiß", sagte sie, „ich habe mich noch nicht bei dir dafür bedankt, dass du Sandoval erledigt hast."

„Nach allem, was er dir angetan hatte, konnte ich nicht zulassen, dass er den Berg lebend verlässt." Seine Stimme war fest, und ihn schienen deswegen keine Gewissensbisse zu plagen.

Claire sah ihm in die Augen und spürte, wie ihre Entschlossenheit ins Wanken geriet. Ihr Körper sehnte sich danach, in seinen Armen zu liegen, seine Kraft zu spüren, seine Reaktion auf sie. Aber das war keine Liebe, es reichte einfach nicht. Sie wünschte, sie wäre eine Frau, die sich mit der Befriedigung ihrer körperlichen Bedürfnisse zufriedengeben könnte. Aber sie wollte mehr, und sie würde ihn niemals mit einer anderen Frau teilen können.

„Ich werde alles Nötige für die Scheidung in die Wege leiten", erklärte sie. „Ich nehme an, du möchtest morgen bei Tagesanbruch losreiten."

Sie brauchte Ruhe, Raum für sich. Sie öffnete die Tür, aber Logan stand auf und zog sie an sich.

„So hatte ich mir das nicht vorgestellt", sagte er. „Ich wollte nicht, dass es so endet."

Sie wandte den Blick ab. Es wäre so einfach, in seine Arme zu sinken.

„Alles endet irgendwann", erwiderte sie leise. „Es ist nur eine Frage der Zeit."

Ohne einen Blick zurück verließ sie die Hütte. Ein paar Sonnenstrahlen brachen durch die Wolkendecke, als Claire den Wald betrat. Als Kind war er ihr eine sichere Zuflucht gewesen, mit Verheißungen für die Zukunft und Schutz vor Dämonen. Hier war ihr die Taube begegnet, rein und weiß gefiedert, so zart und vollkommen, dass Claire sich auserwählt gefühlt hatte. Aber nun würde kein verzauberter gefiederter Freund zu ihr kommen. An diesem Tag endete der Traum.

Ohne auf ihren Weg zu achten, wanderte sie durch den Kiefernwald und ergab sich ihrem Schmerz. Tia und Jimmy tauchten irgendwann vor ihr auf, und Claire verstand, dass sie hier draußen gewartet hatten, damit Claire und Logan ungestört miteinander reden konnten. Sie nahm sie beide in die Arme und ließ ihren Tränen freien Lauf. Sie hatten ihretwegen im Regen ausgeharrt.

„Im Lauf der Zeit wird es besser, Palomita", murmelte Tia.

Claire betete, dass sie recht hatte.

# Kapitel Zwanzig

*Texas, drei Monate später*

Mit Jimmy an ihrer Seite saß Claire im Salon der SR-Ranch, nachdem Rosita ihnen Hüte und Mäntel abgenommen hatte. Sie hatte die stämmige Mexikanerin einige Monate zuvor kennengelernt, bei ihrem ersten Aufenthalt auf der Ranch von Jonathan und Susanna Ryan, Logans Eltern.

Rosita ging, um Mrs Ryan zu holen, und Claire atmete tief durch und fragte sich, ob es ein Fehler gewesen war, herzukommen. Nervös zupfte sie an ihrem dunklen Wollkleid. Im Kamin prasselte ein Feuer, ein willkommener Anblick nach dem langen Ritt von Fort Richardson durch die herbstliche Kälte. Ein Viehhändler, der sich dort geschäftlich aufgehalten hatte, war ihnen dabei behilflich gewesen, den Weg zur Ranch zu finden. Aber Claires Nachfragen über Logan waren nur mit einem Schulterzucken beantwortet worden.

„Was geschieht jetzt?", fragte Jimmy.

„Ich weiß es nicht", erwiderte sie.

Jimmy hatte der Verlust der Mutter ebenso schwer getroffen wie Claire. Es schmerzte sie noch immer. Aber er hatte sich tapfer gehalten. Nach Maggies Beerdigung und der Scheidung von Logan hatten sie kein Geld mehr gehabt. Luttrells Beute – oder vielmehr das, was noch davon übrig war – hatte das Gericht beschlagnahmt. Aber zu ihrem Erstaunen hatte Belle angeboten, Claire für ihre medizinische Hilfe zu bezahlen. Es war nicht viel, aber es hatte sie und Jimmy über Wasser gehalten, während sie auf Franks Gerichtsurteil warteten. Jimmy hatte wissen wollen, welches Schicksal seinen Vater erwartete.

Belle hatte ihr und Jimmy außerdem angeboten, im Saloon zu wohnen, und offenbar war sie um Wiedergutmachung bemüht. Aber auch die Hymans hatten ihr eine günstige Unterkunft angeboten, und Claire hatte dankbar angenommen. Die Unterstützung der Leute in der Stadt hatte ihr zum ersten Mal das Gefühl vermittelt, dazuzugehören. Es war tröstlicher, als sie je hätte vermuten können.

Sie und Jimmy hatten sich bald eingewöhnt, aber als Logan ihr wegen des Verkaufs von Luttrells Land schrieb, hatte sie sogleich wieder das Gefühl gehabt, den Boden unter den Füßen zu verlieren, allein bei der Vorstellung, ihn treffen zu müssen.

Susanna Ryan trat durch die Tür des Salons. „Das ist ja eine Überraschung." Ihr Rocksaum schwang sanft um ihre Schuhe, als sie das Zimmer durchquerte, um Claire die Hand zu reichen. Susanna war noch genau so, wie Claire sie in Erinnerung hatte: groß, dunkelhaarig, ein energisches Gesicht mit warmherzigem Blick.

„Mrs Ryan, wie schön, Sie wiederzusehen." Claire erhob sich von der Couch.

Susanna lächelte. „Ich dachte, wir würden uns nie wieder begegnen."

„Das ist mein Bruder Jimmy."

„Herzlich willkommen", sagte Susanna.

„Ma'am." Jimmy stand auf und reichte ihr die Hand.

„Ihr habt euren Besuch gar nicht angekündigt. Bitte, nehmt Platz."

Nachdem sich alle gesetzt hatten, ergriff Claire das Wort. „Ich muss mich dafür entschuldigen, hier so unangemeldet hereinzuplatzen. Ich war mir auf dem ganzen Weg nicht sicher, ob wir wirklich herkommen würden."

„Wie seid ihr denn gereist? Mit der Postkutsche?"

„Nein. Ich habe in Fort Richardson Pferde gekauft. Sie stehen draußen." Claire hatte Reverend mit großem Bedauern zurückgelassen, aber der alte Wallach hätte den weiten Weg nie geschafft. Sie hoffte, dass er bei Tia einen schönen Lebensabend verbrachte. „Doug Callahan hat uns den Weg erklärt."

„Die Callahans sind schon lange unsere Nachbarn. Ich sorge dafür, dass sich jemand um eure Pferde kümmert."

„Danke." Claire presste die Lippen aufeinander. „Ist Molly hier?"

Susanna schüttelte den Kopf. „Sie und Matthew haben ein eigenes Haus, etwa fünf Meilen von hier. Wir können ihnen morgen eine Nachricht schicken, allerdings war sie in letzter Zeit ein wenig unpässlich."

Verwirrt von dem kleinen Lächeln auf Mrs Ryans Gesicht, wartete Claire auf eine Erklärung.

„Sie ist guter Hoffnung", sagte Susanna.

Claire rutschte unruhig hin und her. „Das ist wunderbar." Sie freute sich aufrichtig für Molly, doch sie war nervös wegen des Wiedersehens mit Logan. In seinem Brief hatte er erwähnt, dass er wieder in Texas war. Sie nahm an, dass Dee und Dylan ihn begleitet hatten. Jeden Augenblick rechnete sie damit, einem von ihnen über den Weg zu laufen.

„Ihr bleibt doch über Nacht?"

Claire wusste, dass es keine andere Möglichkeit gab. Der Weg war zu weit, um am selben Tag zum Fort zurückzukehren. Aber sie war nicht gerade erpicht darauf, mit Dee und Logan unter einem Dach zu schlafen. Claire warf Jimmy einen Blick zu, aber ihr Bruder war zu sehr auf seine eigenen Hände konzentriert. „Ist sie hier?", fragte sie schließlich.

„Wen meinst du?", erwiderte Susanna.

„Dee Griffin."

Susannas Gesichtsausdruck zeigte auf einmal mehr Zurückhaltung. „Nein. Und ich nehme auch nicht an, dass du hergekommen bist, um mich zu besuchen. Ich schicke Dawson los, damit er Logan holt. Er verbringt ohnehin viel zu viel Zeit mit seinem Pferd bei den Rindviechern. Ich denke, es wird ihm guttun, dich wiederzusehen", fügte sie hinzu.

Dee war nicht hier? Claire wusste nicht, was sie davon halten sollte. „Was passiert ist …"

„Nein." Susanna hob eine Hand. „Das Herz ist ein störrisches Ding und manchmal blind wie ein Maulwurf, aber es weiß letztendlich immer, wohin es gehört." Susanna stand auf. „James, komm mit mir. Wir haben in der Küche bestimmt etwas zu essen für dich."

Jimmy schaute Claire an, und sie gab ihm stumm die Erlaubnis, mitzugehen.

„Wie alt bist du?", fragte Susanna, als sie das Zimmer verließen.

„Acht Jahre, Ma'am."

Claire blickte ins Feuer und fragte sich, wie Logan wohl auf ihr plötzliches Erscheinen reagieren würde. Sie sehnte sich nach ihm, aber gleichzeitig fürchtete sie sich vor der Begegnung, solange Dee an seiner Seite war. Aber Dee war nicht hier. Claires Herz begann heftig zu pochen.

Auch wenn sie in dem Wissen hergekommen war, dass sie seine neue Familie hier antreffen würde, hatte sie es doch weitestgehend verdrängt. In den letzten drei Monaten hatte sie ihn schrecklich vermisst, so sehr, dass ein Wiedersehen überlebenswichtig für sie geworden war. Ohne ihn war sie verloren.

Sein Brief war für sie Grund genug, ihn zu treffen, auch wenn alles andere unklar war, erst recht ihre eigenen Motive. Im Moment fragte sie sich vor allem, ob sie ihn sehen und danach einfach wieder gehen konnte.

Nervös wartete sie darauf, dass er zum Haus zurückkehrte, und suchte gleichzeitig nach den richtigen Worten, um ihm die Wahrheit zu sagen.

———————

LOGAN KÜMMERTE sich um eine Herde ein paar Meilen südlich der SR-Ranch. Ihr Muhen und Brüllen erfüllte die kalte Nachtluft, der Wind heulte über die Ebenen. Logan zog sich den Schal fester um den Mund und den Hut tiefer ins Gesicht. Der Winter würde sie bald fest im Griff haben.

Er dachte an Claire und fragte sich, ob sie das Geld erhalten hatte. Überhaupt dachte er ständig an Claire. Er sollte sie aufsuchen, versuchen, sie wiederzusehen. Jeder Tag brachte diesen Gedanken der Realität ein Stück näher. Aber sie hatte ihm gesagt, dass sie ihn nicht liebte.

Sein Glück mit Frauen war wirklich beeindruckend. Er war mit den Kühen wahrlich besser dran, daher verbrachte er auch so viel Zeit mit ihnen. Die Abende in Gesellschaft seiner Eltern und gelegentlich auch von Matt und Molly hatten ihm seine Einsamkeit schmerzhaft vor Augen geführt. Da blieb er lieber hier draußen in der texanischen Prärie.

Er ritt von morgens bis abends über das Land, lenkte sich mit anstrengender Arbeit ab und erschöpfte damit auch seinen Geist. Das Bedauern lastete schwer auf ihm, kreiste in seinen Gedanken wie Geier, die auf die besten Happen warteten.

Am meisten hatte es ihn getroffen, dass er Dee einen besseren Charakter zugesprochen hatte als den, den sie tatsächlich besaß. Sie hatte ihn erneut getäuscht. Dylan war nicht sein Sohn. Sie hatte ihm letztendlich die Wahrheit gestanden und sich damit rausgeredet, dass Logan sich so sehr seiner Arbeit als Gesetzeshüter verschrieben und sie sich vernachlässigt gefühlt hatte. Wie schwer es für sie gewesen war, sich der Aufmerksamkeit von John Moore zu entziehen, Dylans tatsächlichem Vater. Sie hatte Logan hintergangen, und dann hatte sie sowohl ihn als auch John Moore sitzen lassen, weil Frank sie bedroht und gezwungen hatte, Luttrell zu heiraten.

Voller Abscheu und ohne jegliche Illusion hatte Logan Dee und seine Vergangenheit hinter sich gelassen. Er hatte sich viel zu lange daran geklammert. Sie hatte ihm wehgetan, ihn betrogen, ihn angelogen, ihm Hoffnung gemacht, dass Dylan sein Sohn war – nur um ihm dann alles in einem einzigen Gespräch wieder wegzunehmen. Moore sollte sie behalten, es war Logan egal. Wenn der Mann ertragen konnte, was sie ihm angetan hatte, bitte sehr.

Logan war mit ihr fertig.

Der beißende Wind brannte ihm in den Augen. Storm wieherte, sie wollte zurück in den warmen Stall und zu einem Eimer Hafer. Er machte sich auf den Weg zurück zum Haupthaus.

Seine Gedanken standen nicht mehr still, während die Tage kürzer und die Nächte kälter wurden und ihm damit unmissverständlich aufzeigten, wie die Zeit verstrich. Er hatte mehr als nur einen Sohn verloren. Er hatte Claire verloren. Er hatte sich für Dee anstatt für sie entschieden und damit jede Chance zunichtegemacht, Claires Vertrauen zurückzugewinnen. Vielleicht hätten sie mit etwas mehr Zeit eine echte Chance gehabt. Vielleicht hätte er sie dazu bringen können, ihn zu lieben.

Er war auf dem Rückweg vom Stall und wollte gerade das Haus betreten, als Dawson auf ihn zukam. „Ich hab schon überall nach dir gesucht. Deine Ma will dich sehen."

„Ich bin schon unterwegs. Stimmt was nicht?", fragte er den Vorarbeiter.

„Du hast Besuch." Dawson drehte sich um und ging Richtung Scheune davon.

Logan nahm zwei Stufen auf einmal zur Veranda hinauf. In der Tür stieß er unvermutet mit einer Frau zusammen, die prompt stolperte und auf ihrem Hintern landete.

„Verzeihung, Miss." Er reichte ihr eine Hand, um ihr aufzuhelfen, und sie sah zu ihm auf. „Claire?" Keine schwarze

Perücke und kein tief ausgeschnittenes Kleid dieses Mal. Einige blonde Strähnen hatten sich aus ihrem geflochtenen Zopf gelöst, und das dunkle Kleid bedeckte sie äußerst züchtig.

Verblüfft starrte er sie an, als hätte sein vieles Grübeln sie auf dem heulenden Wind hierhergetragen.

Sie sah ihn nervös an und entzog ihm ihre Hand, nachdem sie wieder auf die Beine gekommen war.

„Was machst du denn hier?", fragte er.

Sie richtete ihr Kleid und holte tief Luft. „Ich bin deinetwegen hier. Um genau zu sein, wollte ich gerade draußen nach dir suchen."

Er bedeutete ihr, ins Haus zurückzukehren, schloss die Tür und legte Hut und Mantel ab. Er deutete auf den Salon, wo sie auf der Couch Platz nahm, während er es noch immer nicht fassen konnte, dass sie überhaupt hier war.

„Schön, dich zu sehen", sagte sie, aber die Nervosität stand ihr deutlich ins Gesicht geschrieben, und Logan wappnete sich für ein schwieriges Gespräch. Wem machte er denn etwas vor? Es war schon schwer, sie überhaupt anzuschauen.

Ihre Wangen glühten, und er fragte sich, wie sehr das ihrer Reaktion auf ihn geschuldet war.

„Wo ist Jimmy?", fragte er und stand da, als wäre er angewachsen.

„Er ist auch hier, mit deiner Mutter in der Küche, nehme ich an."

„Ist alles in Ordnung? Hast du das Geld bekommen, das ich dir geschickt habe?"

Claire nickte. „Ja, deshalb bin ich hier. Du hast in deinem Brief erwähnt, dass es sich um die Summe aus dem Landverkauf handelt und …" Sie spielte unruhig mit ihren Fingern. „Es ist zu viel. Ich wollte Dee und Dylan etwas davon zukommen lassen. Du musst mir nicht alles geben." Sie warf ihm einen kurzen Seitenblick zu.

„Nein, ich bin der Ansicht, Jimmy und dir steht alles zu. Außerdem hat Dee in Bezug auf Dylan gelogen."

„Hat sie?"

„Er ist nicht mein Sohn. Sie hat mir endlich die Wahrheit gesagt, nachdem ich sie in Virginia City aufgestöbert hatte."

„Wenn Dylan Luttrells leiblicher Sohn ist, gehört ihm das Land", sagte Claire, noch immer an ihrem Plan festhaltend.

„Nein. Dylan ist von einem anderen Mann, jemand, den ich kannte. Er besaß ein paar Geschäfte und Saloons in der Stadt, und Dee ist zu ihm gerannt, sobald sie konnte. Sie konnte zwar nicht sicher sein, dass er sie zurücknehmen würde, aber es war offensichtlich, dass sie ihn wollte, nicht mich. Sie meinte, sie hätte wegen Dylan gelogen, um mich zu retten und dich auch, aus Angst davor, was Frank uns sonst antun würde. Sie dachte wohl wirklich, sie würde uns damit helfen."

„Es tut mir leid. Ich bin mir aber nach wie vor nicht sicher, ob Jimmy Anspruch auf das Land hat, nun erst recht nicht."

„Dee hat mir erzählt, dass Frank und Luttrell den Besitz aus der Maxwell'schen Landschenkung kaufen wollten, aber dann war Frank plötzlich knapp bei Kasse, obwohl er kurz zuvor noch Maria Chavez' Ehemann ausgenommen hatte. Luttrell hat ihm angeboten, das Geld vorzustrecken, bis er seinen Anteil zurückkaufen konnte. Aber um ganz sicherzugehen, hat Frank Dee gezwungen, Luttrell zu heiraten. Die Sache ging nach hinten los, als Teddy von dem Geschäft mit Frank nichts mehr wissen wollte. Außerdem wollte Dee Luttrell verlassen. Und zu allem Überfluss hatte Luttrell auch noch eine Menge Geld von einem Onkel in St. Louis geerbt, und Frank dachte, dass er über seine Schwester an das Geld herankäme. Bloß wurde Luttrell zunehmend misstrauischer und hat das ganze Geld in die Berge geschleppt und versteckt. Zu dem Zeitpunkt kam Maggie ins Spiel, weil sie Rache an Frank wollte, der eine Affäre mit Belle Mason hatte. Also hat Maggie sich an Luttrell rangemacht und dafür gesorgt, dass er ihr – mit Umweg über dich – das Land überschreibt. Dee war diejenige, die Maggie von dem Geld erzählt hat."

„Die örtlichen Behörden konnten Frank den Mord an Luttrell nie nachweisen", sagte Claire. „Denkst du, er war es?"

„Wahrscheinlich."

„Ist Dee vor ihm sicher?"

„Das ist nicht mehr mein Problem. Luttrell hat Maggie das Land vermacht, wenn auch über dich, daher kann ich nur annehmen, dass das sein Letzter Wille war. Ich habe alles geprüft, er hat keine direkten lebenden Verwandten. Es ist nur rechtens, wenn alles an dich und Jimmy geht, nun, da deine Mutter tot ist. Letztendlich habt ihr auch den höchsten Preis gezahlt."

„Da bin ich mir nicht so sicher", erwiderte Claire leise.

„Ist das der einzige Grund, warum du hier bist?" Er bemühte sich, die Sehnsucht aus seiner Stimme zu verbannen, aber es gelang ihm nicht.

„Nein." Sie schüttelte leicht den Kopf, sie wirkte nachdenklich. „Ich muss dir noch etwas mitteilen, und ich dachte, ich tue es besser von Angesicht zu Angesicht."

Sie musterte ihn aus tiefgrünen Augen, und ihm wurde wieder einmal bewusst, wie sehr sie ihm fehlte.

„Ich erwarte ein Kind."

Er hatte Dee vor Augen, ihre Treulosigkeit und ihre Lügen waren ihm noch immer frisch im Gedächtnis.

„Und du sagst, es ist von mir?", fragte er.

Erstaunen zeigte sich auf ihrem Gesicht. „Denkst du, ich würde den ganzen Weg hierherkommen, wenn es nicht so wäre?" Sie stand auf und ging zum Kamin hinüber. „Vielleicht war es ein Fehler. Ich war mir die ganze Zeit nicht sicher, weil ich ja annehmen musste, dass ich hier auf deine neue Familie treffe, auf Dee und Dylan. Aber wenn er dein Sohn wäre, hätte sie dir dieses Wissen nicht so lange vorenthalten dürfen. Zwar weiß ich inzwischen, dass das eine Lüge war ... Nun, jedenfalls war ich der Meinung, dass du es verdienst, von unserem gemeinsamen Kind zu wissen."

„Es hat keinen anderen Mann gegeben in der Zwischenzeit?"

Sie wirbelte herum und funkelte ihn wütend an. „Einen anderen Mann?", fauchte sie. „Wie denn, wenn ich immer nur an dich denken kann? Selbst als ich davon ausgegangen bin, dass du mich nur geheiratet hast, um an das Land zu kommen, und mir absichtlich nichts von Dee erzählt hast, weil du sie heimlich immer noch liebst. Ich wollte dich trotzdem. Und es kostet mich all meine Kraft, dich nicht anzubetteln, mich zurückzunehmen, jetzt, wo ich weiß, dass ihr beide nicht verheiratet seid." Tränen traten ihr in die Augen. „Ich habe meine Mutter verloren, aber das Leben geht eben weiter. Dich zu verlieren, war so, als hätte ich einen Teil von mir selbst verloren. Ich habe mich in den letzten Monaten so elend gefühlt wie noch nie in meinem Leben. Das Kind ist ein Fluch und ein Segen gleichermaßen, denn es ist besser, etwas von dir zu haben, als gar nichts. Aber es erinnert mich auch daran, dass du nicht mehr bei mir bist, und das lässt mich verzweifeln." Sie unterdrückte ein Schluchzen.

Claires Worte hatten Logan erstaunt verstummen lassen. Er fühlte sich, als hätte ihm ein Pferd in den Magen getreten.

Meinte sie das ernst? Hoffnung keimte in ihm auf, aber er wagte es nicht, sich ihr hinzugeben.

„Du warst diejenige, die die Scheidung verlangt hat." Er wollte das alles nicht noch einmal durchmachen.

„Ich dachte, ich tue das Richtige."

„Hast du gelogen, als ich gefragt habe, ob du schwanger bist?"

Sie schüttelte den Kopf. „Nein, natürlich nicht. Es war zu früh, um das zu sagen. Und nach allem, was passiert war … der Verlust meiner Mutter und dein Verrat … du warst schon ein paar Wochen weg, als ich es gemerkt habe."

„Mein Verrat?", fragte er ungläubig.

„Du hast mir nie von Dee erzählt! Was hätte ich denn da denken sollen, als sie plötzlich auftauchte und du dich um sie gekümmert hast?"

„Es war notwendig, mit diesem Kapitel meines Lebens

abzuschließen. Ich hätte dir schon noch von ihr erzählt. Leider hat uns zum Reden immer irgendwie die Zeit gefehlt."

„Ich bin nicht hergekommen, um mit dir zu streiten." Claires Stimme klang müde. „Ich wollte nur, dass du von dem Baby erfährst, und wollte das nicht in einem Brief mitteilen. Aber Jimmy und ich werden morgen wieder aufbrechen."

„Kommt gar nicht infrage", erwiderte Logan. „Ihr werdet dieses Haus nicht verlassen."

Er durchquerte das Zimmer, umfasste ihr Gesicht mit beiden Händen und küsste sie. Sie wollte ihn wegschieben, aber er ließ es nicht zu.

„Du denkst, ich manipuliere dich", raunte sie an seinem Mund.

„Tust du das denn?" Er verschlang sie mit den Lippen.

„Nein ... ja." Sie schmiegte sich an ihn. „Ich möchte, dass dieses Kind einen Vater hat. Es soll nicht so aufwachsen wie ich. Und du fehlst mir. Und ich liebe dich." Sie stieß die Worte hastig hervor.

Sie klammerte sich an ihn, und Logan spürte, wie die innere Leere verschwand, eine Leere, die er nie in diesem Ausmaß gekannt hatte, bevor sie ihn verlassen hatte. Erst als sie nun davon sprach, wie sehr sie ihn brauchte und wie viel sie für ihn empfand, wurde ihm das bewusst.

„Wir heiraten noch mal", sagte er.

„Was, wenn wir es wieder vermasseln?" Claire vergrub ihr Gesicht an seiner Schulter.

„Versprich mir was, ja?"

„Was?"

„Schließ mich nicht wieder aus."

Sie blickte zu ihm auf, in ihren Augen stand Sorge, aber auch Sehnsucht – und Liebe. „Werde ich nicht. Du hast mir so gefehlt. Ich hatte Angst, dich hier mit Dee verheiratet anzutreffen."

„Ich hätte es mit ihr versucht, für Dylan. Und du hast es mir sehr leicht gemacht, als du die Scheidung verlangt und behauptet hast, ich wäre dir egal. Ich habe mir eingeredet, dass es ein Fehler war, dich zu lieben."

„Denkst du das immer noch?"

„Nein, aber mein Stolz hat mich davon abgehalten, zu dir zu kommen und es auszusprechen. Aber irgendwann hätte ich mir ein Herz gefasst und es getan."

„Ich hoffe, das stimmt wirklich, denn ich habe nie aufgehört, dich zu lieben. Aber du musstest eine freie Entscheidung treffen. Ebenso wie ich."

„Ich hab's dir ja schon gesagt: Ich halte nichts von Opferbereitschaft."

„Es war kein Opfer, Logan", flüsterte sie. „Ich muss meinem Traum folgen, aber es hat eine Weile gedauert, bis ich das verstanden hatte. Und dann brauchte ich auch noch genug Mut, um herzukommen und dir von dem Baby zu erzählen, aber nicht, um dich an mich zu binden, sondern um es mit dir zu teilen." Sie schaute ihn erwartungsvoll an. „Hast du es ernst gemeint, dass du mich liebst?"

„Ich sage nie etwas, das ich nicht so meine. Das hatte ich dir, glaub ich, schon mal erklärt." Seine Lippen legten sich sanft auf ihre. „Und ich hab dir auch gesagt, dass ich ein Kind will. Oder zwei."

„Da ist noch etwas, das du wissen solltest. Ich habe gehört, dass es an der Ostküste, in Philadelphia, ein Medizin-College für Frauen gibt, und …"

Logan betrachtete ihr rosiges Gesicht und das aufgeregte Funkeln in ihren Augen. „Und du möchtest dorthin", vollendete er ihren Satz.

„Ja." Ihre Augen glänzten. „Es macht mir Angst, aber ja, ich will dahin. Zumindest möchte ich es versuchen, nach der Geburt des Babys."

Logans Fernweh war nie wirklich verschwunden, und Wurzeln verband er nicht zwingend mit einem Ort. Zwar fühlte er sich bei seinen Eltern heimisch, aber er wollte an Claires Seite sein und sie zu begleiten, erschien ihm nur folgerichtig.

„Dann gehen wir", sagte er.

Sie nahm seine Hand. „Willst du das wirklich?"

„Tja, wenn wir jetzt allein wären, würde ich dir zeigen, was ich wirklich will."

Sie lief rot an und lächelte.

Seine Arme schlangen sich fester um sie. Der Weg zur Frau seines Herzens war steinig und schmerzhaft gewesen, aber sie war zu ihm zurückgekehrt.

Er würde sie nicht noch einmal gehen lassen.

# Kapitel Einundzwanzig

Drei Tage später saß Claire mit Molly im Wohnzimmer vor dem Kamin. Sie hatten sich für einen Moment von den Festlichkeiten anlässlich ihrer zweiten Hochzeit zurückgezogen. Susanna hatte alles in kürzester Zeit organisiert, und eine kleine Schar aus Freunden und Familie hatte sich zum Feiern eingefunden. Ihre Schwangerschaft und die Zeremonie hatten sie erschöpft und ihr die letzten Kräfte geraubt, auch wenn diese Hochzeit viel schöner war als ihre erste.

„Bist du auch so müde wie ich?", fragte Claire.

Molly nickte, lehnte den Kopf zurück und seufzte. Ihr dunkles Haar löste sich aus den Nadeln, mit denen sie es hochgesteckt hatte, aber das war ihr offensichtlich egal. Molly hatte nie viel Wert auf Etikette gelegt, etwas, das Claire sehr an ihr mochte. Das und ihre innere Stärke. Sie hatte Claire von ihrer Zeit bei den Comanche erzählt, in einem humorvollen Ton, der im Widerspruch zu der dramatischen Entführung stand. Ihre Stärke war für Claire immer eine Inspiration.

Die Schwangerschaft bekam Molly sehr gut, ihre Freundin strahlte regelrecht. Unter dem Spitzenkleid, das sie heute als

Brautjungfer trug, zeichnete sich bereits ein kleiner Babybauch ab. Molly würde einen Monat vor Claire niederkommen.

„Ich könnte den ganzen Tag durchschlafen", sagte Molly.

Claire betrachtete die Frau, die nun ihre Schwägerin war. Molly hatte ihr nicht nur das Leben gerettet, nachdem Sandoval sie das erste Mal halb totgeschlagen hatte, sie hatte Claire außerdem nach Texas gebracht. Zu Logan.

„Habe ich dir je dafür gedankt, dass du mich gefunden hast?"

Molly lächelte. „Ja." Sie legte sich eine Hand auf den Bauch. „Ich habe es Matt noch nicht gesagt, aber ich glaube, es wird ein Junge."

„Wirklich? Ich habe keinen Hinweis auf das eine oder das andere entdecken können." Claire hatte in den ersten Wochen stark unter Übelkeit gelitten und konnte sich erst jetzt richtig ausruhen. Jede Nacht neben Logan zu liegen, war die beste Medizin, die sie sich vorstellen konnte.

Ihre Träume waren Wirklichkeit geworden, aber es waren nicht mehr die unschuldigen Sehnsüchte, die sie als Mädchen gehabt hatte. Sie verstand nun, dass man Hindernissen nicht einfach aus dem Weg gehen konnte. Sie und Logan waren vielleicht nicht perfekt, sie machten Fehler und hätten einander so leicht verlieren können. Vertrauen zueinander aufzubauen war harte Arbeit, es brauchte Kompromisse, um ein gemeinsames Leben zu gestalten. Aber sie war zuversichtlich, denn Logan wollte das ebenso sehr wie sie.

Molly drückte ihre Hand. „Ist alles in Ordnung?"

„Alles ging so schnell. Mir dreht sich noch der Kopf."

„So ging es mir auch. Matt meinte, ich hätte seine Welt aus den Angeln gehoben, wie mit einem Brecheisen."

Sie lachten.

„An seinen Komplimenten muss er noch arbeiten", sagte Molly. „Aber das spielt keine Rolle. Bei anderen Dingen macht er das wieder wett."

Sie kicherten erneut, doch dann wurde Molly plötzlich ernst.

„Der Schmerz über den Verlust deiner Mutter wird irgendwann nachlassen."

Claire wusste, dass sie aus Erfahrung sprach. Mollys Mutter war ermordet worden, als Molly noch ein Kind gewesen war.

„Susanna hat diese Lücke in meinem Leben ausgefüllt", fuhr sie fort. „Ich bin sicher, sie wird das auch für dich tun, wenn du bereit dazu bist."

So viele Veränderungen, so viele Möglichkeiten. Claire hatte Angst davor, aber dass Logan an ihrer Seite war, tröstete sie. Sie würden gemeinsam ein neues Leben beginnen.

Es klopfte an der Haustür, und Rosita kam aus der Küche, um zu öffnen. Die Männer waren noch mit einigen der Hochzeitsgäste in der Scheune, und Jimmy streunte irgendwo herum.

„Ich frage mich, wer das jetzt noch ist", sagte Claire, als sie Susannas Stimme hörte. Sie und Molly standen auf.

Susanna kam mit einer jungen Frau aus der Eingangshalle, die Claire seltsam bekannt vorkam. Sie trug ihr kastanienbraunes Haar zu einem Zopf geflochten, ihr Gesicht und ihre Hände waren von der Sonne gebräunt. Ein dicker Wollschal bedeckte die schmutzige weiße Bluse und den zerlumpten Baumwollrock. Sie sah durchgefroren und vollkommen erschöpft aus, aber vor allem sehr niedergeschlagen.

Claire erkannte auf einmal, woher die Ähnlichkeit stammte. Das Mädchen sah aus wie Molly.

Die junge Frau ergriff das Wort. „Molly? Bist du es wirklich?"

Molly nickte langsam, sichtlich schockiert, diese Fremde vor sich zu sehen. Aber Claire wusste, wen sie vor sich hatten. Das musste die jüngste Tochter der Harts sein, Emma, Mollys Schwester. Seit ihre Eltern vor zehn Jahren ermordet worden waren und die Comanche Molly entführt hatten, lebten die Schwestern voneinander getrennt. Alle, auch Emma, die bei einer Tante in San Francisco untergekommen war, hatten bis zum vergangenen Frühling angenommen, dass Molly tot sei.

„Emma?" Mollys Stimme klang belegt. Sie eilte auf ihre

Schwester zu und umarmte sie. „Du hast mir so gefehlt. Ich dachte, ich sehe dich nie wieder." Ihre Worte endeten in einem Schluchzen. „Wie bist du hierhergekommen? Tante Catherine hat uns geschrieben, dass du zum Grand Canyon gereist bist."

„Ich kann nicht glauben, dass du wirklich am Leben bist." Emma vergrub ihr Gesicht an Mollys Schulter. „Ich habe wieder und wieder davon geträumt, aber als Nathan es mir erzählt hat, konnte ich es einfach nicht glauben."

Molly lehnte sich zurück. „Dann hat er dich gefunden?"

Emma nickte.

„Hat er dich begleitet?"

Emmas Augen füllten sich mit Tränen. „Nein. Ich dachte, er ist vielleicht bei dir und wartet auf mich."

„Schsch, ist schon gut." Molly strich Emma das Haar von den nassen Wangen. „Wir finden schon heraus, was passiert ist." Sie nahm ihre Schwester erneut in die Arme und drückte sie fest an sich. „Gott sei Dank bist du sicher und wohlbehalten hier."

Claire sah die Sorge in Susannas Gesicht. Logan hatte ihr erzählt, dass Nathan Blackmore, ein alter Freund von Matt, sich auf die Suche nach Emma Hart begeben hatte, nachdem die Ryans einen Brief von ihrer Tante Catherine erhalten hatten, wonach Emma ins Arizona-Territorium aufgebrochen war.

„Mr Blackmore ist ein Ranger", erklärte Claire in hoffnungsvollem Ton. „Er findet sich bestimmt in jeder Situation zurecht."

Molly nickte. „Das ist Claire, Logans Frau. Und sie hat recht. Ich rede mit Matt. Er weiß sicher, was zu tun ist." Sie hielt ihre Schwester im Arm und erklärte beinahe überwältigt: „Ich bin so froh, dich zu sehen. Wie bist du hergekommen?"

„Du siehst mitgenommen aus", sagte Susanna. „Wir sorgen erst einmal dafür, dass du dich waschen kannst und etwas isst. Wenn du dich etwas ausgeruht hast, kannst du uns alles erzählen. Heute Abend kann man ohnehin nichts mehr unternehmen."

Susanna führte sie nach oben, und Claire wollte ihnen folgen, aber in dem Moment kamen Matt und Logan herein.

„Was ist los?", fragte Matt. „Wessen Pferd ist das da draußen?"

„Es gehört Emma", antwortete Claire. „Sie ist gerade eben angekommen."

„Ist Nathan bei ihr?", fragte Matt.

„Offenbar nicht. Aber sie sagte, er hätte sie gefunden."

„Wo ist er dann?", fragte Logan.

Claire zuckte ratlos mit den Schultern. „Emma sieht nicht gut aus, aber vielleicht kann sie erklären, was passiert ist, wenn sie sich etwas ausgeruht hat. Ich gehe nachschauen, ob Susanna Hilfe braucht."

Sie gab Logan einen Kuss und folgte dann den anderen Frauen die Treppe hinauf. Sie hatte noch getrocknete Passionsblumen in ihrer Medizintasche, daraus würde sie einen Tee machen, der Emma zur Ruhe kommen lassen würde.

---

MATTS SCHWEIGEN WAR ANTWORT GENUG.

„Du denkst, Nathan steckt in Schwierigkeiten?" Logan hatte den gleichen Gedanken.

„Er würde Emma nicht allein losschicken. Nicht den ganzen Weg von Arizona hierher."

„Wir sollten zuerst mit ihr reden und keine voreiligen Schlüsse ziehen", meinte Logan bedächtig.

„Du hast recht. Aber wenn es sein muss, reite ich morgen bei Sonnenaufgang los."

„Ich werde mitkommen", erklärte Logan sofort.

„Musst du nicht. Ich nehme Dawson oder Hicks mit", meinte Matt. „Ich bin es Nathan schuldig, er hat sein Leben für mich riskiert, als Cerillo mich erwischt hatte. Außerdem hast du heute erst geheiratet."

„Ja." Logan war glücklich und hatte keineswegs die Absicht,

dieses Glück leichtfertig aufs Spiel zu setzen. Claire trug sein Kind unter dem Herzen, und allein dieser Gedanke ließ ihn jedes Mal lächeln. Er hatte allen Grund, dankbar zu sein. „Aber du hast recht, Nathan hätte Emma nicht allein losgeschickt, erst recht nicht um diese Jahreszeit. Reite nicht ohne mich los."

Sein Bruder war sichtlich dankbar. „Ich weiß deine Unterstützung zu schätzen."

„Ich gehe zu Pa und sag ihm, was los ist."

Matt nickte. „Ich schaue nach den Ladys." Er hielt einen Moment inne. „Ich bin froh, dass Emma hier ist. Es hat Molly belastet, dass sie nicht wusste, ob sie ihre Schwester je wiedersehen würde."

Logan bemerkte die Erleichterung im Gesicht seines Bruders, und ihm wurde jetzt erst klar, dass Matt sich schon die ganze Zeit große Sorgen um das Wohl seiner Frau gemacht hatte. Er hoffte, alles würde sich zum Guten wenden.

---

WARME LIPPEN KNABBERTEN an seinem Ohr und weckten Logan. Er befand sich noch im Wohnzimmer und war eingenickt, während er gewartet hatte. Er zog Claires warmen Körper an sich, und sie schlang bereitwillig die Arme um ihn. Rasch ließ er den Blick durch den Raum schweifen und stellte fest, dass sie allein waren.

„Wie geht es Emma?" Er vergrub seine Hand in ihrem Haar. Himmel, das fühlte sich wundervoll an.

„Sie ist nicht nur müde, sie wirkt vollkommen ausgelaugt. Es bricht einem das Herz." Claire lehnte ihren Kopf an seine Schulter. „Sie hat gebadet und gegessen, und ich habe ihr ein Beruhigungsmittel in den Tee getan, damit sie schlafen kann."

„Hat sie gesagt, was passiert ist?"

„Sie und Nathan wurden irgendwie getrennt, und sie war sehr aufgewühlt, als sie erfuhr, dass er nicht hier ist."

„Matt wird sich morgen wahrscheinlich auf den Weg machen, um ihn zu suchen." Logan fuhr mit den Fingern durch ihr Haar. „Ich werde ihn begleiten."

Claire rutschte näher heran. „Das dachte ich mir schon, und ich verstehe es. Aber sei bitte vorsichtig."

„Immer, Liebling."

„Können wir ins Bett gehen?", fragte sie leise, ihr Atem strich heiß über seinen Hals.

Er küsste sie voller Verlangen. Er konnte es immer noch nicht richtig fassen, dass sie wirklich hier war. Sie war hier an seiner Seite, in seinem Leben, in seinem Heim, und sie würde heute Nacht als seine Ehefrau neben ihm liegen. Er küsste sie mit einem Hunger, der nur in einer privateren Umgebung gestillt werden konnte.

Er trug sie in sein Schlafzimmer. Ihr gemeinsames Schlafzimmer.

„Zum Glück ist das Zimmer nicht oben", neckte sie ihn.

„Wär' mir egal." Er schloss die Tür mit dem Fuß. „Egal, wie müde ich bin, mit dir zu schlafen, dafür bin ich immer wach genug." Er legte sie aufs Bett und erkannte zufrieden, dass ihr Verlangen seinem in nichts nachstand.

Nachdem er sich rasch ausgezogen hatte, legte er sich zu ihr, und stellte fest, dass er in der zweiten Hochzeitsnacht ebenso wenig Geduld wie in der ersten hatte. Claire erging es ähnlich, und ihr Liebesspiel ließ beide atemlos in einer innigen Umarmung zurück. Er fuhr mit dem Finger über ihre Seite und spürte die Narbe von der Schussverletzung.

„Ist die Wunde gut verheilt?", fragte er.

„Ja, aber es hat lange gedauert."

Er beugte sich hinunter und presste seine Lippen auf die vernarbte Stelle.

Viel später, nachdem er sie ein weiteres Male geliebt hatte, lagen sie eng umschlungen in den zerwühlten Laken. Claire hatte ihren Kopf auf seine Brust gebettet. Er dachte an das Kind in ihrem Bauch, und ein Gefühl von Frieden überkam ihn, gepaart mit freudiger Erwartung.

Wenn es nach ihm ging und Gott es zuließ, würde es weitere Kinder geben.

Er beugte sich zum Nachttisch, öffnete eine Schublade und holte etwas heraus, was er schon lange dort verwahrt hatte.

„Ich habe etwas für dich", murmelte er.

„Was ist das?" Ihre verschlafene Stimme wärmte sein Herz.

Er reichte ihr die kleine Taubenfigur, die sie als Kind selbst geschnitzt hatte. Sie sah verwirrt zu ihm auf.

„Woher hast du das?"

„Tia hat sie mir gegeben, damit ich gut darauf aufpasse." Er hatte sich nie davon trennen können, sie verkörperte einen Teil ihrer Seele. „Wir geben sie dem Baby."

„Einverstanden." Sie rutschte näher und küsste ihn liebevoll.

*Palomita*. Die Taube war zu ihm zurückgekehrt.

---

Jetzt erhältlich

Verliebt in Texas
Verliebt in New Mexico
Verliebt am Grand Canyon
Verliebt in Arizona
Verliebt in Colorado
Wiedersehen in Texas
Echo über der Prärie
Verliebt in den Rockies

# Danksagung

Ich freue mich sehr, dass Sie sich für dieses Buch entschieden haben. Und ich hoffe aufrichtig, dass Ihnen die Geschichte gefallen hat. Über eine Rezension würde ich mich sehr freuen, denn das ist eine große Hilfe für Autor*innen und andere Leser*innen.

Herzlichen Dank. ~ Kristy

MELDEN Sie sich für Buchneuigkeiten zu Kristys deutschem Newsletter an: kmccaffrey.com/GermanNewsletterSignUp

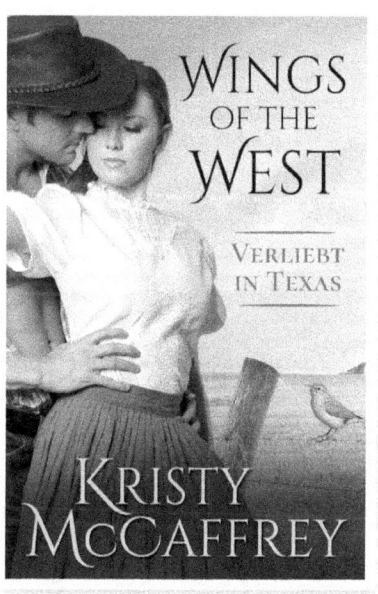

Verliebt in Texas
Wings of the West: Buch 1

Zehn Jahre sind vergangen, seit ihr Zuhause überfallen, ihre Eltern ermordet und Molly Hart entführt wurde. Nachdem sie den Großteil ihrer Kindheit bei den Kwahadi-Comanche verbracht hat, kehrt sie endlich heim nach Texas. Sie findet jedoch nichts weiter vor als ein verfallenes Anwesen. Mit Schaudern entdeckt sie ihren eigenen Grabstein und trifft auf Matt, der ihr schon früher viel bedeutet hat. Entschlossen, das Rätsel ihrer Vergangenheit aufzuklären, beschließt Molly, den Mörder ihrer Eltern zu suchen. Dabei setzt sie nicht nur ihr Leben, sondern auch ihre Liebe zu Matt aufs Spiel ...

Getrieben von den Dämonen der Vergangenheit steht Matt Ryan vor den Überresten der Hart-Ranch. Zehn Jahre lang hat er als Soldat und Texas Ranger sein Leben aufs Spiel gesetzt, stets auf der Suche nach Gerechtigkeit für den grausamen Mord an einem kleinen Mädchen. Nun kehrt er, seelisch und körperlich angeschlagen, zurück an den Ort, wo alles begann. Dort trifft er überraschend auf eine Frau mit denselben blauen Augen wie das Mädchen, das er nie vergessen konnte. Für ihn ist klar: Um jeden Preis will er Molly zu ihrem Glück verhelfen, auch wenn er dafür riskieren muss, sie ein zweites Mal zu verlieren ...

„... McCaffreys Westernromane zeichnen sich durch ein realistisches Setting und die detailgetreue Darstellung historischer Ereignisse aus." ~ Romantic Times BOOKclub

„Ich bin ein großer Fan von Western-Liebesromanen und dieses Buch ist wirklich außergewöhnlich. Ein schöner Auftakt zu einer tollen Serie." ~ The Romance Studio

„Attraktive, verwegene Helden, starke Heldinnen und eine ausgezeichnete Story machen diesen Roman zum bleibenden Lesegenuss." ~ The Best Reviews

Verliebt am Grand Canyon
Wings of the West: Buch 3

Eine Liebe am Grand Canyon

Am Grand Canyon stellt sich Emma Hart einer ungewissen Zukunft – und der Begegnung mit Texas Ranger Nathan Blackmore.

Im Jahr 1877 reist Emma Hart zu dem erst kürzlich entdeckten rauen, zerklüfteten Grand Canyon. Geplagt von Visionen sucht sie dort nach Antworten zu der Tragödie in ihrer Vergangenheit, dem Verrat in der Gegenwart und nach einer Zukunft, die so fern und unerreichbar scheint und trotzdem ihr Herz zum Klingen bringt. Mit übersinnlichen Fähigkeiten begabt und begleitet von ihrem Krafttier, einem Spatz, will Emma die Traditionen der Hopi erkunden und muss sich dabei dem buchstäblich jahrhundertealten Bösen stellen.

Texas Ranger Nathan Blackmore folgt Emmas Spuren bis zum

Colorado River und ist fassungslos, als er sieht, dass sie den Fluss mit einem Kanu erkunden will. Für ihn ist klar, dass sie diese Reise auf keinen Fall allein antreten wird. Doch während der Fahrt auf dem Fluss zu einem Ort, an dem die Zeit stillzustehen scheint und selbst der kleinste Stein große Kreise zieht, muss er eine Entscheidung treffen. Entweder er akzeptiert das Unbekannte, die Welt jenseits der unseren, und stellt sich den Dämonen seiner Vergangenheit, oder er wird die Frau, die er inzwischen mehr liebt als sein Leben, für immer verlieren.

Ein (über)sinnlicher historischer Western-Liebesroman vor der atemberaubenden Kulisse des Grand Canyon.

„Die Leser werden die Geschichte lieben …" ~ RT BookReviews

„McCaffreys Geschichten sind historisch akkurat … ein phänomenaler Lesegenuss, ich lege das Buch allen ans Herz, die historische Liebesromane mit dem gewissen Extra mögen." ~ Jonel Boyko, Reviewer

„Die Legenden der Hopi und Havasupai haben in McCaffrey eine neue Stimme gefunden. Ihr mitreißender Stil machte die mystische Reise ihrer Protagonistin in ein anderes Reich glaubhaft. Ich konnte das Buch nicht mehr aus der Hand legen und habe es an einem Abend gelesen." ~ City Sun Times

A ls Kind hat Kristy McCaffrey sich selbst häufig Geschichten erzählt. Schon bald wurde offensichtlich, dass sie eine Neigung zum Schreiben verspürte. Sie ist mit Science-Fiction, Fantasy und den Legenden um König Artus aufgewachsen und übertrug diese Vorliebe für Mythen schon bald auf das Schreiben eigener Westernromane. Nach einer Ingenieurausbildung entschied sie sich dafür, Hausfrau und Mutter zu werden und nebenbei Romane zu schreiben. Sie und ihr Ehemann leben in der Wüste von Arizona, wo ihre vier Kinder nach und nach flügge werden. Kristy ist fest davon überzeugt, dass man dem Leben mit Neugier, Mitgefühl und Dankbarkeit begegnen sollte, möglichst mit Hund an der Seite. Sie schläft gerne lange aus, mag mexikanisches Essen und Yoga im Pyjama.

Wenn Sie regelmäßig über Neuerscheinungen informiert werden wollen, können Sie Kristys englischsprachigen Newsletter (kmccaffrey.com/subscribe) abonnieren oder besuchen Sie ihre englische Webseite (kmccaffrey.com) oder ihren Blog, um mehr über ihre Arbeit zu erfahren. Sie finden sie außerdem auf Facebook (facebook.com/AuthorKristyMcCaffrey), Instagram (instagram.com/kristymccaffreybooks) und TikTok (tiktok.com/@kristymccaffrey).

Melden Sie sich für Buchneuigkeiten zu Kristys deutschem Newsletter an: kmccaffrey.com/GermanNewsletterSignUp

www.ingramcontent.com/pod-product-compliance
Lightning Source LLC
Chambersburg PA
CBHW070909180626
46817CB00003B/976